娘子不給愛 1

風文創 208

溫柔刀 著

目錄

自序

溫柔刀

知道要寫序文的那天起，我就下意識地遺忘這件事，編輯們僅知道我是個能寫長文的傢伙，卻並不太知道，我是個不擅於介紹自己與作品的人。

有讀者也曾就我的作品問我。「刀大（內地讀者對我的稱呼），這裡是什麼意思？」

基本上，我回答的時候很少，每次都是在心裡默默地說：「你們想知道的，都在文裡。」

所有答案，都在文裡的每一章、每一個字句中，如果關於我，讀者還有好奇，也可在文中覷知我的模樣。

看，我就是這麼個悶騷的人，不太喜歡向別人解釋自己與自己的東西，帶著一點文人的酸迂，認為能知道的就會從作品裡知道，不知道的，解釋太多也沒什麼用，何必多費唇舌，亂了別人的耳，還浪費了彼此的時間。

寫這本書時，我住在老家，剛從外地回來不久，這是一個冬天。

我老家地處江南，長年雨幕不斷，我年少的時候就老在陰雨不斷的天氣裡躺在床上琢磨點什麼事，我的很多東西，就是在這樣的環境裡寫出來的。

我不是一個能閒得住的人，成年後，每天都在想找點樂子打發時間，那時候，我回家的原因是外面的一切已經不能讓我快樂了，我鬱鬱寡歡，所以決定回家度過這一段消沈期。

但我確實不是一個能閒得住的人，聽雨聽煩了，有天早上，外邊天還黑著，我就在想，我得幹點什麼。

那天早上早飯過後，我就開始寫套書的第一章。

那天，天空下著雨。

前面我說過，我老家長年雨幕不斷，可就是在陰雨連綿的冬天裡，我家附近的菜地和雜草還是不斷地在瘋長，到處鬱鬱蔥蔥；寫套書頭幾章的時候，我出去散步看著它們時，心裡頭老在想，張小碗要是長在咱這地頭，還真是不愁吃的，光野菜湯就能天天喝個頂飽……

那個冬天，寫這套書是我最主要的事，做任何事，我都能想到它。

創作當然是件好事，它能表達我自己，事後它令人愉快，但過程卻並不是那麼令人歡喜；而我是個太過於投入感情寫作的人，那段時間我陰鬱、暴躁、絕望，只有到最後一章，塵埃落定的那一刻，我才從這個圈裡，把自己扯了出來。

我一直把寫文章定位為是一個表達自己並自救的旅程。

而這趟旅程，現在就要呈現於大家面前。

希望大家能夠不覺得乏味。

叨擾之處，敬請諒解。

第一章

隔壁老田叔家的雞一大早就打鳴了，張小碗從床上翻身起來，在黑漆漆的房間裡摸著滿是補丁的棉衣穿上。

這件滿是補丁的棉衣還是她穿越到這個時代後，自己給自己補的，原本的那件東一塊西一塊的全是破洞。她來到這個世間自知回去無望的三天後，便跟著村裡人去鎮裡趕場，在堆垃圾的地方尋了幾塊爛布頭，在村裡的河裡洗了，這才把她冬天裡唯一一件算是外套的衣服給補好了。

而她這具身體的娘已有三個孩子，現在肚子裡還懷著一個，還要每天忙著地裡、田裡的農活，根本沒空管身為大丫頭片子的她。

不過，可能就算想管，也是有心無力吧。張家太窮了，每天能把肚子吃個半飽都是大問題，現在缸裡的糙米都見了底，就算用來熬稀的，也支撐不了兩天。

張小碗嘆了口氣。看了那麼多穿越小說，她這應該算是命苦的吧？家徒四壁不說，這當家的男人張阿福也不是個能幹的，身體還沒有那懷著孩子的媳婦好，在地裡幹活，幹半天得歇半天。

這個時代不是張小碗知道的任何一個在中國歷史上看到過的時代，她來了一個月，在上次跟村裡人去鎮裡趕場的時候才弄明白了這是大鳳三年，現在的皇帝登基正好三年。

張小碗穿好棉衣，眼睛往坑上的方向瞄了瞄，坑上現在還有兩個小孩正在睡，那是她這具身體的二弟張小寶和三弟張小弟。張小碗在黑暗中呆呆看著那個方向良久，最終嘆了口氣，苦笑了起來。

這家人太窮了，據她接收的這具身體的記憶所知，她先前便是餓死的，如果再不想點辦法，等把那點糙米吃完後，可能這次不僅是她會餓死，她這兩個弟弟也熬不了幾天。

來了一個月，張小碗知道這村裡的人都不富裕，先前她娘從張家奶奶那兒借了五筒糙米，這才讓這個家喝了一個月的糙米粥，可等收糧的時節卻還要兩個月。

無論如何，也要先把這一個月熬過去了再說。張小碗推開門，看著有了一點亮色的天空，深深地嘆了口氣，又回了屋，踮著腳自她家茅草屋的牆壁上取下了背簍，打算進山裡去找點東西。

儘管她一再小心，但取背簍的時候還是發出了一點聲音，接著她爹娘那間屋的簾子被掀起了一個角，張小碗的娘探出了半張臉。

「醒了啊？去洗個臉，先燒火，我等會兒來煮粥。」

「娘……」張小碗把背簍揹到身上，就著那點光看著自己那露出了腳趾頭的鞋。「我聽村口洪嬸家的虎娃子說，他哥在山上找到一種果子可以吃，吃不死人的，我想進山裡找找。」

劉三娘聽了怔了一會兒，想到家裡實在沒什麼好吃的了，看著大女兒那瘦得眼睛奇大的小巴掌臉，她沒再說什麼，縮回了身體，沒說讓她去，也沒說不讓她去。

張小碗就當她同意了，揹起了背簍出了屋。

走了一段路，她看了看自己家那在晨光中更顯得單薄的茅草屋，不由得又苦笑了起來。她前世過得好好的，趕上穿越大軍，居然是來吃苦的，這真不知道是什麼運氣？

不管如何，穿都穿了，只能靠自己活下去了，想太多也沒用。現在她的肚子餓得她難受得很，天氣又冷，她把能穿的都往身上穿著了，卻還是冷得厲害，再不找點能吃的，她肯定會再死一回！

張小碗走了好幾個時辰進山，摘了半簍子蘑菇，並沒有去找虎娃子他哥所說的能吃的果子。

大鳳朝究竟是什麼樣的張小碗並不知道，但張小碗卻知道，她所處的這個梧桐村是貧窮又愚昧的。她昨天跟村裡的大嬸去鎮裡趕場的時候，發現有人擺蘑菇賣居然被打了一頓，說他把能吃死人的東西擺出來賣，太沒良心了。被打的也是個一看就知道是窮得家裡沒米下鍋的，臉色蠟黃，抱著頭被人打的時候還急急地吼著。「我是吃了的，吃不死人才拿出來賣的！你們試試，你們試試就知道我有沒有騙人了……」

張小碗在一旁看著，發現那蘑菇就是一般的白蘑菇，怎麼吃都是死不了人的，她有些不解，但也不敢說出這東西可吃的話來。光看周邊人那群情激憤的樣子，她要是說出來，就算她是個小孩，也會有人對她不客氣的。

張小碗在前世本就是個沈默謹慎的性子，再加上她現在這具身體的年齡還不到九歲，瘦得根本風一吹就能倒，明哲保身都來不及了，怎麼可能說些對這裡的人來說算是「妖言惑眾」的話？

趕場回家的路上，從村裡大嬸子那些人的談話中，她得知了他們這裡自來就有山上那種長得像茅房子的東西是吃不得的，一吃就能吃死人的說法，因為一代代傳下來，個個都遵守得很。

張小碗這才知道，蘑菇在這裡並不叫蘑菇，而是被通叫為「像茅房子的東西」，有人簡稱起來就叫它「茅房子」。

大嬸子們在路上一直都議論著這件事情，梧桐不大，但也有五十來家的住戶，發生的任何一件小事都是大事，能被家家都傳到。現在鎮裡出現這麼一個居然拿茅房子出來賣的「蒙貨」，對這些拿打來的兔子去鎮上換幾個銅板的大嬸們來說就是天大的大事了。

這對她們來說是值得說道幾個月的「大事」，對自穿到這裡後根本不知道飽肚子的張小碗來說，也是天大的「大事」了，因為這讓她明白，她應該是餓不死了。

說是應該，而不是確定餓不死，是因為她也不太確定這東西會不會吃死人，畢竟她穿來的這個大鳳朝不是她所認識的任何一個朝代，儘管這裡的人都長得像華夏子民，跟她見過的中國人沒兩樣，但誰知道其中會不會有什麼她完全不知情的變因呢？

雖然張小碗也猜測那些吃蘑菇的人是吃了毒蘑菇而死的，畢竟不是山上所有的蘑菇都可以吃，但她還是覺得慎重起見的好，畢竟她是要拿來給家裡人吃的，自己被毒死了不要緊，張家一家老小的生死可不是她能決定的。

張小碗採了半簍子的蘑菇，也就是茅房子後，便打道回府了。山上這種東西很多，可能因為都知道這東西會吃死人，反而遍地都是，張小碗摘採能食用的蘑菇並沒花太長時間，反倒是趕路耗了她大半天的時間。

她回家的路上，怕被人看到說閒話，用樹葉把簍子的空隙擋了，上面也用扯來的青草蓋住了，從外面看不出什麼來，所以村裡人看到她揹著背簍，也只以為她扯豬草去了。

因為又餓又冷，張小碗撿了點茅房子就回家了，她根本無心去看山上還有多少沒被當地人採來食用的食物，她只知道再不吃點什麼，她這穿越來的命也快要保不住了。

一到家，她就把背簍揹到了半露天的小廚房，在灶裡塞了把柴，燒上了水。

張家根本無油，吃什麼都沒油水，不過乾飯一年都吃不了幾頓的家裡，有油才是稀奇事了。

洗好茅房子後，水也開了，張小碗心事重重地嘆了口氣，把擇好的蘑菇放進了灶鍋裡，然後蓋上鍋蓋，蹲下身體發呆地看著火。

她不知道以身試險的結果如不如願，其實穿來這麼苦，要是被毒死了倒還算是好事，只可憐那跟在屁股後面喊了她一個月「大姊」的兩個小男孩，不知道還能活多久。

蘑菇的香味很快就飄出來了，那種帶著鮮氣的香味讓張小碗精神一振，這種時候也管不得會不會吃死人了，就算死，當個飽死鬼也不錯！穿越一回，也不能死得太淒慘不是？

張小碗苦中作樂地想著，拿起一個碗就盛了個滿，顧不得湯太燙，急急吹了兩口就喝了一大口進了喉嚨。

當蘑菇進嘴的那刻，不知是給燙的，還是和前世一樣味道的蘑菇湯讓張小碗太心酸，她的眼淚唰地一下就流了出來。這穿越來的日子，實在過得太苦了……

前世儘管十歲之前是在農村住的，稍微有點苦，但還沒到苦得吃不飽飯的程度，頂多是比城裡的弟弟差點。後來回到城市，生活更是與苦無關，就算不得父母疼愛，但該是她的，他們一分也沒少她。再後來她搬出去一個人住，有知己好友幾個，更是過得不亦樂乎。

而現在，喝口熱的，居然都是為了以身試毒來著。

「大姊，香、香……」七歲的張小寶扯著張小碗的衣襟，凍得鼻涕都流出來的鼻子連吸了好幾下，似乎先前聞到的香味還在他鼻子邊。他不斷地吞著口水，喉嚨裡發出的吞嚥聲和肚子發出的咕嚕聲交會在一起，合奏出讓人心酸的聲音。

此時四歲的張小弟已經哭得奄奄一息，抱著他姊的脖子，只會說：「大姊……」

張小碗一手盡力抱著他，另一手把張小寶的鼻涕擤掉，咬了咬牙，讓酸澀的心變得冷酷了點。「再等等，爹娘回來了就吃。」

沒有這對父母的允許，她有再大的膽子，也不敢把蘑菇餵到他們的肚子裡。

張小碗盡力抬臉看向那條能走人的小路，她不敢看這兩個孩子中任何一人的臉，怕自己會哭出來。

她不是懦弱的人，穿來的時候也已經是個成熟的成年人了，在社會上打滾了好幾年，早就學會了鐵石心腸；可饒是她再冷的心，看到兩個小孩餓得淒慘的臉，身上穿著那不能提供太多溫暖的衣服，眼淚就不聽話地往眼眶外跑。

而她已經把所有能找到的布拼了起來給他們加了一件衣了，眼下她也沒什麼更好的辦法，實在是太窮了。

甚至連這蘑菇能不能讓他們吃，她也作不了主。

這種憋屈讓她不得不忍耐著，怕一鬆懈，她這瘦小的身體也得跟著垮。

等了一會兒，黃昏時張氏夫妻從地裡回來了，挺著大肚子的劉三娘挑著擔子走在前方，而張家的當家男人張阿福則扛著鋤頭慢慢地走在後面。

「娘……」張小碗放下張小弟，迎了過去，欲要接過她肩上的擔子。

劉三娘繞過她，把擔子挑進了茅草屋裡。

張小碗只得接過張阿福手中的鋤頭，張阿福朝大閨女看了一眼，沒說話，讓她把鋤頭接了過去。

「去坐著。」爹娘回來，兩個弟弟並不叫人，他們跟爹娘並不親，因張氏夫妻成天都在田地裡忙，兩個孩子都算是張小碗帶大的，大多時候，他們也只聽張小碗的話。

而事實上，在張小碗接收到的記憶裡，她和她這兩個弟弟其實不太說話，平時也就那麼幾句話，大多都是訓斥；但張小碗確實是很照顧他們的，餓死的那天晚上，她還把那半碗稀得找不著米的水湯讓給了最小的張小弟喝了。

另外，張小碗還發現，可能因為過度的營養不良，加上在冬天裡被凍得過分，她這兩個弟弟的行為及語言表達明顯都要比一般人慢一拍，放在現代裡，這便是蠢笨、智力不高的表現。

要是他們再吃不飽，就算在童年裡沒餓死，以後的日子也過不了多好，可能一生到頭，都要飽受飢餓——就像他們的爹張阿福一樣，說起來是老實巴交，實則是身體虛弱、反應慢，不能幹農活，也沒一門手藝活，沒有什麼出路。

說起來，死去的那個張小碗，可能也是智力不高的，她接收到的張小碗的記憶並沒有太多，都是家裡的一些最基本情況，連村裡有幾戶人家都不清楚，這還是她後來到了這個世界才摸清楚的。

頭幾天，張小碗還以為是她和這具身體有排異反應，不可能完全接收到她完整具體的記憶，過了段時間她才確定，不是這具身體沒有完整具體的記憶，而是這個九歲的女孩，她腦海裡就這麼點可憐的記憶，她的智力注定了她只看得到她眼裡能看到的。

張小弟現在四歲了，但除了那聲「大姊」，喊爹娘的時候都喊得含含糊糊、不清不楚。可他們的爹娘並不在乎這些，哪怕他四歲了都不太會喊人。村裡好幾個人都是這樣的，等大了喊熟了就好。

張小碗的痛苦也莫過於此，她知道原因，可她現在也無能為力，因為她自己都吃不飽。這個連周邊野菜都尋遍了也沒找到多少食物的地方，貧瘠的程度如果不是親眼所見她都無法想像，現在，把她逼得連以身試毒的辦法都用出來了。

「我午時吃了。」張小碗把灶鍋端到了土桌上，面無表情地說。「現在過去一個半時辰了。」

說完，她坐到了板凳上，把走不太穩的張小弟抱在了懷裡。

「大姊……」張小弟咬著嘴唇，看著桌上冒著香味的蘑菇湯，尖尖的、沒有一點肉的臉冰得一片青黑。

張小碗見了，把他更往懷裡抱了點，想把他暖熱一點。

她和他們一樣，在等著他們的生死。

自張小碗端了鐵鍋過來後，張小寶就已經蹲在了他大姊的腳邊，死死地看著那冒著香味的鍋，一動也不動，眼睛再沒挪過。

「吃吧。」

在張小碗認為漫長得無邊際的等待後，劉三娘終於說出了這麼一句。

張小碗聽到後，抱著張小弟的身體情不自禁地抖了一下，然後她把幾個碗分開，正要拿起木勺的時候，劉三娘拿了過去。

「我來。」劉三娘盛了一碗，先放到了張阿福面前，因勞苦而憔悴的臉上一片死灰。

「當家的，你辛苦了，你先吃。」

說著又盛了一碗，放在了她自己面前，然後是姊弟三碗。

「我和你們爹先吃，吃完了，你們再吃。」劉三娘說完這句，眼睛裡卻掉出了淚，落在了她那被凍得紫灰的唇上。

張小碗呆了，她這才知道劉三娘剛剛說的那句「吃吧」不是因為信她，而是她想一起死！

他們家，已經到了連特別能忍受痛苦的古代婦人都忍受不了的地步了？

莫名地，張小碗的眼淚再也沒忍住，跟著一起掉了下來。

「吃吧，孩子先吃。」張阿福像是知道他妻子的意思，又像是不知道，仍像平時一樣，先把能吃的讓給了孩子。

可就算如此，他也沒像平時般看著張小寶、張小弟先吃完了，再把碗裡的分他們一些，他這次看著兩個孩子爭先恐後地捧著碗把蘑菇湯全喝了，然後看了劉三娘一眼後，一口氣便把他碗裡的東西全吃了下去。

劉三娘低著頭，眼淚一滴一滴地掉在碗裡，最後閉上眼，一口一口地吃著。

「大姊、大姊，還要！」

張小碗麻木的視線在夫婦倆身上打轉，最後還是她身邊舔著碗的張小寶開口引回了她的神。

「好，還要。」張小碗想，如果真能吃死人，全家人一起死了也好。大人也好，孩子也罷，再不要受那麼多罪了。

第二天早上，隔壁老田叔家的雞一大早又打鳴了。

張小碗摸黑起了床，小心地摸了摸兩個弟弟的手，覺出了溫熱，心裡一塊大石才落了地。

她去了廚房，燒起了火，煮起了昨晚放在灶邊的蘑菇。

夜裡太冷，她怕放到外面，摘了的蘑菇會被凍壞，放在灶邊就著有點溫度的餘灰，不會壞得太快。

她煮起了水，水還沒開，小廚房門邊有了道人影。

「娘。」張小碗站了起來。

「起來了？」劉三娘走了進來，手扶著腰，彎著大肚子去看柴火，看燒得旺，又添了根小的進去。

張小碗抿了抿嘴，出了灶房的門，進了全家人住的茅草屋，拿了塊平時擦臉的布條和一個木盆過來，把那鍋已經燒熱的水倒進盆裡，再燒了鍋水。

「妳先洗洗臉。」張小碗拿了把高一點的凳子放到了她面前。

劉三娘扶著腰看了她一會兒，好長的一會兒，這才坐在了椅子上。

張小碗不怕劉三娘認出來她不是張小碗，以前的張小碗做事情確實沒她最近做的那麼靈活，但那個傻妹子，對弟弟們也好，對父母也好，都是護著的護著，敬著的敬著。

窮人家的孩子早當家，哪怕再蠢笨的孩子也得如此。

見劉三娘不再說話，要彎腰去探水裡的布，張小碗乾脆端起了木盆放到她手邊。「先熱熱手。」

這個冬天太冷，劉三娘穿得不多，吃得也不飽，張小碗懷疑再這麼下去，就算劉三娘身體再好，哪怕不落胎，生出來的十有八九會是死胎，就算能活著出來，怕也會是個智障兒。

如果滿山遍野的蘑菇能讓全家餓不死，張小碗想著，無論如何也得再想辦法弄幾件衣服回來，得讓她這個娘沒事——劉三娘是這個家裡大半個主要勞動力，要是沒了，她哪能現在就照顧得起一家老少？

張小碗前輩子不是個窮好心的人，可到了這輩子，她真是沒有什麼選擇的餘地。她成了張小碗，這個家的女兒，如果沒一點辦法就算了，可但凡有一點辦法，她也不能眼睜睜地看著這些人在她面前忍飢挨餓，甚至，絕望到一家人等死的地步。

劉三娘把手伸進了熱水裡，伸進去那一會兒，她被水燙得縮回了手，張小碗就勢把盆端得更近了一點，讓她的手再探了進去。

燙了一會兒，劉三娘才把兩隻手都探了進去，隨後閉了閉眼，再睜開時，那憔悴麻木的眼裡有點微紅，不再像平時那麼木然。「小碗，那茅房子的事……」

「鎮裡聽來的，沒人信。」張小碗看著盆裡凍得像紫蘿蔔的手，垂著眼睛說。「娘妳也不要告訴別人，沒人信的，還會說閒話。」

劉三娘的嘴角噙起了笑，收回了盆裡的手，正要找東西擦手，看到張小碗已經拿起水裡的布條，擰乾了給她遞了過來，她眼角剎那便泛了紅。「妳命苦，別怪娘……」

張小碗抱著張小弟，讓他吃了兩小碗蘑菇，沒敢讓他多吃，怕撐著。餓過頭的人，是不能一時間吃太多。

二弟張小寶倒也乖巧，聽他大姊說吃多了會肚疼，他吃完三小碗後，儘管還眼饞，但也只是眼巴巴地看著鍋，不試圖想要再吃了。

張小碗把剩下的都放到張阿福的碗裡，讓他再吃一碗。

張阿福有些猶豫，這個對著妻兒也是半天吭不出一個字的男人看看三個孩子，對著最後剩下的那碗食物，有些下不了手。

「吃吧，他們有小碗管著。」劉三娘把碗往他手裡推了推。「吃完好去幹活。」

張阿福這才沒有再猶豫，把碗端起。

張小碗旁觀著，她這爹雖然身體不好，也沒啥本事，但勝在能聽劉三娘的話，對孩子們也算是疼，有口吃的都會試圖分一半出來。

男人就算沒本事，不作妖也是福。張小碗在前世見過了一些自己沒用，卻還罵孩子、打老婆的極品男人，現代社會裡的男人都有些讓人無法忍受了，所以她對現在這個不能當家作主，但也不拖後腿的現成爹沒有什麼意見。沒用了點就沒用了點，他對這個家也已是盡心盡力了，無論哪個年代，很多事都是天生注定了的，怪不得當事人，要怪的話，也只能怪怪老天爺。

「去地裡了。」劉三娘挑了擔子，臨走前對張小碗說了一句。

張小碗「嗯」了一聲後，說：「我等會兒帶小寶、小弟去扯豬草，給大牛叔家送去，午時我帶他們到田裡找爹和妳。」

「來幹麼？」劉三娘有些詫異，他們家分的水田比較偏，他們走去都要近一個時辰，換成小孩，走得慢，可能就要近兩個時辰了，路遠得很。

「給你們送吃的。」張小碗抬抬眼皮。

「吃什麼？」挑著擔子的劉三娘在原地停下了。

「茅房子。」張小碗知道梧桐村的人一天兩頓，沒誰家吃三頓的，可既然有吃的了，而她這個娘現如今是這個身子，怎麼能再繼續餓下去？再說，她那現成爹，再這麼餓著勞作下去，那身子怕也是熬不了幾年的。

張小碗這個月裡，每每想到這個家的境況，便連呼吸都不順暢，如今既然找到了點辦法，哪怕在這個家當隻出頭鳥，她也得拉著這家人走下去。

要不然，後果就是她過不了幾年便沒爹沒娘，還得拉扯著這兩個孩子過活。沒有大人，日子只會比現在更艱難。

「不用了，妳帶小寶、小弟吃。」劉三娘當即轉過了背。

「妳肚子裡有娃娃，娃娃要吃。」張小碗在她背後，用不大不小的聲音說了這麼一句。

這時，走在張小碗身邊，肩上扛著鋤頭的張阿福頓了頓，朝劉三娘的方向看了看，見劉三娘轉過半身瞥眼過來，嘴巴張了張，說了句。「讓閨女送吧。」

劉三娘抿了抿嘴，沒再說話，挑著擔子走了。

「好好看家。」張阿福摸了摸張小碗的頭，忙不迭地跟在了劉三娘後面。

可能吃飽了讓他跟著快走了幾步，可過不久，他還是落後了劉三娘好遠。

張小碗看著，在心裡默默地嘆了口氣，苦笑了一下。

老的弱，小的也弱，唯一看著健康點的老娘肚子裡還有個沒出來的，這日子啊，真不知道要怎麼過下去才好……

張小寶、張小弟相當聽張小碗的話，這是張小碗穿越到這個朝代後，比讓她餓肚子還更讓她心酸無奈的事。

而她選擇正視她穿越到了這個朝代、穿越成了張小碗的這個事實，為的也是這兩個孩子對她的依賴。

張小碗可以選擇再死一次，可這兩個孩子怎麼辦？張小碗真不是窮好心的人，可看著那兩雙總是眼巴巴地看著她的眼睛，她就真沒法子撇下他們，放任他們走向死亡，或者僥倖活下來，卻繼續在人間受苦。

她想著，以前她是她奶奶拉拔著長大的，那麼，現在換她在這個年代拉拔這兩個孩子長大吧！在一個陌生的朝代，她可能用盡全力也幫不了他們過上太好的日子，可至少，能讓他們吃飽穿暖。

至於以往看過的小說裡的穿越女那種總能發達起來的未來，張小碗現在是一萬個不敢奢望。在活生生的現實面前，她僅知道，她住在一個土地貧瘠的地方，水田裡栽的確實是稻穀，但不是現代能畝產三、四百公斤的雜交水稻，這裡的是她沒見過的稻穀，看著比她看過的稻穀體積要小一半，她想著能畝產一百斤就算不錯了。一百斤是個什麼數目？如果是一個人過日子，能省著吃，天天吃稀飯，一天只吃四兩米，也許能吃上一年餓不死，這還是糙米。要是一家子，像她家這種孩子多的情況，再省著吃，每天只吃一頓，吃上半年也沒了。

而梧桐村周圍的山都不大，靠山吃山這套是完全行不通的，山裡最多的是兔子，但整個村的人都在捉；第二多的是蘑菇，但無一人敢摘來吃。

而蘑菇之所以多，怕也是因沒人敢吃長期保留下來才這麼多的，要是都知道能吃……張小碗苦笑著想，那可能是怎麼輪都輪不到她這具小孩的身體能半簍、半簍地摘回來了。

山裡也還有一點野果子，但能吃下肚沒事的很少，吃下來拉肚子的居多，本就吃不飽了，還可能因為拉肚子拉去半條小命，所以梧桐村的大人是制止小孩摘野果子吃的，誰要是敢吃，小命要是救不回來就算了，要是救了回來，又免不了一頓打。

離梧桐村有百里遠的劉家村，也是劉三娘的娘家那邊的山，聽說要比他們這邊的大得多，山裡的野貨也多，日子要比他們這裡好過多了——可這也僅是張小碗從村口的洪嬸嘴裡聽到的，事實是怎麼樣連洪嬸自己也不太清楚，因為去過劉家村的人也不多。上百里，路隔得有些遠，一天不能一個來回，還得歇一夜，對村裡人來說，這種耗工夫的路程是有點遠的，如果不是走動極好的親戚，誰也不願意花這麼長的時間出外。

張小碗猜，劉家村其實也不比梧桐村好多少，因為要是好的話，她娘也不會這麼遠地嫁到梧桐村裡來了。

當然，這只是她的一時之想，其實劉三娘嫁到梧桐村還真是別有原因，但這也是張小碗以後才知道的事情了。

張小碗上午沒去採蘑菇，她帶著二弟、三弟扯豬草去了。她家沒豬，豬是他們這種人家養不起的，一頭小豬崽要他們家兩個月的糧食才換得來，張小碗估計張家糧食最豐足的時候也不過只有兩、三個月的糧食，哪敢拿去換一頭一養就要養一、兩年才能出欄的豬？

有豬的是張阿福的堂弟張大牛家，張小碗上次借了他們家裡補衣服的線，她借過多次了，每借一次，她就會扯五背簍的豬草去還，因此，雖然大牛嬸對此有話說，但張小碗開口借了，還是會陰著臉扯幾根線給她。

張小碗前幾天借了幾根線，用破布給張小寶、張小弟做了兩件衣服，這豬草還沒還過去，趁著這天上午有空，她帶著兩個弟弟，扯了一背簍豬草送了過去。

一簍豬草沒幾時就扯好了，張小碗都是挑嫩的扯，差的都沒要，送過去的時候，大牛嬸的臉色也還是不好。針線這東西在梧桐村人的家裡也不是家家都有的，張小碗來借了好幾次細線，如果她不是小孩，如果不是張阿福家確實太窮，還跟他們家有點親戚關係，大牛嬸根本都不想開門。

「嬸，給大福吃。」張小碗將手伸進衣兜裡，把前天趕場時，一個賣焦糖的大叔給她的、有一個小半拇指大的焦糖拿了出來，放到了大牛嬸的手裡。

「喲？這是哪兒來的？」就算是小半拇指大，大牛嬸還是驚訝了。這焦糖可是大麥子熬出來的，窮人家裡，兩年、三年的也未必能吃上一回，這張阿福家的大閨女是從哪兒得來的？

「前兒個去鎮裡趕場子，賣糖的鬍子大叔給了這一塊。」張小碗一手一個，緊緊拉扯著她二弟、三弟，不去看他們的臉，因為光聽著他們嚥口水的聲音就夠她難受的了。

「可還真是，那賣糖的可真是個好人，聽說上次他碰上個快凍死的小孩，還好心地餵了那孩子一碗粥吃，許是他看妳可憐，這才給妳的……」大牛嬸頓時眉開眼笑，走到門口叫她那出去玩的兒子去了。「大福、大福，快著家來——」

從大牛叔家裡出來後，張小弟細微地抽泣著，就算哭也哭得很小聲，因為他太瘦弱了，哭出來的聲音都只是哼哼聲，聽在張小碗耳朵裡卻格外讓她難受。

張小寶只是不停地嚥著口水，拉著張小碗的手，一聲比一聲迫切地叫著「大姊」，眼巴巴地看著張小碗，希望她能再變出一塊糖來。

可張小碗哪裡有？得來那麼一塊糖，會給大牛嬸子，也是想著下次借線頭的時候容易點。

她家一個銅板子都沒有，哪來的錢買線？

沒有線，她怎麼給他們做衣服？

家裡光禿禿的一根針，都是劉三娘嫁過來時帶來的。

張小碗想跟他們說下次再給他們，可下次她還能那麼好運再得一塊嗎？就算得了，也許還得用作他途……

所以，話到了嘴邊又嚥下，唯留下唇角的苦笑，又狠了狠心，就當看不到他們臉上的渴望。

她做不到的事情，不想給他們希望，免得吃不飽、穿不暖，還得不停不停地失望，那太苦了。

張家的水田離村裡人家的田遠了近五里地，那邊僅張阿福家一塊兩畝的水田立著，田裡的水有時是山上流下來的，水要是不多的時候，只能從旁邊的一條小溪裡挑來，但凡夏天乾旱，夫妻兩人大半的時間便都耗在了這兩畝水田裡，每天每天地挑水往田裡澆灌。

張家原本是三兄妹，兩兄弟一姑娘，張大金是老大，張阿福是老二，張小花是家裡的妹妹。

張家爺爺、奶奶都是極偏心的人，許是張大金顯得聰明，張小花長得像朵花，所以兩老的疼愛都落到這兩人身上去了。張小花嫁人的時候讓她帶去了好嫁妝，張大金要分家的時候把家產的大部分都分給了他，張大金分了張家的水田和地，賣了錢去鎮裡開了家賣雜貨的小店，家裡的光景好得很，張家爺奶為此更是驕傲極了，越發看不起沒用的二兒子張阿福一家了。

上次的五筒糙米，都是劉三娘挺著肚子在張大爺、張大娘家坐了大半天才借來的，這不還沒過去一個月，前幾天的時候，張大娘就過來討要了。

張阿福窮，也是因為分家時的水田他分了最差的兩畝，最好的五畝都給張大金分去了。因為張大金要給父母養老，這五畝田分得多很多、分得太好，里長也沒什麼話說，而老實本分的張阿福更沒什麼話說。

至於家裡的地，張阿福一分也沒分到，後來還是里長看他可憐，劃了水田邊上的一畝荒地給他，上契的那幾個子兒也沒跟他要。

就算有了一畝荒地能種菜，可開墾、挑水、澆地，每天都要花費無數功夫和時辰，於是夫妻倆的時間全耗在這兩畝水田及一畝地上面了，哪還顧得上家裡的娃？

因此，這具身體原身的張小碗站都站不穩的時候就要學會帶弟弟了。如今換了一個靈魂的張小碗，她做了蘑菇湯，先餵了兩個弟弟吃了，再把其他的裝到洗好的陶罐裡。

她沒指望這罐子裡的蘑菇湯到時候還有溫度，太遠了，她走得再快也沒用，到時也涼了。

再加上她要帶著兩個孩子去，路上要更慢一點。

張小碗把罐子放進背簍，拿樹葉遮了遮後，揹上背簍，一手拉著一個，往她家田地的方向走，路上見著村裡人，張小碗見一個就喊一個，嘴巴明顯比以前的張小碗要勤快了一些。

村裡人最近也習慣了她比過去要顯得靈光了很多的表現，不再像過去一樣嘴裡半天擠不出一個字的張小碗，在大人眼裡的存在感強多了。這時見到張小碗叫他們伯伯、大娘、叔叔、嬸娘的，有的人也會答上一句「小碗啊，又去扯豬草啊」，張小碗往往答一聲「是」，拉著兩個弟弟也要他們叫人。兩個弟弟認生，但大姊讓他們叫，往往也是聽話的，就算羞澀也會叫上那麼一聲，因此引來村裡人友善的幾聲呵呵聲，背地裡也說張家的這三姊弟眼看著長大了，懂事了不少。

等路遠點，就見不到村裡人了，張小碗是見過她那爺爺、奶奶好幾次的，老實說，她對他們沒什麼感覺，現代裡，什麼妖魔鬼怪沒有？偏心的老頭、老太太更是多見。

這日子，還是自家裡過好最為正經，怪天、怪地、怪老娘都沒用，都不能飽肚子。

張小碗快到家裡的地裡時，看到劉三娘停下鋤頭往路的這邊眺望，她便加快了步子，低頭對手邊的兩個孩子說：「再快一點，爹娘等著你們。」

走了遠路，原本有些走不動的兩個小孩聽到這話，精神一振，步子真快了起來。

張小碗非要帶他們出來，也不是不想讓他們輕鬆點在家裡玩，而是想讓他們吃飽了多走走路，這對他們身體好。

她以後會盡力不餓著他們，讓他們多動，就像樹，就算暫時長歪了，以後也會長好的。

「爹、娘。」劉三娘已經在解她身上的背簍，張小碗叫了他們一聲，又使喚兩個小的。「叫爹娘。」

「爹、娘。」

這段時間被張小碗刻意訓練，就算不會主動叫人，但只要張小碗使喚一聲，張小寶和張小弟還是很聽張小碗的話，她讓叫，他們就會叫。

「嗯。」張阿福摸了摸因走了遠路，頭上冒著點熱氣的兩個兒子的腦袋，老實平凡的臉上有了點笑意，讓他的那張臉顯得不那麼愁苦了。

劉三娘拿過張小碗的背簍，因手裡背簍的重量，她的手頓了頓，這才把背簍放到地上，翻開樹葉一看，裡面有兩個陶罐。

「一個是水，一個是茅房子。娘，先別吃，我去撿點柴，壘兩個土墩子，用火熱熱再吃，我帶了火石子過來打火。」張小碗說著，手向兩個弟弟伸出。「咱撿柴火去，熱了湯喝。」

兩個孩子一聽還有吃的，便爭先恐後地跟著他們大姊去了。

因是在山邊，枯柴多，不消多時，張小碗就帶著兩個弟弟撿了柴火回來。回來的時候，土墩子已經壘好了，罐子也擺在了上頭，見劉三娘拿過柴就要蹲下燒火，張小碗連忙蹲下去。「我來。」這孕婦娘也還真是不把自己當孕婦。

因兩個陶罐本身的重量已經很重，張小碗也就沒再帶碗，就帶了兩雙筷子，先把蘑菇湯就著火熱了，要是抱著湯燙的罐子吃還能暖手。

「爹，你先吃，罐子涼點你再給娘。」一熱好，張小碗就對張阿福說，把筷子放到了他手裡。

張阿福拿著筷子的手沒動，遲疑著。

「你先吃。」劉三娘推了下他，嘴邊有一點淡淡的笑。

「欸，好。」張阿福伸出手碰了碰罐子，還真有點燙，他手粗繭厚，也不怕這點燙，先是抱到懷裡吃了幾口，等涼了一點，又喝了幾口湯，待試著差不多了，餵了身邊蹲著朝他看的兩個兒子幾口，這又忙不迭地把罐子送到劉三娘手裡。「孩子娘，快涼了，妳吃。」

劉三娘伸出紫紅的手，別了別頰邊落下的頭髮，這才接過罐子和筷子，一口一口地吃了起來。

張小碗燒著另一罐子裡的水，等燒開了，一家人每人都喝幾口熱的，也算是暖暖身體。目前想不到辦法怎麼去弄幾件衣服來，只能暫時用這種笨法子了。

滿罐子的蘑菇湯，蘑菇多、湯少，吃了能稍頂飽，雖然比不上主糧，但比沒得吃要強上許多。更何況，張家人壓根兒就沒怎麼吃過飽飯，尤其是小孩，不知道飽肚子是怎麼回事，所以當吃蘑菇吃到又熱又暖時，就足夠張小寶、張小弟吹著鼻涕笑嘻嘻，比平時活潑多了。

他們分完父母的口糧後，便圍著父母和大姊，兩個小孩你追我趕地嬉鬧了起來。

小孩總是有些天真無邪的，張小碗盯著他們，偶爾說一句「小心點」之外，其他的時間，她都淨想著要再如何找到點吃的。

光吃蘑菇，這兩個小孩也是長不好的。

張氏夫妻吃完蘑菇，又拿著燒開的熱水喝了幾口，看了幾眼孩子後，就又回過頭拿起鋤頭的拿起鋤頭、擔起木桶的擔起木桶了。

「我帶小寶、小弟去山裡，看有什麼東西是能撿的。」張小碗站了起來，跟他們說。「我會看著他們。」

「去吧……」劉三娘也不知道在想什麼，看著山的那頭，也沒看張小碗，半晌才說了這麼一句。

劉三娘沒意見，張阿福也就擔著水桶往小溪那邊走去了。

這片山地有些乾，開出的荒地，過個幾天要是不澆水，地裡的菜秧子就不長個兒。

張小碗帶著兩個弟弟走遠了，轉眼進了山裡，都看不到背影了，張阿福挑了水回來時，卻見到他娘子停著鋤頭看著山那邊的方向，一動也不動，一會兒，眼淚從她的眼裡掉了出來，像是害怕被看到，剛掉出來，她就伸手去抹了。

張阿福低著頭挑著擔子走到了另一頭，似是沒看到她的傷心。

劉三娘這時回過了神，恰好看到他停下了擔子，也不見歇一口氣，便拿著長勺一個坑一個坑地澆起了水。她抿了抿嘴，別了別頰邊又落下的頭髮，鬆起了菜邊的土。

「大姊、大姊！」張小寶又撿了一根枯樹棍，跑到了張小碗的面前獻寶。

「嗯，拿去捆好。」張小碗摸了摸他的頭，又伸出手，繼續掰那腐樹上黑灰的東西。

如果這東西跟她前輩子見過的並無不同的話，那麼這就是木耳了。

蘑菇、木耳都是一般山裡會有的食材，張小碗不明白這個貧瘠到了極點的地方為什麼對這些不需要危言聳聽的事偏偏就危言聳聽，不該視而不見的偏偏視而不見？

也不知道那些見鬼的老人給這村裡留下了什麼該死的老話，真是愚昧到讓人無語。

不過，如果不是這麼愚昧，如今可能也落不下她一條生路，張小碗就當老天爺也不是時時那麼不開眼的，沒把她徹底逼到絕路。

張小寶、張小弟都撿了不少柴火，張小碗摘了木耳，想著這次又碰到了木耳，不知道能不能再走個狗屎運逮到一、兩隻兔子？可惜的是，她帶著兩個孩子轉了好一會兒，連兔子的影子也沒見著，只能揹著背簍裡撿來的蘑菇和木耳，手捧著柴火，領著兩個弟弟往原路回去。

晚上是全家人一起回去的，張小碗讓張小寶抱了柴，背簍則讓張阿福揹去了，她就扛著鋤頭，扛了幾步路，張小弟就要過來幫著她一起拿。

張小碗沒拒絕，農家的小孩都是要幫著幹活的，而在這個家裡，生活的艱難就算沒有人告訴過他們一句，怕也是早烙在了他們的心裡。

能幫，就讓他們幫。張小碗看不到她和他們的未來，只希望她那點在現代時還算聰明的腦子，能在這世道給這一家人混個溫飽。

別的多的，她幹不了，也不想幹。

穿越到這個小村子後，張小碗發現情況其實跟大多數穿越小說裡女主穿越到農家的情況南轅北轍。一個地方的貧窮是因土地不富饒而起，真正窮的地方，土地窮、人窮，更能把人拖得愈加愚昧。

這種沒有太多生機和希望的地方，如果沒有什麼大的改變，就是一代比一代更窮地生活下去，然後消失，直到這塊土地變得富饒起來，才會有新的人入住。

要麼，就是下幾代人裡，有人實在受不了，遷徙他處，而據張小碗冷眼看著梧桐村裡的這五十來戶人家，卻沒有一個是具有遷徙念頭智商的人，只能指望下一代了。

而里長，也只是家裡五口人都瘦不伶仃的人，只有村裡有點小糾紛的時候，才用得到他。

這個地方，沒有人識字，窮得連一戶人家都不敢有送其子弟唸書的念頭。

這樣的一個地方，能展望出多好的未來？

暫時不餓死，都是好事了。

張小碗在梧桐村摸了一個來月的底，對這個村的人和生活習性大概有了個瞭解，這個村從沒出過什麼出格的事，但這個村裡叫小樹山的山上有座香火不斷的山廟，那座山廟讓張小碗非常清楚地知道，她一個小女孩不能做出什麼反常的事來，因為反常即妖，古代人有的是辦法收拾與他們不一樣的人，並且他們會找到非常讓他們自己安心的藉口，例如：以神之意。

張小碗輔修過歷史，也看過許多野史怪志，萬般明白在封建年代裡，像她這種貧民家的小女孩，如果真做了什麼不得了的事，不像有後盾的貴家小姐有能力找上各種藉口來解釋；她這種身分低微的，如果真越過了眾人容忍的那條線與所能理解的範疇，往往會在剛有苗頭起時就被沈河，或者被送入山廟驅邪，不會有什麼好事落在她身上的。

任何時代，言語都是可以殺人的，現代都擺脫不了「人言可畏」這四個字，她不覺得在完全是封建社會模式的大鳳朝就能。

所以，換到張小碗穿越了，她也只能把以往看過的穿越小說當成小說，真活到古代了，早慧不過是早夭的代名詞。

當然，有時張小碗也覺得自己想得太多，過於慎重，可是，她不得不如此。她寧可把事情估算得嚴重一點，也不想掉以輕心，因為如果她真要把兩個小孩拉扯大，讓這個家庭走下去的話，踏錯一步，就是前功盡棄。

上輩子她在二十五歲的時候就分了父母一部分的家產，不到三十歲就有了一個一年能獲利不少的個人工作坊；而她從偏心弟弟的父母手裡拿到錢再到擁有自己的事業，一路上無疑都是從荊棘中廝殺過來的。這些注定她早就不是什麼天真的人，而她更是有著非常能正視現實的能力，要不然，她早就因父母的過度偏心而傷心死了，而不是利用他們這種偏心對她而起的愧疚，在他們手裡分了錢出來自立門戶。

某種程度來說，張小碗是冷心冷情的人，因為她很清楚她不是那麼愛她的父母，但同時她也不是那麼沒心沒肺的人。她記得他們給了她不少，她也感恩他們，她和她前世的父母雖然感情上說不上太親密，但她還是頗聽他們的話，給他們在外面爭臉；而她與弟弟的感情也不差，她弟弟更是在她要錢的時候幫過她，配合她從父母手裡拿到了錢當創業基金。

這也是張小碗為什麼有點想照顧張小寶和張小弟的原因。她有過弟弟，她記得她弟弟對她的好，而在他小時候，他們一年見不到一次面，等她到城裡的時候他就出國了，但她每年都會收到他送給她的禮物，可她從來沒有回送過他什麼，她那時候只記住了他拿走了她所有的一切，卻沒想過這不是他的錯，他對她再好她也不記得他的好。

他們姊弟之間的感情，其實一直都是他在維繫的。

而現在，她回不去了，她在這世裡，就維護著這兩個弟弟吧，就當跟另一個世界的弟弟還有著某種聯繫一樣。

一切都回不到過去了，如果張小碗在頭半個月裡還期待過再回到現代，那麼，在梧桐村這個窮得讓她每天肚子都空蕩蕩的地方又待了半個月的現在，她知道她是完全不可能回去了。

她直覺她沒有一絲回去的可能性了，她只能腳踏實地地在這個地方以張小碗的身分落地生根。

感受著鋤頭壓在肩上的重量，張小碗一手扶著鋤頭棍，一手牽著走累了的張小弟，再回過頭看著抱著柴禾走得有些跌跌撞撞的張小寶，眼神不禁黯了黯。

「大姊、大姊……」張小弟實在太累了，他拉著張小碗的手撒嬌地喊，趕走了張小碗眼底的黯然，他也不喊累，只是不斷地搖著她的手，用他的方式向這個月對他更好的大姊撒嬌。

小孩的心總是最能感覺出誰對他是真好。

「再走一會兒吧。」張小碗彎下腰，把鋤頭放下，用手擦了擦他鼻尖冒出來的汗。「你看你，現在都不冷了。」

「……真的！」張小弟先是一頓，好一會兒才反應過來，驚喜地朝張小碗道，隨即轉過頭朝張小寶問：「哥哥，我不冷了！你冷嗎？」

張小寶正專心地抱著柴禾趕路，聞言呵呵一笑，感受了一下，隨即也驚喜地說：「還真的不冷了！小弟，你說得可真對！」

走在前面的張氏夫妻見他們落得遠了，因為聽不清楚他們的對話，只是遙遙地望著他們，在劉三娘後頭一點的張阿福這時開了口，看著遠遠的孩子們喊。「快點走，快到家了！」

「喔——」張小弟歡快地呼應。「快到家了！大姊，快點走！」今天他所說的話比他這半個月裡所說的還要多。

說著，他鬆開張小碗的手，迫不及待地朝他的父母、他的家跑去。

張小碗看著他歡快跑動的背影，不禁笑了。

這時張小寶走到了張小碗的身邊，憨憨地叫了她一聲。「大姊……」

「走快點，快到家了。」張小碗朝他笑。是，快到家了。上輩子沒有陪弟弟長大的遺憾，這輩子就別再重蹈了。

人不能兩輩子都後悔。

到家後，張小碗先燒了開水，倒進兩個木盆裡，再把煮蘑菇湯的水燒上。她先讓張氏夫婦洗了臉，再幫兩個弟弟洗了手和臉後，便把洗臉水倒到洗腳盆裡，讓父子三人把腳伸進去燙。

他們的腳上，都有凍瘡。

有凍瘡的腳伸進燙水裡會刺骨地疼，張小寶、張小弟受不住，腳拚命往外縮，張小碗虎著臉抓住他們的腳，厲聲喝斥。「不燙腳會全壞，以後不想走路了？」

她那麼嚴厲，尖得像刀子一樣的下巴在空中一揚，帶著讓人害怕的鋒利，這讓本就對大姊有敬畏的兩兄弟流著眼淚把腳放入了腳盆底。

見他們聽話了，張小碗的臉色才好了點，對一直沈默不語的張父說：「爹，你看著他們，水涼了你們就出來。」

說著，她轉身去了小廚房。劉三娘已經坐在板凳上燒水了，她怔怔地看著灶火裡的火苗，在張小碗進來後她才扭過頭看了她的大閨女一眼。

張小碗沒去想她眼裡的意味，她現在既困頓又疲憊，忙了一天，這具營養不良的身體根本禁不住她耗這麼多精神和體力。

她瞄了眼劉三娘坐的板凳，把那個高一點的椅子抬到了火邊，然後拉了把劉三娘。

劉三娘就勢起來，坐在了這把高一點、會讓她的肚子舒服一點的高椅子上。

張小碗坐在了小板凳上，伸出手，在火邊烤了烤手，眼睛看著廚房裡堆著的柴禾，想著這柴還是多撿點的好，這要是到了深冬，山裡的柴被撿得差不多了，到時就沒得撿了。

自張小碗一坐下，劉三娘就一直看著好像變得強勢了不少的張小碗，想得久了她也累了，不禁閉上了眼。

就當老天爺開了眼，可憐起了他們一家子，送了個明白的閨女給他們了。

劉三娘在燒著火，張小碗拿了把木耳洗了，然後勺出一碗熱水泡著，沒一會兒，被熱水燙著的木耳就發了脹，變成了好大的一塊。

「這也能吃？」一見張小碗在撕扯著木耳，劉三娘皺著眉，眼裡有點驚訝。

「嗯。」張小碗抿著嘴一點頭，伸出手拿過碗裡的熱水喝了一口，這才沒讓這副孱弱的身體就此昏過去。

她有點撐不住了，可她不能就這麼倒下去。

張小碗不是沒吃過苦的人，以前在工作室趕工時，三天三夜沒睡過的經歷都有，該熬得住的她都熬得住。

她也不是什麼不諳世事的女人，不該喊苦的時候她知道一聲都不能吭，因為沒別人憐惜這是肯定的，而且惹來的只是自己洩自己的氣，完全不可取。

蘑菇湯煮好後，張小碗把碗盛滿，讓劉三娘端過去給他們先吃，她自己則就著湯喝了好幾口，然後弄起了木耳。

她想來想去，也只能想到把木耳拿辣椒一起炒了吃，至於涼拌木耳什麼的完全不可行，一是沒材料，這家子連油都沒有一滴；二是這是大冬天，吃熱的才是正道。

辣椒炒出來的木耳其實就張小碗前世的口味來說，完全不好吃，甚至難以下嚥，但卻被張家的另外四口全吃了個光。

張小碗看著他們吃的時候，邊想著明天要辦的事。她要去摘蘑菇，多摘點，吃不完可以曬乾當儲備糧食，但幹這事還是要瞞著，不能讓村裡人知道。

張小碗也不知道能瞞多久，但這種事就算被揭穿了也沒事，頂多惹來別人對他們家的可憐，還有很多的閒話，這種事不會要了她的命，更多的可能是——見他們家吃那麼多都沒事，有些窮得揭不開鍋的人家也會去採來吃！

但在被發現之前，張小碗私心裡想要採更多的蘑菇在手。她會讓劉三娘告訴村裡人，有些花蘑菇是有毒的不能吃，能吃的是哪幾種，但她希望被發現的時機是在這個冬天過去之後。

她沒有全部私吞的想法，但也沒有造福全村人的想法。

她，只顧得了她願意顧的。

第二章

再過一個月，這初冬的糧就要收了，張小碗不太明白大鳳朝的水稻是怎麼種的，她打聽過，這裡的水稻是四月種，十一月收，從栽種到成熟需要七個月，並且一年只有一季，這跟張小碗比較熟悉的三到四個月就可以成熟的雜交稻不一樣。不過張小碗在農村生活過，從她奶奶口裡知道以前沒雜交稻的時候，農家一年只種一季正常得很，雖然種田的時間和大鳳朝的不大一致，但在大範圍內也還是可以理解的，畢竟不是一樣的地方。再說，以前他們也說不準就是這樣一路從古代種過來的。

但這裡的稻穀產量低，栽種時間長，張家就兩畝田，他們一家幾口先前只餓死了張小碗一個，怕也是張氏夫妻盡了全力的結果。

要不然，依那點田、那點產量，一家人活活餓死的可能性絕對超高。

張小碗打算等收完穀子，再問問劉三娘，春天水稻的育秧期他們是怎麼弄的？還有她準備先把關，選好種子，在來年春天的時候就育秧，不等到四月再種。

要四月再種也行，留一畝田，用選好的稻子種四月稻，兩樣種著相比一下，看哪季合算，弄的糧食更多，做個對比，再下一年就能知道怎麼種最好了。

張小碗也沒想她的變化能全蒙得了張氏夫妻，她這幾天慢慢觀察了一下，發現劉三娘對這種變化是不排斥的，雖然她從不說什麼，也不問一句，但張小碗從她的行為裡知道她是接受這種變化的。

她這個娘具體是怎麼想的，張小碗不知道，也沒打算現在就問，她們的感情還沒熟到那分上，只能說慢慢來，只要劉三娘不討厭就行。

至於指望這對父母不發現她的變化那是不可能的，張小碗不會這麼天真。想要變好，就會有變化，總得有個說法讓他們相信她的變化，也讓他們相信她能讓這個家變得更好。

要是這對父母不支援，她有再多的力氣也使不出來。

張小碗這天帶著兩個弟弟採了一天的蘑菇、木耳，挑了一部分出來，多的就著出的陽光，讓張氏夫妻在山邊曬了，曬乾了再包著回來。

這回他們家的水田在偏僻地方的好處倒顯出來了，就是他們家幹點什麼，也不怕人發現、知道。

而且張小碗發現，在他們家，張阿福不太了解的事只要一對上劉三娘的幾句吩咐，他就什麼不解都沒有了，他娘子說什麼就是什麼，一切都聽劉三娘的。

這麼長一段時間下來，張小碗隱約覺得她這娘不是什麼簡單無知的農婦，但看著她滄桑粗糙的臉，張小碗也就沒怎麼再猜下去了。

不簡單無知又如何？還不是一家幾口活不活得下去都是問題。

於是張小碗對劉三娘以前是個什麼樣的人一點也不感興趣了，因為現在擺在他們面前的是艱難的生存問題，來年還有新的孩子要出生，能不能生下來、生下來怎麼養活，都是具體得讓人窒息的問題，哪還有精力想別的事。

從張小碗跟著村裡人去鎮裡撿布、去山裡採茅房子，到她所說的能吃、能保存的木耳，再到把茅房子曬乾，和木耳攢到一起的這些事，劉三娘都沒有具體地向張小碗問個一二。

她不問，張小碗也不打算詳細告知。她知道她遲早要對劉三娘有個說法，但她不會告訴她這個娘，她是從另一個世界穿過來的，她原本的女兒已經死了。

她頂多就是讓劉三娘知道，在她昏睡的那段時間，她從未知的神那裡知道了很多的事情。

至於這個說法劉三娘信不信？張小碗猜她是會信的。

張小碗篤定只要她不是一夕之間完全變了樣，小變一點，變得不同了點，還給這個家帶來了生機，劉三娘就是會信的。

她也不得不信，並且還要堅信，如果想一家人全活下去的話。

在生存面前，人們容易相信太多東西，要知道萬能的神就是這麼被造出來，被他們信仰著。

這天張小碗要帶著張小寶和張小弟去鎮裡，在昨晚，劉三娘又端詳了張小碗一陣後，答應了她帶兩個弟弟去鎮裡走走的事，也還是沒有問為什麼。

張小碗也就更篤定劉三娘接受了現在這個莫名變得能幹起來了的張小碗，因為村裡人去趕場的都是大人，並且，一個村一個月能去趕場的大人加起來也不到十個，一無所有、偶爾只能拿幾隻兔子去鎮裡賣的梧桐村人，哪有那麼多的事要去鎮裡？更何況不是趕場日，這時間連大人都不會去鎮裡。

而她一個小女娃，在平常的日子裡帶著兩個更小的娃兒去鎮裡的事，一般的村裡人家哪家會答應？且不管會不會答應，前提是，會提出這樣要求的小孩根本都不會有！

張小碗先在劉三娘這裡提出來，也是交了個底，事後有人知道問起來，她知道劉三娘會先給她圓了詞，說是她讓他們去的也好，還是找別的更好的藉口都好，總之是不會跟人說是張小碗自己提出來要去的。

鎮裡的趕場日還有幾天才到，梧桐村到甘善鎮，也就是他們口裡常說的鎮裡，來回要四個時辰，這還是壯年人走得快的，走得慢的得花五、六個時辰。

另外，甘善鎮的趕場日一個月三次，逢七趕場，差不多每隔十天一次。

這次帶著兩個弟弟去，張小碗一是想帶他們出去走走，二是邊走邊教他們一點東西。多認識點事物，多見點人，這對兩個在外人面前顯得木訥怯懦的小孩有好處。

姊弟三人走到鎮上，因為沒有趕集，鎮上的人很少，但鎮裡比村裡顯得乾淨整潔的石板路和不是土磚的房子還是讓張小寶、張小弟看花了眼。張小碗先是帶著他們去了堆垃圾的地方看有沒有什麼東西可撿，而她的運氣不好不壞，又撿到了幾塊髒亂的布。張小碗也沒有嫌不乾淨，先在水溝裡洗了洗後，把它們放到了背簍裡，打算回去後再到河裡洗一遍，曝曬一下，再攢著做衣服。

她上次已打聽好了鎮裡的富戶所住的地方，也不嫌費腳程，帶著兩個小孩一個個地方都走了個遍；事實上，運氣總會眷顧一下有所準備，並能為此付出努力的人。張小碗在富戶周圍扔垃圾的地方撿到了幾件還有點棉絮的小孩衣服，只是衣服壞得太亂七八糟，且又髒又臭，顯然是嫌完全沒有一點可用性了才扔出來的。

可張小碗是誰？她是一個能當女工的服裝設計師！她曾經有整整一年的時間都在工廠的廢料堆裡撿廢布、碎布，培養自己當一個服裝設計師的眼光和耐心，而再零碎的東西只要到她手裡都有被利用的價值，連她那高傲的老師都說她有一雙能化腐朽為神奇的雙手。

張小碗打算把這些東西洗了，用開水燙一下消毒，再曝曬一下，到時材料要是攢齊了，她就可以加工，做一件給劉三娘擋寒的衣服了。

背簍裡已經有好幾塊廢布料，這時也過午時了。

年紀小，在大姊面前還稍微有一點嬌氣的張小弟拉著張小碗的手，吸著流出來的鼻涕，對張小碗說：「大姊，餓……」

張小碗眼睛黯然，來之前她已經想過這事，家裡沒什麼能帶著來吃的，她總不能揹著陶罐裝著蘑菇來鎮裡，路太遠了，她揹不了那麼長的時間；再說，張小弟走累了的話，她還要揹他一段路，她沒有那麼多的力氣，所以他們只能餓著。

她狠著心牽著兩個弟弟的手在鎮子裡打轉，見到有堆放東西的地方就走過去，看看有什麼好撿的沒有。

甘善鎮也不是很富有的地方，只不過情況要比窮得連飯都吃不飽的梧桐村要好上一些，所以想撿點多出來的吃食那是不可能的。要知道，會被扔出來的都是一些人家裡徹底不要的東西，而這種東西往往都好不到哪裡去，連又髒又破的爛布其實都很難尋到。

兩個弟弟的臉上明顯疲勞了起來，張小碗當沒看見，依舊走走停停，打量周圍，試圖看哪裡有什麼可撿的而她能用得到的東西。

當她帶著兩個弟弟走過一座拱橋，路過一個正在生火的大娘身邊時，她的腳步不由得頓住了。

這是家賣包子及餛飩的小店，而現在這家小店裡，桌子都是亂的，桌上吃過的碗也有好幾個沒收，正在生火的大娘看起來像是生病的樣子，她不斷咳嗽，看來不像是生火時被嗆的，張小碗從她虛弱的咳嗽中聽出了幾許病氣來。

應該是受風寒而起的咳嗽。

張小碗一咬牙，帶著兩個小弟走到一邊，把背簍塞到張小寶懷裡，命令他。「帶著小弟坐這兒不許動，哪兒都不許去。」

說著，把張小弟的手也塞到張小寶手裡，說完就轉過身走進那個小店，先是把桌椅擺放好了，然後把碗收好，俐落地掃起地來，把這些事全幹完，沒花多少時間，等婦人張著嘴巴反應過來時，張小碗已經跪到她身邊，俯下身子把灶裡的灰扒開一些，對著沒燃起的火苗吹了起來，不一會兒，火就燃起來了。

「妳這閨女這是幹啥？」婦人被嚇著了，驚訝至極地看著張小碗。

張小碗不吭氣，也不打算開口說話。

她以前就見村裡的孤寡兒對她奶奶這麼幹過，那沒爹沒娘的小孩一進她奶奶家，就幫她奶奶幹活，攔著也幹，幹完也不說話，她奶奶看不過去，總會給他點吃的。

張小碗也不知道這套在現下行不行得通，行不通也沒事，她帶著人走就是。行得通，那就代表她可能要得著一點吃的。

人總得豁出去，才能活下來。

生完火，再添了兩把柴，張小碗看到灶火燒起來了，也不管那婦人看她的眼神跟見了鬼一樣，她把她先前瞅見的一塊薑拿到旁邊的水盆裡洗了，拿刀切片了，然後在婦人緊張站起來走到她身邊時，她抿開嘴說：「妳煮了吃，對生病好。」

那婦人被她膽大的舉動嚇得完全不知如何是好，聽她這麼一說，這才拍了拍胸口，喘了口氣。

「身體好，妳試試。」張小碗緊皺著眉。她一個快三十歲的大人，也不喜歡幹這種事，可她已經被逼得沒辦法了。路對面還有兩個對這個世間完全茫然不知所措的小孩在等著她，再蠢再笨的法子她都要試試，看能否試出一點可能性，要不全無生路。

也許是她的口氣太堅定，那婦人狐疑地看了她一眼，然後眼睛不知怎麼地轉到路邊的張小寶、張小弟身上去了。

她看了兩個黑瘦、還不斷抽著鼻涕，身上穿著滿是補丁衣服的小孩幾眼，剎那明白了許多，嘆了口氣，張口說：「孀子當然知道薑水吃了好。」

張小碗聽了不由得有些赧然，她把這裡的人全當成什麼都不懂的了。

那婦人見她頭低了下去，又嘆了口氣，眼睛看向那兩個眼巴巴盯著張小碗的小孩，不由得苦笑了一下，去籠屜裡拿出兩個剩下的、她打算拿來當夕食吃的粗饅頭，把手伸到張小碗面前。「拿去吧。」

張小碗也看到了婦人去拿那兩個饅頭，她哪裡是原來那個不懂世事的張小碗？她一看就知道這是婦人留下給自己吃的。

開這麼個小店，起早貪黑，怕也是只能圖個溫飽吧？她這是從這生病的婦人手裡奪食啊！

張小碗原本的豁出去變成了猶豫，她看著饅頭，沒有接。

「拿著吧。」那婦人往她手裡塞。

張小碗的眼睛黯了黯。這時候裝什麼不好意思？她伸出手，拿了一個就往路對面走。

那婦人見她跟搶似地拿過一個饅頭，不由得愣了一下，當她看到張小碗走到兩個小孩面前，把饅頭掰作兩半，兩個小孩一人一半後，她看著手裡留下的那個饅頭，不由得笑了笑。

「可憐啊……」她把饅頭塞了回去，上了小鍋，煮起了薑水，沒有心思再去計較小女孩的自作主張。

「大姊……」張小寶吃到最後幾口時，像是突然反應過來，把手裡他從沒有吃過的好吃東西送到了張小碗嘴邊。

「你自己吃，大姊不餓。」張小碗抿了抿嘴說道。

就這麼點，還不如一個人吃了好。

「喔。」張小寶是個聽她話的孩子，她說什麼就是什麼，並不會深思，她說不餓那就是不餓，他便收回了手，小心翼翼地吃起了最後那幾口帶點甜味的糧食來。

張小弟一直都是一小口一小口像貓吃食地吃著，這時候他還剩得多，吃到一半，他就不吃了，把饅頭塞到了張小碗手裡，眨著清澈乾淨的眼睛，一瞬也不瞬地看著張小碗。

張小碗不由得笑了，接過那小半邊饅頭，塞到他胸口的衣襟裡。「大姊不餓，你先留著，等餓了自己吃。」

張小弟見大姊不吃，還把饅頭留在了他的衣襟裡，想到等會兒還能吃到這麼好吃的東西，不由得歡喜地笑了。

張小碗擦了他們鼻間的鼻涕，天氣冷，鼻涕擦了總又流出來，如果不能讓他們穿得足夠暖的話，這鼻涕是沒有斷得了的一天的。

「你們坐著，不許動。」見他們吃得差不多了，張小碗又命令他們道。

「好，不動。」張小寶連忙牽起了小弟的手，向他大姊保證道。

「不動。」張小弟也說了這麼一句。

張小碗看了眼他們，在心裡嘆了口氣，站起時又長吸了口氣，這次她沒有再自作主張，而是走到這個明顯是好心的婦人面前，張口說：「嬸子，我把碗給妳洗了，桌子也給妳擦一遍，妳能賞我們口熱水喝不？」

那婦人沒想到她還提要求，不禁猶豫了一下，但她今天確實是再也提不起什麼力氣了，她咳得厲害，又全身乏力，再說，剛剛饅頭都給過了，現在給口熱水又怎樣？

想到此，她點了點頭。「好吧。」

張小碗見她說著話時都在搖晃，不由得伸出手扶了她，把她扶到了凳子上。

她看了這一坐下就撐著頭在忍耐痛苦的婦人一眼，也不再多言，麻利地收拾起這店裡的髒亂來，等洗了碗、擦了桌子，把煮好的薑水拿碗盛了端到這婦人面前，她才就著火燒了開水，把水端到了對面讓兩個孩子喝。

她不讓他們接近，也是怕他們被傳染。

至於自己……張小碗現在也只能把自己當超人用了。

如果她不相信自己無所不能，硬撐著一股氣，她這具孱弱的身體隨時都可能倒下去。

他們趕了路回家，快到家時，天快黑了，張小弟睡在了他大姊瘦弱肩膀揹著的背簍裡，小小的一隻，就像隻貓咪，不像一個已經四歲了的小孩。

張小寶一直被張小碗牽著手，這一路上的風吹得他臉都疼，大姊握著他的手雖然有點冰但也像是熱的，所以張小寶一直緊緊地握著他大姊的手，一下都不願意鬆。

他握得緊，他大姊握他握得更緊，生怕他丟了一樣。

張小寶累得很也睏得很，他的腳重得快要抬不起來了，但他還是一步一步往前走著，不想落下他大姊一步。

天快要全黑了，空中吹著凜冽的寒風，一點溫暖也無，張小碗帶著兩個小孩終於趕到了家裡，走到門前時，發現劉三娘一直在門口站著。

「娘……」張小碗叫了她一聲。

劉三娘的臉色不好看，但她也沒說什麼，只是說：「進去吧。」說著往小廚房那邊走去。

張小碗帶了人進了茅草屋，張阿福正坐在土桌旁，看到張小碗，他皺著的眉頭鬆開了，嘴邊有了一點點笑意。

「閨女回來了啊？」

「嗯，回來了。爹，你們吃了沒？」張小碗讓張小寶坐到炕頭去，再把放下的背簍裡的張小弟抱了出來，放到她爹娘的炕頭上，用被子蓋住。

「還沒，等你們。小弟睡了？」張阿福看了看張小弟。

「睡了一會兒，喊了起來吃點再睡。」這時劉三娘端著灶鍋進來了，張小碗見狀說道。

「欸，好。」張阿福點點頭，不再說話了。

張小碗讓張小寶叫小弟起來，她則跟在了劉三娘背後，去小廚房拿碗、拿筷子。

劉三娘一直沒吭氣，等拿了東西快要進茅草屋門的那刻，張小碗在她身邊小聲地說了句。「娘，妳放心，我會帶好他們的。」

說著，她先劉三娘一步進了門，把碗筷擺好，盛起了蘑菇。

晚上張小碗拿了以前還剩下的一塊布頭，把今天兩個孩子腳上那大拇指處爛了的鞋又補了補，可惜布頭只夠補兩雙，她自己今天穿得更爛了的那雙沒法補了，只能等下次看有沒有多餘的，再裁一小塊出來補上。

她的這雙洞口太大了，太透風，保不了暖，下次不補不行了。

張家有油燈，但沒油，她是摸黑補著鞋的，所幸她這雙手跟上輩子一樣靈活，在黑夜裡幹活也不影響什麼。

補完鞋後她下了地，給炕裡又塞了兩堆木炭。這炕也不知道是怎麼修的，土炕向外排氣的通氣孔又細又小，炕下根本不能燒太多柴，這樣會煙多火又燒不著，所以柴火只能一時燒個幾根，炕頭也不能全熱起來。還好張小碗這陣子把燒火燒出來的炭火著了一些，放了些進去，夜裡多少會熱一些。

其實連柴火他們家也是省著燒的，冬天太費柴火了，一般人家總要攢一些在深冬不方便出門的時候用。

再說，深冬山裡的柴火也少了，到時候沒得燒，真是太容易被凍死了。

這幾天陽光好，張小碗帶著兩個弟弟天天往山上跑，撿了不少柴火堆在家裡。

她這陣子都沒時間去村口跟洪嬸家的虎娃兒玩了，老田叔家的老田嬸說，虎娃兒都來找過她姊弟好幾次了。

張小碗不得閒，想著忙完這陣再帶弟弟們去找他玩，總不能從這小孩嘴裡套了不少村裡的事情出來後，就不跟他玩兒了。

再說，張小碗也有私心，希望張小寶、張小弟能跟村裡的孩子玩得來，小男孩總是需要小夥伴的，多跟點人鬧，身上也能少點怯怯懦懦。

張小碗這陣子翻了大半座山，也沒找到除了蘑菇和木耳之外能吃的東西了。想來也是，動物都沒多少的小山，能藏有多少可吃的東西？

只能想著法子，在劉三娘這裡得個允許，去離梧桐村有點遠的深山裡看看了，也許能找到些別的。

但這一去可能就得三、四天，而且那樣的深山聽說沒多少人敢進過，聽洪嬸兒說，那座大山連劉家村的那幾個好獵手一年都只敢去一、兩趟，想來劉三娘怎麼會答應？

張小碗也想過去劉家村那邊的山裡轉轉，但那邊的人和梧桐村的人多少有點來往，她不怕大著膽子進山，但怕風言風語。

哪個地方都有地盤意識的，她去人家山裡撿吃的，就算不怕費腳程，人家還會討厭她搶了他們的東西，到時候，就是兩個村子的事了。

張小碗一想，全身心都覺得疲憊，在這塊貧困的地方，要找條出路真是太難了。

山裡能找到的東西都找遍了，張小碗這幾天頓頓都煮得多，讓一家五口三頓地吃，這樣幾天下來，張小寶、張小弟兩人的鼻涕都流得少了。

蘑菇曬了一些，木耳也攢了一些，看著連劉三娘都鬆了一口氣的樣子，張小碗心裡苦笑，覺得五臟六腑都是苦的，她知道這是不夠的。

吃這些，餓不死，但也就是餓不死而已，養不出什麼健康的身體，大人是這樣，發育中的小孩更是如此。

她還是得在進入深冬之前，拚一把。

劉三娘拿著張小碗給她做的背心襖，低頭怔忡著。

張小碗正想開口跟她說，想趕在收割稻穀之前去一趟大深山的話，但看到她低著頭一直不聲不響，沒一會兒竟有眼淚打在了她拿著背心襖的手上。

「娘……」張小碗的喉嚨因突如其來的酸澀而一陣抽痛，她吞了吞兩口口水，才勉強把話說下去。「做得不好，妳先穿著。」

劉三娘抬手擦了擦臉，不抬頭，也不說話，只胡亂點了點頭。

張小碗勉強地扯了扯嘴角，但扯不出笑容。

坐在她對面的張阿福搓著手，時不時放火上烤一烤，眼睛瞄著劉三娘。

張小碗從他臉上看不出什麼來，但這段時間已足夠讓她知道，他對劉三娘其實是好的，只怕可能是心有餘卻力不足。

劉三娘掉了淚，他也還是那副沈默寡言的樣子坐在那兒，只是頭垂得更低了一點。

張小碗摟了摟懷裡的張小弟，又拿過碗餵他喝了口熱水，隨即把碗給了張小寶。

張小寶對著他大姊憨厚一笑，接過水碗把水一口喝了下去。

張小碗收回碗，放到土桌上，終於開了口。「我想趁著天氣變冷前，去大深山裡一趟。」

她話剛落音，劉三娘就猛地抬頭，失聲道：「什——」那個「麼」字她沒說出口，泛紅帶著淚意的眼睛失了魂一般地盯著張小碗。

張小碗不等她說話，她緊了緊懷裡的張小弟，就當給自己壯膽，摟了點依靠一樣。她抿了抿嘴，看著劉三娘，輕聲地說：「就讓我去吧。不去，娃兒可能生不下來，生下來了，還得養活，總得再找點生路。」

「不能去！妳二弟、三弟不活得好好的？」

「咱們家現在的光景……」張小碗苦笑，她也疑惑過張小寶、張小弟在這麼差的環境裡是怎麼養活的，但前陣子從洪嬸兒那裡套過話的她已經知道，這是劉三娘在兩個小弟出生後，把她帶過來的幾身好一點的衣服、兩支像樣的釵子，還有家裡一些能賣的都賣了，才換了點精米熬糊撐過來的。

劉三娘生張小寶的時候，身上就已經沒什麼奶水了。

現在，劉三娘頭上戴的是木棍，家裡還值一點錢的怕是那根針，還有見不得人的蘑菇和木耳了。

總不能讓孩子一出生，就跟著喝蘑菇湯吧？

「什麼光景？」劉三娘卻激動了起來。「咱們家現在有吃的，等過了時日打了稻穀，這個冬天就過去了，到時候娃兒下來也有吃的！」她激動得咳嗽了起來，嗆得臉都紅了。

「我得去。」張小碗不忍再看她的臉，只能盯著土桌，一動也不動。「我知道那山裡多少有點吃的，我不比以前，現在要靈活多了。我病了一次，菩薩娘娘在夢裡告訴過我那裡有吃的，那裡還有肉，我要去尋回來給小寶、小弟吃。」

她就不信了，沒多少人去過的深山，那裡會找不到能吃的東西。

「不許去！」劉三娘厲聲喝斥，眼淚卻掉了出來。「我們家有吃的！」她手指往角落裡藏著的蘑菇、木耳大力指去。

「讓我去吧……」張小碗撇過臉，不去看她。

兩個孩子被劉三娘的厲聲嚇著，都駭住了不敢動；張阿福在一旁低著頭，還是沈默不語。坐在火邊的一家人，個個身上都有形無形地被浸染上了淒涼。

一家人剛就著火光吃了飯，打算喝幾口熱水就要歇了，哪想……

張小碗本來以為自己都快三十歲的人了，又比這個有了三個孩子，肚子裡還有一個的劉三娘小不了多少，而且她自小就心性堅強，不是那麼愛哭的人，可是，她話一出口，卻還是有點情不自禁地哽咽了。「讓我去吧，總得去才成，家裡真的什麼都沒有。爹的身體一天不如一天，妳要是不吃些肉是生不出娃兒的，小寶、小弟也比村子裡的誰都瘦……娘，咱們家總得有個人出去尋條活路的。讓我去吧，有菩薩保佑著，我過幾天就回來。」

張小碗說著託詞，其實她也是惶恐的，她信這世上有因果輪迴，信命運對人總有些無力違抗的安排，可她更信這世上慈悲的菩薩一定是少見的，要不，受苦受難的人怎麼會有這麼多？

所以她不得不拿著這具九歲的身體去拚一拚，不爭氣，遲早沒活路。

「菩薩、菩薩……」劉三娘的嘴都是哆嗦的。「菩薩讓妳再回家來，不是讓妳再死一次的！妳不許去，咱們家的糧夠吃的！」

她堅持己見，張小碗見她身體抖得太是可憐，已經不想再跟她說辯下去，於是閉了嘴，拉過一旁害怕的張小寶，把兩個弟弟緊緊抱在了懷裡，頭埋在了他們的肩膀間，無聲地流著眼淚。

如果可以，她也不想去。她有著近三十歲的心性，也能接受這個一窮二白到徹底的家境；可是，窮到如此絕望，逼得她去面對這個朝代所有她未知的、從沒經歷過的苦難，甚至馬上就要以這具孱弱的身體去面對山裡連知都不知是什麼的危險，她心裡也已經苦得不成形了。

但凡還能想出點辦法，她也就不用這法子了。

半夜裡，張小碗小心地起來，拿了一個小陶罐，抓了些蘑菇丟進去，然後放到背簍裡，又摸了摸身上帶好的打火石，安了下心，這才揹起了背簍，小心地開了門，就著白天的記憶，沿著路往前走。

走了一段，確定沒被發現後，她就撒開了腿往前跑，好一會兒才停下腳步，真正鬆了口氣。

這時候，跑遠了的她不知道，劉三娘看著她遠去的方向，無聲地哭倒在茅草屋的門前，而她身後的張阿福只能托住她的上半身，陪著她一起掉眼淚……

天大亮，張小碗已經走到了人跡稀少的地方。

梧桐村周圍並沒有太多的村落與人家，張小碗聽說甘善鎮往縣上那邊的方向，才是人煙最多的地方。

人煙多，代表那個地方養得活人。經過這段時日的摧殘，張小碗都沒力氣嫌自己太倒楣了，她也只能想想大概是前世日子過得太好了，老天爺終於在這世在她身上找補了。

她只能這麼想了，要不，真會怨天尤人。

一路走著，張小碗會在路邊挑選一些尖銳的木頭，她不打算進深山，只想在周邊看看，能找到一點東西就是一點，而且就憑她現在這身子骨兒，想找點東西帶回去，還是得安全至上，有條命回去才成。

要是死在外頭，那家人……

張小碗搖搖頭，讓自己少亂想，且腳步更快了起來。

走了大半天，一些光禿禿的山上也有了綠意，路過一處山時，張小碗竟然見到了黃色的橘子。

她花了好一會兒工夫才繞過路走到那棵橘子樹前，走近一看，應該是野橘，因為一看皮就厚得很。張小碗摘了一個掰開試了試，酸得她牙都要掉光了。

不過考慮到劉三娘可能會想吃，她還是摘了兩個放在簍中。

一天走下來都荒無人煙，張小碗這個膽大的，哪怕有著前世近三十年的年齡打底，一個人走著走著也害怕了起來。

她本來還想唱歌壯膽的，又怕唱歌招來豺狼和某些她肯定對付不了的動物，所以還是閉緊了她那張自己都嚇得有點哆嗦的嘴巴。

所幸日頭很好，曬在人身上暖暖的，下午張小碗找到溪水，把蘑菇煮著吃了，就邊走邊拾著柴火到簍裡，想找一個安全一點的地方過夜。

那座深山她已經打探好方位，換算成現代小半天的車程，依她現在的腳力，得兩天才到得了。

也就是說，她就算不往太深的深山裡去，來回也至少要花四個晚上在外面，這四個晚上怎麼過，張小碗心裡也有了盤算。

這邊沒有什麼人煙，也沒什麼人繞這麼遠的路去那座深山，代表路上她不會碰到什麼人，這碰不到人，時間一長她心裡會害怕，但也許那個人是個壞人，所以基於這個可能，就算見到人了，她也得躲起來。

因此有沒有人，都可以忽略不計了。反正見了人她也得躲著，她只能靠自己，不能再妄想這時候會出現個人給她壯膽了。

張小碗鐵了心要去拚一把，這時候也不能想太多了，怕自己把自己都逼瘋。

晚上當她找到一個有點半乾的山洞時，她真心感激自己運氣還算不錯，至少不須在冬日的晚上在外面受凍。

她拿了柴、點了火，晚上的荒野，天空竟然有星星。

張小碗在洞口看了半晌都不想睡，不是星星太漂亮，而是，哪怕出來的時候再心如磐石，這時候的她還是害怕的。

自己這麼沒骨氣，張小碗都想嘲笑自己。

後來實在是太累了，半夜時分，趕了一天路的她倚到山洞的裡面睡了，燃著的柴火映襯著她那張瘦削、無丁點肉的臉，把她的影子拉得格外的長，在黑暗裡，長得就像一根隨時都可能斷掉的細線……

第二天一早，張小碗去找了溪水，在溪邊燒了點熱水喝。

她有看看小溪裡有沒有魚，但沒有找到。

她不知道往更深的地方走走會不會有，但對周圍方圓百里連屁都沒有的印象是烙在心裡了。連人都不想住、無人開荒的地方，確實是窮到極點了。

帶的蘑菇不多，張小碗今天是必須要找吃的了。她一路仔細地尋找，發現沿路的野菜也跟他們梧桐村的一樣，硬得就算費柴火煮熟了給豬當豬食，豬都不想下口。

找得久了，她也沒有發現野地瓜之類的東西，張小碗再次確定她以前看的那種在野外什麼都能發現的穿越小說，裡面的主角見什麼就什麼都能吃的命中率，在她身上那是相當的不高。

想來也是，窮得連鳥都不下蛋的地方，能有什麼好東西出現？

張小碗走了半天，也沒發現能下肚的東西，心裡不無沮喪，但還是咬著牙往前走。

所幸，在下午的時候，她在沿著走的小溪裡看到了幾條游得極快的魚！當下張小碗什麼也顧不得了，腳步一緊，跑到它們前方一段距離，把背簍一放下，急急地拿著陶罐跪在水邊，把陶罐恰恰好地堵在它們游水的前方，在它們游進陶罐裡頭時，飛快地立起陶罐捧了起來。

看到罐裡那兩條還算有點重量的魚，張小碗險些喜極而泣！

多虧她那雙跟前世一樣靈敏的巧手，她今天好歹逮著點能吃的了。

張小碗捉到魚後，撿了柴火，找了土塊疊了灶，把陶罐放到上面，抓著魚打算拿有著鋒利尖端的木棍去剖魚腹。

她走到河邊，拿棍子在魚的腹部重力一劃，魚便破肚了，她把內臟掏出，打算一條現在吃，還有一條晚上煮著吃。

洗魚的時候，張小碗在水面上看到了自己剛才彎腰去抓魚時碰到了河邊土泥的臉，上面一片髒污，那一秒間，冷不防地看到清澈水面裡那個髒亂野丫頭的自己，還有那頭因極度缺乏營養而黃得毛躁的頭髮時，張小碗自己都看怔了。

但很快地她就回過了神，笑了笑，不在意地把兩條剖好的魚洗了乾淨，再洗了下手，捧著冰冷的溪水洗了把臉。

冰冷的溪水很快便讓她精神一振，不再東想西想，回過身到了灶邊燒起了火。

她以前廚藝相當不錯，只是巧婦都難為無米之炊，她這雙也要依靠食材才能弄出美味的手再能幹，在那個什麼也沒有的家裡，也變不出像樣的食物來。

張小碗帶了一小點鹽在身上，拿一個極小的布兜裝著，這還是在給劉三娘做衣服的時候省著留下來的，巴掌大的布料，張小碗也還是做出了一個小兜來，特地用來裝鹽的。

家裡的鹽其實也不多了，而這個家裡，現在是連鹽都買不起。

所以，她能不出來嗎？真跟著全家人等死，她辦不到。

溪水裡的魚確實是極為鮮美的，放點鹽就夠了。

捧著陶罐，拿著樹枝做的筷子吃魚的時候，張小碗狼吞虎嚥得就像餓了八百年，都顧不得燙，只想一口把魚肉吞了，再狠狠喝幾口鮮美的湯熱熱冰涼的肚子。

她不顧燙，把陶罐裡的魚和湯全吃了，肚子脹得很的那一剎那間，張小碗一手摸著自己頭一次鼓起來的肚子，感覺著陽光曬到身上的暖和溫度，她瞇起眼睛抬頭看向天空，在寂靜的荒野中，自穿越以來，第一次這麼確信她確實能走得下去。

天無絕人之路，人總會吃飽的，日子總會好起來的。

這天到晚上的時候，張小碗終於能看到那座連綿起伏、在冬天也還是綠油油的深山了。

她並沒有再靠近，山裡總會有野獸出沒，她打算明天再走近些，在周圍看看。

她已經拿野草編好了套獵物的套繩，還有幾根弄得尖尖的木棍，到時候看能不能逮到比較笨的動物。不過，張小碗不敢妄想太多，山裡的動物估計也沒幾隻傻的，傻的怕也是被食物鏈頂上的動物給吃了。

她只要能弄到一點肉、一點吃的，最好是一點能賣錢的回去就好。多了，她也揹不回去。

她心不大，所以希望老天爺不要太堵她的路，不要給她發生太多意外就好。

因為隔山不遠，所以張小碗這夜在一個背風的小樹林過夜的時候，老能聽到野獸的聲音，還有大風吹著森林的聲音，簡直讓人毛骨悚然——也只有這時候，她才確信為什麼村裡人說劉家村最好的獵手也不輕易來這裡了。

深山老林，是凶猛動物極易出沒的地方，這裡沒有人煙，天一黑，這裡的晚上靜得就像能吞噬一切般。

這一夜，聽著不遠處山的那邊傳來讓人驚魂不定的聲響，張小碗壓根兒沒敢閉眼，一直守著小小的火堆不敢動彈，身體僵到發麻也只敢小小地動一下，直到天亮，陽光照在身上，感受到溫度的時候，張小碗才昏昏然地趴在背簍上閉上了眼睛，沒有支撐過去地睡著了。

在昏睡前的那一刻，張小碗也還是感嘆了一下自己的狗屎運，這種地方，要是下雨天，可能凶猛動物沒見著，她要麼不是冷死、凍死，要麼就是在連火都點不著的夜晚被嚇死了。

張小碗沒敢讓自己睡得太沈，還好這具身體儘管再孱弱，裡面裝的也是成熟的靈魂，多少能控制住精神，不讓自己昏睡太久。

她一醒來，就著火把昨晚留下的半陶罐魚給熱了，見日頭快要升到中間，知道自己白天的時間不夠了，匆匆忙忙吃完魚，把東西草草一收，揹起背簍，連滾帶爬地往她肖想了好幾日的山林跑去！

張小碗沒敢往深山走，她在邊上仔細盯著地上長的東西，看到可疑的就去拔出來看個究竟，但到底還是沒找出可食用的東西來。

但是運氣不錯，她碰見了兔子，先前看到兩隻的時候，那兔子跑得比她快，張小碗追得都摔了兩回也沒逮著牠們。

到第二次看見兔子時，張小碗就有點經驗了，腳步先是放輕，然後一鼓作氣，以惡狼撲虎的姿勢撲了上去，這樣，好歹讓她逮著了一隻。

把兔子逮到手，兔子也被她壓了個奄奄一息，張小碗卻樂得很，拿準備好的草繩綁了，露出了這段時間以來難得一見的笑臉，可惜被她逮到的兔子不給面子，被她放進背簍裡就縮成了一團，看樣子是昏過去了。

張小碗頓時覺得自己這方法雖然是笨了點，但還是可行的，成功率高，就是撲過去的時候要小心點，別把這具不中用的身體也給摔昏了頭。

沒什麼人來過的山林裡，動物確實要多好多，張小碗沒兩個時辰就看到了兔子還有野雞，中途還看見過一隻山豬模樣的動物，不過她沒敢近看，因為她萬般肯定她搞不定這樣的動物。

她再膽大，也不是個獵手。

野雞倒是可以捉，不過經實際演練後，野雞要比兔子難捉多了，好幾次張小碗連牠們身上的毛都沒碰到，往往剛撲過去，牠們就張著翅膀亂叫著飛遠了。

張小碗也只能恨得牙癢癢地看著牠們飛走，心裡暗想著等她那爹身體好點，下次他們多帶點工具，父女倆齊心合作，可以多弄點回去。

這一趟，光是現在眼前看到的，其實都沒白來。

不過再深一點點的山，張小碗就不敢進了，那太危險。

張小碗花了好大的工夫才逮到兩隻兔子，山雞也捉了一隻，都用草繩綁了，塞到背簍裡。

中午張小碗就喝了幾口水，還有她見到了野山梨，這野山梨皮厚、個小，但還挺甜的，張小碗摘了手能搆得著的十幾個，也沒敢多摘，怕自己揹不動。

很快地太陽就要落山了，張小碗猶豫了一會兒，還是揹著這點算豐收也不算豐收的東西出了山，決定往回趕。

她一個人還是怕在這種危險指數看起來非常高的地方多待。

尤其夜晚，真是再大的膽也能嚇破。

張小碗揹著兩隻兔子、一隻野雞、十幾個梨這些戰利品匆匆往回趕，決定在深冬之前和張阿福一起過來一趟，再為家裡儲存點食物。

這次，她沒在昨晚住的小樹林過夜了，她趁著夕陽還在，又趕了好幾里路，在她先前走過的一個做了記號的小土坡那裡歇下了。雖然這晚起了風，但張小碗事先撿了柴丟在路邊放著，她到的時候把這些遠遠近近的柴火收攏到一起，左邊、右邊、前面都各點了個可以抗寒的火堆，算是在沒有遮擋的荒野度過了一個晚上。

在野外，張小碗不敢睡死，所以第二天起來的時候她有點無精打采，腳步慢了不少。

她又找到了先前那條走過的小溪，這次她比來時更要注意溪裡的情況了，因為她想抓一些魚回去。

幸運的是，溪裡的魚不多，但在走了一天之後，她還是弄到了五條大約一斤左右的野生草魚。

張小碗是在第二夜晚上趕到家裡的，這個時候，沒油燈的家裡一片漆黑，張小碗站在張氏夫妻住的房間門前輕輕敲了一下窗戶，剛叫了一聲「爹、娘」，她就聽到了倉促的腳步聲，很快地，門就打開了。

土桌旁邊燒了柴火，有了點亮光。

張小碗把背簍裡的東西拿了出來，一一對張阿福和劉三娘講道：「兔子一隻用來換鹽巴，一隻留在家裡醃著慢慢吃，野雞給娘進補，魚留給阿爹、小寶、小弟吃。」

她說完，拿起劉三娘放在土桌上的碗，把開水一口氣都喝了，轉頭向張阿福說：「爹，那山我尋著了，等回頭忙完，要是天氣好，我們去一趟，多帶點吃的回來，你看成不？」

張阿福想都沒想地連連點頭，眼睛發腫的劉三娘一直都怔怔地看著背簍裡已經被張小碗處理得很好的兔子、野雞和魚……連野雞褪下來的雞毛，也整齊地安放在簍裡的一個角落。

「妳都去哪裡學的？」劉三娘終於開了口。

「夢裡菩薩教的。」張小碗面不改色地說了她先前已經說過一次的託詞。

劉三娘點點頭，不再問了，只是轉頭對張阿福說：「菩薩教閨女的事，不要對外人說。」

「知道的。」張阿福點點頭，站起身，把背簍提起。「我去放好，妳們準備睡了。」

「我和你去。」劉三娘站起，又對張小碗說：「妳去睡。」

張小碗點頭，說：「明早我去趕場換鹽。」

「妳爹去。」

張小碗搖搖頭，打了個充滿倦意的哈欠，她這時連眼睛都睜不開了，低著頭半睡半醒地說：「我去，我可能會多換一點，讓我去吧。」說著，她強撐著站起，打算去拿小廚房裡燒著的熱水。

「坐著吧。」劉三娘看著她，嘴巴抿了抿，當下按下了她的肩。「娘給妳拿水去。」

回到家了，心也全放下了的張小碗，這時已經累得找不著東南西北了，她也沒掙扎，坐在那兒打著瞌睡直點頭。

等劉三娘和張阿福把東西歸置好，又去灶房拿了水過來時，張小碗已經坐在那兒睡著了。

劉三娘給她洗好臉和腳，張小碗都沒有一丁點的反應。

把張小碗送到房間後，劉三娘給她蓋好被子，在黑暗中看著此時躺在一張炕上睡著的她的三個孩子，許久許久，都沒移開過眼睛。

直到蹲在地上給炕添炭的張阿福站了起來，小心地拉了她一下，她才回過神，讓張阿福半扶著走了出去。

一大早，張小碗比村裡人早了一個時辰去了甘善鎮，她到時，鎮裡的店鋪還沒開張。

她直接去了開小飯館的那家店，陪了些笑臉，說了好幾句「老闆大叔生意興隆」之類的吉祥話，又自作主張地給正在洗菜的老闆娘洗了半會兒的菜，最後用這隻兔子換了二十個銅板，大概比一般賣的要多出了兩個銅板。

這兩個銅板，夠買兩個包子。

張小碗先去買了十個銅板的鹽，又狠了狠心，花了五個銅板買了五個包子。

她又在周圍轉了轉，看有啥好撿的沒有，但可能是她先前撿了好幾次別人不要的東西，有人看到了，這次竟然也有孩子在撿，看得張小碗不由得苦笑了一下。這窮地方啊，真是逼得人沒有活路。

她準備回去的時候，遇到了今天來趕集的村裡人，村裡人一看到她，有些驚訝。「小碗，怎一個人來了？」

「趁早來看看有沒有東西撿……」張小碗顯得有些不好意思，還不安地動了動腳。

「可撿了什麼？」村裡一個今天來賣些針線的阿婆好心地問她。

張小碗知道這個阿婆平時雖然吝嗇了點，但其實也是個有些善心的，她頭一次跟著來的時候，走得慢了一點，這個阿婆還等過她一、兩回。

「蔡阿婆，」張小碗朝她搖搖頭。「今天沒撿著什麼。」

說著，她朝不遠處那幾個圍著賣麥芽糖的鬍子大叔轉，手裡拿著一些撿來的、一看明顯知道是廢品的小孩看去。

「啊……」村裡今天來的一個大嬸看到，掩嘴叫了一聲，看到那幾個小孩，眾人一下子皆明白了，都可憐張小碗狀地搖了搖頭。

「我先回去了。」張小碗慶幸自己心眼多，先前已經找了樹葉把背簍裡的東西蓋嚴實了，要不，有得是解釋了。

村裡人心都不壞，但，冷不丁地看到村裡最窮的人家都買包子了，背地裡肯定有得是說道猜疑的。

「回吧，要是不急，跟我們一起回也成……」先前驚叫的大嬸連忙說。

「我先回了。」張小碗低低頭。「回去得早些，還能幫家裡幹幹活。」

「那就早點回吧，早回去幫家裡撿點柴火也是好。路上要小心點走……」那個蔡阿婆接話說道，還朝張小碗笑了笑，算是對小孩的善意。

張小碗看看她，也回了個笑，揹著背簍小跑著走了。

看著她遠去，這幾個村裡人又紛紛搖了搖頭，幾人一起說道起來——

「這孩子啊，也是個勤快的，張阿福也不算太倒楣，爹娘不疼，至少有個好媳婦，生出來的丫頭片子也不用費心思，眼看大了一天比一天懂事……」

「可不是？」

「唉，他家就是田少了點，地方也偏，過幾天出了糧，交了稅，還了他那偏心眼的爹娘糧後，這一年辛辛苦苦得來的那糧，怕是全家兩個月都吃不上，這肚子裡還有一個啊，這可怎麼養得活……」

一干人聽到此，紛紛嘆氣，不過轉眼間，有人提起了別的話題，就勢又說起別的事來了。

生活是很苦，但看到張小寶、張小弟把包子吃完，喝完蘑菇湯後，那情不自禁、心滿意足地摸著肚子嘆氣的表情時，張小碗便覺得一切都值了。

她真不是個什麼好人，前世做起生意的時候她也錙銖必較，對她不好的人她從沒有原諒過，不喜歡她的人她也從不願意接近，她心胸一向不大，是很世俗的一個人；但此刻，看著這兩個小孩飽足的樣子，張小碗覺得胸口都滿滿的。

她想，可能女人天生都有那麼點母性，見不得受苦的弱小，尤其，這弱小的人還跟她這新生命的身體有著血緣關係。

她是他們的大姊，這是她沒得選擇，其實她也願意承擔的事。

像是知道張小碗把她的那個包子分給了兩個小孩吃一樣，張阿福把他一直沒吃的那個包子給了張小碗。

張小碗捧著開水碗搖頭。「我在鎮裡有吃，爹你吃。」

張阿福只是搖頭。「妳吃吧，爹不餓。」

「爹吃，回頭還要忙地裡的活，過幾天，我們還要去山裡。」張小碗儘量把話說得清楚。她這爹的身體要養好，雖然多吃點不可能一時就好了，但好一點就是一點，哪怕只是心理安慰也都好。如果都及不上她這小女孩的身體，回頭他們也帶不回更多的東西。

「你吃吧。」劉三娘這時插了話，拿起一碗剩下的蘑菇湯遞給了張阿福。「吃飽了要幹活了。」

張阿福猶豫了一下後，接過了碗，拿起包子咬了一口，看著她們娘兒倆。

張小碗連忙朝他笑了一下，劉三娘的嘴角也微微翹起。

張阿福見狀低下頭，狼吞虎嚥了起來。

「吃慢一些……」

劉三娘伸出手拍起了他的後背，語氣是張小碗從未聽過的婉約。

她想，她這對爹娘，其實還是挺有感情的。

可惜，貧賤夫妻百事哀，日子太苦了，眉頭心上都是愁緒，一家人就沒有多少真正輕鬆的時刻。

第三章

這陣子日頭都很足，很快地，家家戶戶都打起了稻穀，張家的田地離村裡太遠，挑到村裡公用的曬穀場時，場地早就已經被各家各戶占滿了。

穀子不趁這幾天日頭好的時候曬乾是很麻煩的事，見無地可曬，張小碗白天就帶著自家的幾張草蓆到了田地邊，打一點就曬一點，教著兩個弟弟怎麼翻穀子，而她就挑水把附近的幾個大石頭都用水洗淨了，再把穀子挑上去曬。

這樣費心又麻煩，但好過把穀子蔭著受潮。

張家就兩畝田，兩夫妻帶著三個孩子在田裡忙了兩天就忙完了，這兩天張小碗都是搶著事做，盡力讓劉三娘少碰些費力的活。

曬穀費了不少事，曬了三天，穀子也半乾了，他們就把穀子挑了回去，白天找了片大的木板曬，晚上放到炕邊晾著，這樣四、五天下來，這些穀子倒是都乾了。

張小碗打聽著過幾天，里長就要帶著村裡人去鎮上交糧稅了，怕沒什麼時間，她看這日頭很足，又再一次仔細問過她爹娘，知道初冬打穀的這一個月間，日頭都很足，等過了，便是深冬，那時候就凍得人出不了門了。

她尋思著乾脆這幾天和張阿福去那山邊再尋尋，多找點東西回來。

劉三娘這次沒拒絕，半夜張阿福和張小碗要走的時候，她還給他們熬了一鍋蘑菇湯，看著他們吃了，才把他們送出了門。

張小碗這是頭一次跟她這個爹這麼長時間待在一塊兒，等走了半天，張阿福想蹲下揹她走的時候，張小碗真心覺得這個身體不怎麼樣的爹其實本質裡還是個漢子的。

就是身體不好，想撐起這個家，也太力不從心。

「我不累。爹，你要是不累，我們再多走點路，要是早點到過夜的地方，我們能多撿點柴火燒。」張小碗真心誠意地朝她這個走快一點就會有點喘氣的爹建議道。

「爹不累……」張阿福揹著劉三娘從別家借來的大背簍，摸了摸張小碗的頭髮，就快步走了起來，不再說話了。

張小碗跟著他一路微微快步走著，邊走邊跟張阿福說著她前次來見過的東西，等遇到那棵野橘子樹的時候，她指著樹對張阿福說：「那個娘還挺喜歡吃的，回程時咱們多摘幾個回去。」

張阿福有些欣喜地看著那棵橘子樹，距離有點遠，但他一直都看著，走路的時候還因為沒看路而差點跌倒，直到他們走離了好遠，他都還依依不捨地回過頭看了好幾眼。

這是個好男人。張小碗心裡再次暗忖道。

這次有了張阿福一起，張小碗不再那麼害怕了，也就更多了心思打量路邊的情況，偶爾碰到有些危險的地方，她也有膽子過去瞧上幾眼，如此仔細，還真有了點收穫，她看到一片水氣很足的沼澤地居然長了芋頭！

那芋頭不太大，小小的一個，張小碗當下也顧不得這時太陽快要落山，她拔出來十幾個芋頭洗了，煮熟，先自己吃了，等過了半個時辰，確定沒問題，就叫張阿福一起吃。

張阿福被劉三娘叮囑過，不要過問閨女的舉動，哪怕心下有些疑惑，也一直在旁邊只幫著幹活不多問什麼；而張小碗試吃的時候太淡定，他還以為是張小碗餓了想先吃，卻不知道張小碗是在試這東西能不能吃。

芋頭煮得更熟其實也就更香了，這東西澱粉足，吃了容易有飽脹感，張小碗又添了一碗後，剩下的讓張阿福吃了個底朝天，直打飽嗝，那不怎麼好看的臉色都因此有了點血色。

「回來的時候，記得過來再撿點回去。」張小碗捧著肚子，滿意地對她這個不太言語的爹說。

「嗯。」張阿福也還真是憨實，連連點頭之餘也不多說什麼。

吃完後，張小碗和他又走了一段路，因芋頭的事，他們落了不少行程，還好還是走到了上次張小碗住過一晚的小土坡。張小碗上次撿來剩下的柴火居然都在，這讓張小碗喜上眉梢，當晚點的火又亮又足。

不過第二天，她還是早起，把燒完的柴火又撿回補了一些，打算回程的時候再到這裡住一晚。

這次遠行「謀生」，張阿福臉上都有喜氣了，他們足足捉了四隻野雞，兔子抓了一窩，有七隻，樂得張小碗覺得她爹這名字真是名副其實，他這福氣一來，他們的收穫簡直就是成倍地往上增！

因兔子太多，且隻隻都很肥大，張小碗就把這幾隻兔子當下都處理了。她帶來了菜刀，宰頭、剝皮俐落得很，直把一旁的張阿福看得傻了眼。

張小碗卻被這麼多的肉給樂著了，也沒怎麼看她爹那小心翼翼打量她的眼，隨便他怎麼想去了。

只要不把她當妖孽，怎麼想都好。

要知道，他閨女若還是以前那個懦弱的閨女，他們這一家子，這個冬天怕是捱不過去了。

張小碗也希望他們這一家子能一條心，要是不一條心，憑他們要吃沒得吃、要地沒得地的處境，若有一個人拖點後腿，不開玩笑地說，全家都得跟著玩完。

要真到那地步，在盡了力也無可挽回之下，她不認命也得認命，畢竟她不是老天爺，也不是什麼神仙救世主，她只是個前世小有點能力的穿越女，沒有力挽狂瀾的神力。

不過張阿福的表現像劉三娘一樣讓她安心，看她處理過兔子後，她這爹只愣了一會兒，就接過了處理好的兔子，洗起了血水來，還對張小碗說：「手慢點，別讓刀子割了手。」

張小碗當下是真心露出了笑臉。「知道了，爹。」

這次捉了不少兔子還有野雞，張小碗留下了兩隻活的雞放在她放活物的背簍裡，宰殺處理好了的都放在了張阿福的大背簍。因這次捉的東西多，處理的時間也長，他們在山林旁邊的小樹林裡住了一晚。

第二天上午的時候，又在昨天挖的陷阱裡逮到了幾隻活兔子，這次張小碗沒再殺這些兔子了，把牠們拿草繩綁了，打算要是回去的時候牠們沒死，她就養著牠們等過年吃。

父女倆在回程的時候又捉了不少魚，魚離了水活不了太久，再加上日頭雖然足，但溫度確實不高，因此張小碗還是把它們就地處理了，放在了張阿福的背簍裡，反正這種溫度下，肉多放兩天完全不會壞，天氣就是天然的冰箱。

這次回去，他們比前次張小碗一個人去的時候多耽擱了一天，但回來的時候天色尚早，還不到晚上，他們沒有直接回家，張小碗建議她爹先去鎮裡，把他大背簍裡的肉賣了。

到鎮裡後，張小碗必須說，他們運氣確實不錯，他們到鎮裡最大的那間客棧，滿心忐忑地準備賣這些貨的時候，正好趕上有走南闖北的行商入住了這家客棧，帶來的那二十幾個人把這家客棧的房間都住滿了，帶頭的行商夥計正扯著喉嚨問這個鎮裡有什麼好吃的、能吃的，儘管全弄上來！

客棧老闆正愁沒有好的野貨招待這種大客人，一口氣買了七隻兔子，因兔子肥大，隻隻都給出了三十個銅板的價格；那四隻雞他也要走了三隻，一般的野雞平時只有十五個銅板一隻的，因雞也大、重量足，比一般的一隻要重一倍，心情特別好的老闆秤了秤重量後，也慷慨地給出了一隻四十個銅板的價格。

連那魚，一聽也是野外的小溪裡抓的，老闆也要走了一大半，一起給了五十個大銅板。

這一次，他們一共得了三百八十個大銅板，張阿福接錢的時候手都是抖的，等接到錢，他帶著張小碗找了個地方，兩父女蹲在沒人看得到的角落，哆嗦著手，吞嚥著口水足足數了三遍才捨得站起身來。

三百八十個大銅板對張家還是對梧桐村的任何一家住戶來說都是大錢了，但這其實還不到半兩銀子。不過，這是張小碗來這朝代後第一次親手摸到銅板，再鎮定也難免激動。

至於張阿福，除了娶親的時候上手過錢，其他時日摸錢的機會真沒幾次，而且這錢，說起來也算是他掙了一分子的！懷揣著錢，他拿過張小碗身上的背簍揹起，把空了的背簍給張小碗揹著，顧不得天黑，拉著張小碗的手就往家裡趕。

其實兩個人趕了好幾天的路已經是疲憊至極了，可是得了銅板的興奮還是讓他們一鼓作氣地走回了村子。回去時，村子裡什麼聲響都沒有了，黑漆漆的一片，路上僅有的光是他們手中握著的那根點燃的柴火棍。

聽著身邊張阿福趕路趕得氣喘吁吁的聲音，隔著距離，張小碗甚至都能聽到他心臟在急速跳動著的聲響，她原先本是擔心張阿福這身體撐不住這種激動，但看到張阿福笑著催她走快點，她便什麼都不想了，甚至莫名有些鼻酸。

她這個爹啊，不過是得了錢，緊趕著回家給人看罷了。

他們離家不遠時，發現劉三娘已經站在了門口，一看到他們走近她便迎了過來。

張小碗看見劉三娘要拿她的背簍，連忙說：「東西爹揹著，我這是空的。」

劉三娘一愣，隨即釋然，轉身朝張阿福看去。

張小碗知道她是誤會了，剛剛怕是以為他們沒得什麼東西回來。

走。

「三娘……」見劉三娘看他，張阿福卻有些傻，只顧著傻笑。

「進去吧。」張小碗這時聽到隔著塊野草坪的老田叔家有動靜，連忙拉了她娘的手往裡走。

「小寶和小弟睡了？」張小碗邊走邊問。

「睡了，剛哄睡不久。」劉三娘跟著不許她拿背簍的張阿福往裡走，猶豫了一下又說：「他們這幾天都在等妳回來。」

「許是想我了。」張小碗笑了笑，覺得疲憊的身體也有點力氣了。她放下背簍，轉過身，看到張阿福從胸口抓出了用紙包包著的那包錢放到劉三娘面前，不停地傻笑，卻一句話也不說。

「大背簍先前是爹揹著的，有七隻兔子還有好些雞和魚，我們趕鎮裡賣了，賣了個好價錢，這都是爹得的。」張小碗說完這句話後，把手裡點燃著亮光的柴火棍給了劉三娘，撇下他們，準備去小灶房弄點吃的。

剛轉身，聽到他們睡覺的房間門口，有人在小聲叫她。

「大姊、大姊……」

張小碗走了過去，柴火棍能照亮的範圍不大，就算離她爹娘那邊的火光不遠，但這邊還是黑著的，黑暗中她看不清人的臉，只是輕聲問：「是小寶？還沒睡？」

「還有我。」張小弟的聲音也出來了。

張小碗笑了。「都醒了？餓了不？」

「大姊……」這時張小弟已經出來了，有一點火光的黑暗中，張小碗感覺到張小弟已經抱上了她的腿。

「穿好衣服了沒有？姊給你們煮魚湯吃。」張小碗笑了，手摸上了小弟那毛茸茸的頭。

「穿好了！」兩小孩這時異口同聲地答道。

張小碗遂牽了小弟的手，帶著張小寶走回去，從背簍裡拿了兩條魚出來，看見在背簍的另一角，被她用大樹葉隔開、呆縮著的兩隻兔子時，她伸手探了探，看都還活著，不由得鬆了口氣，對劉三娘說：「兔子還是活的，娘妳找點水讓牠們喝喝，明天我去扯草。」

說著，她也不打擾這兩夫妻了，帶著張小寶、張小弟摸黑去了小灶房，生火煮魚。

小灶房裡通風，晚上極冷，張小碗讓兩個小孩坐在火邊，她則在有風的那邊蹲著洗魚，給他們擋擋風。

張小寶已經學會燒火了，有模有樣地給張小碗燒著柴火，看到他大姊手中正在用刀劃的魚，不由自主地吞了吞口水，嘴裡卻說道：「這幾天，我們也吃了魚，娘都給我們吃了。」

「嗯，那有沒有聽大姊的話？」張小碗叮囑過他們，讓他們把魚湯給劉三娘喝了。

「有聽，魚湯我們都沒喝，都讓娘喝了！」張小寶急急地搖頭，生怕他大姊不信。

張小弟也跟著他哥直搖頭，眼睛著急地看著張小碗，同時生怕著她不信。

「那就好。大姊找吃的回來了，」張小碗朝他們儘量溫柔地笑。「以後不餓肚子了。你們要聽話，知道嗎？」

「知道了！」兩小孩又同聲回答。

自她來到這裡，這兩個小孩其實就是她撐到現在的理由，看著他們對她毫無保留的依戀，張小碗心裡心酸又沈重。以後的路，怕是長得很，想把他們養得像模像樣，可能得遭受不少事。

可，到底還是值得的。

她不想再辜負給她當弟弟的人。

張小碗算是很奢侈地煮了兩條魚。

剩下的還有大半鍋，趁灶裡還有火，張小碗讓張小寶叫他們爹過來烤著火吃。

這大半個時辰都過去了，夫妻倆有什麼話應該也說得差不多了。

沒一會兒，叫人的張小寶和張阿福過來了，劉三娘也來了。

劉三娘一進來，就拿碗把魚盛了，拿著鍋就要出去洗。

「不急，等會兒我來！」張小碗連忙喊住她。

「我燒點熱水……」劉三娘抿著嘴，眼裡似乎有淚光。

這是怎麼了？張小碗確實有點傻了。掙錢回來了都不高興？

這時張阿福端著碗，連連喝了幾口熱得燙嘴的魚湯，等嚥下後，朝張小碗小聲地問：「閨女，妳肩膀子疼不？」

劉小碗恍然大悟，她搖了搖頭。「不疼，爹你呢？」

「先是不疼，現在有點了。」張阿福笑了笑，不再說話，埋頭吃了起來。

等到劉三娘燒好水，拿毛巾擦張阿福的上半身時，張小碗才發現他揹背簍左右的位置，全是褐紫色的血印子，足足有四、五道。

一路上，她這爹對此沒吭過一聲，只是偶爾歇一歇。張小碗對這個平時連走路也總是落在劉三娘後面的爹，當真是刮目相看了。

等到吃完飯，張阿福歇息去了，張小碗卻有些憂心。張阿福的身體不好，他撐這麼久怕是用精氣神在撐著，這麼一躺下來怕是會病倒。

這時候，她也不顧忌太多了，送吃飽了的小寶、小弟去睡覺之後，和劉三娘輕聲說：「明早去買些薑片，熬了薑湯，再買點精米，用雞熬了稀飯吃，讓爹養幾天再下地。」

劉三娘聽了一怔，但隨即點了頭。「明早我去弄。」

「我——」

張小碗那句「我去吧」還沒落音，劉三娘的聲音陡然不耐煩了起來。「妳跟妳爹一樣，都養幾天！難道我連買個東西還不會？」

張小碗看著劉三娘微紅、不看向她的眼睛，隱約知道這個婦人其實也是怕她太累，便沒說話了。

回到姊弟三人睡覺的炕上，聽著兩個弟弟已經打起來了的鼾聲，看著黑漆漆的茅草屋頂沒一會兒，張小碗就閉上了沈重的眼皮。

這一路，實在太辛苦了，就算是她覺得還能忍受，但這具孱弱的身體也確實是撐不住了。

當張小碗昏沈沈地醒來，遲鈍地眨了眨眼，看著茅草房的屋頂好一會兒，才想起自己這是穿越了，在大鳳朝呢！

這時她才察覺到渾身都沒有力氣，不能動，這是發高燒了嗎？當下她心裡一涼，不由得苦笑了起來。

先前她還擔心她那爹撐不住會倒下，沒想到，她先倒下了。

「大姊、大姊……」

她還沒回過神，就聽到了炕旁邊有人在大聲叫她。她用盡了力氣勉強把頭轉過去，發現張小寶正衝著門口喊——

「爹、娘！娘，大姊醒來了——」

她這個大弟弟從來沒有用這麼大的聲音說過話，裡面一點怯懦之意都沒有了。張小碗不由得笑了笑，剛想叫張小寶過來，卻發現自己的喉嚨乾得一個字都說不出口。

「大姊、大姊……」這時張小寶又衝了過來，他衝過來沒多久，張小碗就聽到急亂的腳步聲朝這邊跑來，很快地，張阿福和劉三娘就跑進來了。

一見她，雙目發紅的張阿福還沒說話，劉三娘卻抱著肚子跌坐在了地上，無聲地掉著眼淚。

張小碗得知自己已經看過行腳大夫，抓了六副藥，花了近一百個銅板，當下的反應就是一陣肉疼，疼過之後就是遞過來的藥碗喝得一口不剩，喝完了還看看沾了藥漬的碗，如果不是上面沒沾多少，她都想去舔一舔了。

花了老大的勁掙的錢，就這麼去了四分之一。

不過，捨得這麼給她花錢，張小碗也挺感動的。跟她所知的古代一樣，大鳳朝也是男尊女卑，梧桐村這麼窮，怕也就是張家敢這麼捨得把近一百個的大銅板花到閨女身上了。

張小碗的身體太虛弱，但擋不住內裡換了個不一樣的魂，就算全身無力下不了地，也硬是強撐起了精神，喝完藥就咬著牙喝開水，也喝了一碗劉三娘用精米熬的粥，出了一身大汗之後，才好受了一點。

她全身衣服都濕透了，她知道不能再穿下去，這時問題就來了——他們家誰都沒有多餘的厚衣服！張小碗只好硬著頭皮，讓劉三娘去買一件現成的。

劉三娘倒是什麼也沒說，回頭過了兩個時辰，就拿回了一套厚棉衣、棉褲，針腳也相當紮實，一看就知道要不少錢。

「花了多少？」張小碗一接到手裡，心口就絲絲地抽疼。

「沒多少，妳先換了。」劉三娘過來幫她解衣服，張小碗這時身上的溫度退了，她知道再不換衣服可能會再感冒，於是也不再多言，抿著嘴在劉三娘的幫助下把衣服換了。

「咱家還有多少錢？」換了衣服後，張小碗就算還是沒恢復多少力氣，但已經是躺不下了。

這時又到了她喝藥的時間，張小弟小心翼翼地端著藥碗進門，抬頭一看到張小碗就笑。

「大姊，藥熬好了，妳趕快喝！」

「你熬的？」張小碗驚了。

劉三娘接過他手裡的碗，轉遞給張小碗，沒什麼情緒地道：「這幾天的水也都是他燒的。」

張小碗接過碗一口喝了，喝完問起另一個弟弟。「小寶呢？剛還在的。」

「扯草去了，帶回來的兔子活了，要吃不少，他趕有草的山那邊去了。」

「遠得很……」好半天，張小碗才憋出了這麼一句。山那邊有個長了不少草的小草湖，草長得好，可那兒沒比去鎮裡的路程短。

劉三娘沒答話，張小碗剛撐起的氣也慢慢蔫了下來。

是啊，窮人家的孩子早當家，這窮得吃不飽飯的梧桐村裡，又有誰家的孩子七歲了還不幫著幹農活的？

先前也只是因為他們張家地少，所以活相對就少，地裡有兩個大人就夠了，且孩子長得太瘦小，七歲的孩子跟別人家四、五歲的竟差不多大，哪還能讓小寶幹什麼大人的活？

而現在家裡有事了，哪還能讓他閒著？

別說十來里的路，就是二十來里、三十來里，不也得咬著牙走？

「大姊……」見張小碗在發呆，一旁的張小弟扯了扯大姊的新衣裳，眨著沾了柴火灰的臉問張小碗。「妳可好點了？」

他手上黑黑的，還沾了不少灰，劉三娘過來扯他的手，張小碗這才回過神，看到衣袖上沾上的灰塵，不在意地笑了笑，伸出手去摸他灰灰的臉，說：「快要好了，今兒歇一晚，明天就可以幹活了。」

「妳得多歇幾天，爹說妳累壞了……」張小弟有些怯怯地看了劉三娘一眼，他怕劉三娘，但不怕他大姊，見大姊一臉笑，於是和張小碗小聲地說了起來。

見張小弟小大人一樣地說著話，比前陣子她剛來的時候除了哭還會說上幾句話，其他時間半天一句話都不說的情況要好多了，張小碗不禁琢磨著其實他也並不是個笨的，只是餓著長大的孩子大部分膽兒小、怯懦罷了。她想著，不由得有些欣喜，把張小弟拉到炕上跟她坐在一塊兒，對他說：「姊沒事，吃了藥就好了。」

這兩個弟弟，她真不需要他們太聰明，只要不是智力有問題就好，那樣的話，就算她想護著，他們在家裡吃不了虧，但在外頭還是會吃虧的。

張小碗一喜，精神又好了起來，這時看到劉三娘拿著針線在補她的濕衣服，她不由得呆了呆。看著劉三娘那雙粗糙、滿是厚繭的手俐落地補著衣服，她頓了頓，張口和劉三娘說起話來。「娘妳買線了啊？」

「嗯。」劉三娘點點頭。

「洗了再補吧。」張小碗笑笑地說。

「補了好洗。」

「爹去哪兒了？」張小碗突然想起。

「出去了。」

「稅糧送了嗎？」

「昨天送了。」劉三娘有問必答，只是張小碗問到這兒，衣服也補好了，她拿了衣服就出去了。

張小碗本想讓劉三娘把衣服留著，等她明天好了再洗，但看著劉三娘的背影，覺得也無須這麼逞強。

她和他們是一家人，她也不是什麼救世主，能力有限，所以他們需要彼此間相扶相持，這一家子才能從飢寒交迫中走出來。

靠她一個人，是行不通的。

她要是逞強，別說現在的身體不行，就算換給她一個好點的、中用點的身體，怕也只有先累死的下場。

這一病，張小碗算是全想明白了。

到這天晚上，張阿福沒回來，張小碗才知道他這是出門採芋頭去了。

張小碗頓時不知道說什麼才好，要是張阿福出事了怎麼辦？

「我給妳爹多套了件棉衣，帶了好幾個餅，吃飽穿暖，趕路慢點，出不了什麼事的。」相較之下，比起頭次的強烈反應，這次劉三娘就顯得淡定多了。

「喔。」張小碗只能點頭。匆匆吃過劉三娘用精米熬的芋頭粥後，她又問了一次。「咱家還有多少個銅板？」

劉三娘先是不說話，過了一會兒才低低地說：「一百二十個。」

三百八十個的銅板子，她病兩天，就只剩一百二十個了?!張小碗在心裡倒抽了口氣，覺得自己要是再晚一天醒來，怕是這一百二十個銅板也留不住了！

在外頭餐風宿露近七天，得來的錢子竟被她兩、三天就敗光了！她本還想留著給劉三娘生產用的！

這下可好，眼看這天氣越來越冷，是出不得外面了……

張小碗頓時明白為什麼張阿福要去走這一遭了，不趁這幾天還沒全冷透的時候去找點芋頭回來，這冬天怕是很難熬得過去了。

他們的糧送完稅糧，再還了那些借的後，沒剩下多少了，不夠一家五口吃的。

「沒打算去山裡頭吧？」張小碗有些猶豫地問。

「沒許他去，妳爹心裡有數。」劉三娘接過她吃完的碗後，說完這句話就走了。

張小碗躺回床上，聽著屋外劉三娘和張小寶、張小弟說話的聲音，情不自禁地苦笑了起來。

這日子啊，真是太難了……

第二天張小碗就能下地了，力氣也有了一些，能下地燒火煮飯了，不過她自己也注意著別老碰冷水，等好透了再說。

晚上的時候張阿福回來了，揹回來了一筐芋頭，張小碗給他煮了一大碗濃薑湯灌了下去，看著她這個又瘦了點，但精神卻好了點的爹，心裡百感交集。

這個男人，在這個家需要他的時候，挺著並不強壯的身體站了出來。

張小碗的這一病，在村裡還是鬧大了，尤其張家還請了行腳大夫、抓了藥，看來是花了錢的，劉三娘給張小碗買了衣服的事也被人知道了，不少人暗地裡都在猜他們家的錢是哪兒來的？連張阿福的娘，前幾天把借來的米剛討回去的張大娘知道張小碗沒死，這天一大早也過來問了。

現在張家所有吃的都藏在了三個孩子睡覺的房間，倒不擔心被對張家這三個孩子不怎麼待見的張大娘發現。

不過張小碗見到張大娘一進他們家茅草屋的門就四處打量的眼神，心裡還是不快了一下。

劉三娘招呼了她到平時吃飯的堂屋坐下，堂屋不大，就放了一個土桌、幾條板凳，旁邊燒了一個小小的火堆。

「要死了！這大白天的都燒火，多費柴火！」張大娘見到火堆，剎那間眼睛都快要瞪出來了，她俯著身子，雙手撐腿看了火堆一眼，又迅速直起身來對著劉三娘就破口大罵。「妳這是怎麼當家的？閨女是個賠錢貨，妳怎麼給她花這麼多錢？」

劉三娘是個跟人耗得起的性子，要不，當初也不可能為了借幾筒糙米在她這婆婆家坐半天，看了半天臉色，不借就不走。

所以，任憑張大娘要死要活地痛罵，她也一聲不吭，站在那兒無動於衷得像個木頭人。

張小碗也看得出，她這娘不說對這樣厲害的婆婆沒有什麼感情，就連她那爹也沒有。

她昨晚得知，借了不到兩個月的糙米，他們借五筩就還了七筩回去，放高利貸也不過如此！這其中哪看得出有什麼母子情誼？當初劉三娘會去借，也是因為張小碗餓得醒不過來，劉三娘在全村借了個遍也沒借到糧，這才無奈去張大娘家的。

一到打糧的季節，家家戶戶的糧缸都見了底了，只有張氏老夫妻家裡田多，打的糧也多，兩口子吃得少，送了些給鎮裡開雜貨鋪的張家老大後，其他的也夠他們倆吃上一年的，所以全梧桐村也就他們家有點餘糧，劉三娘不得不去他們家借。但凡要是別人家有，借到了，就算要算利息，也絕不會五筩糧要多還兩筩的。

可張家老娘要得臉不紅氣不喘，昨晚說起家裡的糧食時提到這事，張阿福大半天就一個字都沒說，陰著臉蹲在那兒，也沒為他這娘說一句話。張小碗看得出來，他就算不恨，也是對他這娘沒什麼感情的。

今天張大娘又來鬧這一齣，劉三娘照往常那樣不吭聲，張小碗只得在一旁忍了又忍，卻見張大娘吼著嗓說——

「錢呢？在哪兒？與其讓你們這麼敗家，還不如我幫阿福收著！」

敢這麼不要臉?!張小碗氣得笑出了聲，再也忍不住了！反正全村子的人都知道在張阿福的爹張永根家，老大是寶，小女兒也如珠似玉，只有那老二是臭屎坑裡的石頭，嫌棄得不行，所以他們和這家子鬧翻了也頂多招來幾句閒話。

那個當娘的都不嫌村裡人說她偏心偏得天邊遠去了的話難聽，相較之下，他們家對這種惡娘、惡奶奶差點又有什麼要緊？

一個肚子裡出來的，怎能偏心至此？張小碗以前就當世間極品處處都有，她不巧正好碰到了一個，可現在逼到頭上了，她這氣不想忍了！她一腳站在了劉三娘的前頭。「我家有沒有錢干妳什麼事？妳借給我們家的糧，五筒還了七筒，妳先前打秋風打得不夠，現在還要來打，要把我們全家都逼死，妳這好毒的心啊！」

她扯著喉嚨喊著，正巧，趕過來看戲的村裡人先前還待在屋前，一聽到聲響，這時立馬都站在門邊了。

張大娘一聽，一看人多，眼珠子一轉，一屁股坐到地上，拍著大腿就哀嚎了起來。「鄉親們啊，你們看看，我好心借他們家糧食，他們竟然說我要逼死他們啊！天老爺啊，我這是造了什麼孽啊，養出了張阿福家這麼些個不孝子孫出來……」

張小碗先是被她這麼大的動作嚇得一呆，隨即反應了過來。依據前世的經驗，她知道這種時候輸人不輸陣，見老太婆無恥，她也腿一彎，跪在地上大哭了起來。

「叔叔、嬸子們都知道我家就兩畝薄田，都是奶奶不要了才給我們家的，我娘看家裡都要餓死了，實在沒得活路了才去借的糧。去年前，朱嬸子見我家可憐，借了我們家六筒糧，他們家的糧筒大一點，我們家的小一些，我娘就還了七筒過去，可朱嬸子當天晚上就又還了一筒給我娘。前幾天我奶奶帶了她家的糧筒來討糧，借了五筒的糙米，她足足討了七筒去！我家交了稅糧，眼看剩下的糧吃不了兩個月，可她還是要了七筒去！

「朱嬸子和我們家非親非故都知道要可憐我們一家子不容易，可她是我們奶奶啊！餓死了我不要緊，可我們家還有小寶和小弟，我娘肚子裡現在還有一個活的啊！現在她見我娘當了我外婆給她當傳家寶的銀鐲子，拿了幾個錢給我治病，她就要來我們家要錢、要我們的命了！叔叔、嬸子們，她是怎麼對我們家的，你們都是清楚的，她今天就是活活來要我娘的命啊……」

「胡說八道！妳娘哪有什麼銀鐲子？」張大娘一聽，也不哀嚎了，扯著喉嚨破口罵道。

「我娘有沒有銀鐲子妳怎麼知道？」張小碗豁出去了，顧不得村裡人會怎麼看她，她想趁著這一鬧，乾脆把臉都撕破算了，以後張大娘也不好上門打他們家秋風。「難不成，妳還曾把我娘的嫁妝當作妳的不成？要不妳怎知道得這麼一清二楚？」

這是曾想過霸占媳婦的嫁妝啊！要不怎麼會知道得一清二楚？村裡有幾個當媳婦沒多久的新婦都抽了口氣，全看向了張大娘。

雖然她們這種人家不可能有什麼嫁妝帶出來，但在家裡當姑娘是招家人疼的，身上多少會有幾尺布、幾個子兒當私房錢，那幾尺布可能是她們接下來好幾年裡唯一能拿出來做新衣裳的東西了，幾個子兒也是可以拿出來救急的，婆婆要是占了，這怎麼得了？

張大娘一聽，氣得臉都紅了，話也結巴了。「我、我不知道……」說完，也覺得自己氣焰下去了，立馬斬釘截鐵地說：「我怎麼會知道？這是你們家的事！」

「既然這是我家的事，那都分了家了，您還要來替我家管錢幹什麼？」張小碗緊咬著不放，眼淚鼻涕流了一臉，邊哭邊給張大娘磕頭。「您就饒了我們一家子吧，糧也還給您了，差不多只借兩個月，五筒還了七筒還不成嗎？難不成我家的命都要還給您，您才滿意不成？」

見張小碗這種話都說出來了，張大娘一下子就呆了，立馬站起來，不敢再站在張小碗的面前讓她跪著給磕頭了。

這時村裡人皆看著她指指點點的，有幾個跟她同樣歲數的村裡大娘圍在一起嘀咕道——

「這奶奶當得她這麼黑心的，也真是少見……」

「可不是？這阿福生下來就沒給幾口吃的，能活下來都是自己命大！現在過得這樣苦，幾個孩子瘦成這樣，她沒管過不說，還來潑油上火……」

「這算什麼？說起來，當初阿福娶媳婦的那半兩錢，後來還讓三娘子在鎮裡當了嫁妝，還給她了……」這是村口邊的洪嬸子，她家就住在村口，村裡人的來來往往她最清楚了。

聽洪嬸子這麼一說，門口站著的七、八個看戲的全都看向了張大娘。

張大娘也聽到了她這話，事實上，她確實也收了那半兩錢。她尷尬地左右看了看周圍，見村裡人臉上都有鄙夷和看不起的神色，一下子老臉全紅了，雙手推開他們，一股腦兒地往前走，嘴裡嚷嚷道：「借過、借過……」

張小碗一看她跑了，立馬大哭，還在她背後喊。「奶奶，您要是非要我家的命不可，等爹回來後，我們一家子就全去你們家死，您可滿意……」

張大娘還沒跑遠，聽到她這話，差點沒摔個狗吃屎。她腳跟一頓，喘了口氣，轉過頭來撕扯著喉嚨，淒厲地大叫。「天老爺看著喲！張家怎麼會有這麼惡毒的孫女？這種討命來的不是我們老張家的子孫，張阿福要是不把這不孝女給我打死、打殘趕出去，那就跟我們老張家沒一丁點兒關係！」

說完狠狠甩了下手，氣勢洶洶地大步離開。

村裡人一看鬧到要死要活了，而且見張大娘也走了，戲也看得差不多了，都紛紛退開走了。

走得慢的、以前借過張阿福家糧的朱嬸子猶豫了一下，上前了一步，拉起了哭得奄奄一息的張小碗，嘆著氣對一旁蒼白著臉、一言不發的劉三娘說：「三娘子，知道妳家苦，這日子啊，慢慢熬著熬著就好了，看開點啊……」

劉三娘朝她勉強地一笑，總算開口了。「謝嫂子的話……」

她接過張小碗，把她扶到了板凳上坐著，拍了拍她的後背。

張小碗表演過力，再加上身體也沒好透，現在已經接近虛脫了，坐在板凳上直打哭嗝，一時間也停不下來。

「這可憐的閨女……」性子善的朱嬸子見狀，眼都紅了，抹了抹眼角，嘆著氣走了。

等人全走光，打著嗝的張小碗真是如釋重負地垂下了頭。她剛剛見張大娘那麼潑悍，其實腦袋都懵了，那一剎那她是真的怕這老娘兒們一旦知道他們家有這麼多吃的，手裡頭還有銅板，肯定是不全拿走不會善罷干休的。

她乾脆將勢就勢，鬧開了，把兩家關係給斷了，這樣，真省得這兩個老不死的以後再來打他們家的秋風。

當然，他們要是敢上門，張小碗也敢把他們打出去的。她的心軟，向來只向著自己人。

本來村裡人對張阿福這陣子總是晚上回來的事有猜測，再加上張小碗治病花的錢、她的新衣服，還有張阿福身上那件新厚棉襖，都讓村裡人議論紛紛。

現如今知道這是劉三娘的娘家給她當傳家寶的東西當了換來的，可憐這家子之餘，也不再在這事上多琢磨什麼了。雖然也有別家媳婦羨慕劉三娘有這麼好的嫁妝，但一想到她嫁的人，也就沒什麼話可說了。

有銀鐲子當嫁妝又如何？家裡人沒把她嫁給個好的，以後還有得是苦頭吃啊！現在已經有三個孩子了，肚子裡還有一個，家裡僅就兩畝田，這苦日子看著就知道熬不出頭。

而張小碗這裡等人走後，休息了一會兒，那哭嚎總算止了，她也跪在了劉三娘面前道歉。「娘，這事是我做得過分了，只是，現在我們家搭不得奶奶家，這一點吃的，他們要是知道了會全要走，到時候拚了命也是擋不住的。他們不可憐可憐我們這一大家子，我們只得自己可憐自己了……」

說完，張小碗自己都心酸了。她是真弄不明白，這張家老太婆為何就能對張阿福這麼差？她是他親娘啊，又不是仇敵！

「我知道……」劉三娘閉了閉眼，再睜開時，眼睛裡全是忍耐過了頭的血絲。「妳做得好。妳知道妳爹的身體是怎麼壞的嗎？大冬天的，她就任著張大金把妳爹推到池塘裡也不管，那時候他才六歲啊，給家裡撿柴、挑水，樣樣都做，他能吃得了家裡多少糧？當時如果不是妳外祖恰好路過撈了他上來，妳爹早就沒了、沒了……」

說完，劉三娘已經泣不成聲，而張小碗卻聽得呆了。

這世上，還真有這麼狠心的娘？

夕間帶著兩個兒子上山撿柴的張阿福回來了，可能路上聽說了什麼，這個平時老是不說話，頂多只會對著劉三娘傻笑幾下的人一回來放下柴後，就悶不吭聲地站在劉三娘面前，一動也不動。

見他靜站了一會兒，劉三娘伸出了手，摸了摸他的頭髮，輕聲說：「去歇息一會兒吧，我做飯去。」

張阿福抬頭看她一眼，點了頭，嘴裡卻說：「我燒柴。」

劉三娘沒再說話，張小碗見燒柴的人也有了，便識趣地不去灶房，只帶了張小寶、張小弟去挑白天時在挑的稻穀。

她要選些又大又飽滿的穀子在春季育秧。

果然這打穀的時間一過，溫度驟然就低了許多，早上一起來，連地上都結了一層凍，天上就算有太陽，也感覺不到幾許溫度。

這種天氣，真要人命。

等到天氣凍得能死人時，整個村莊就根本無人能走動了，村裡人全都冷縮在家中，等著過年後，天氣轉暖。

村子裡有幾家也在這一、兩個來月間，凍死了幾個老人。

張小碗看著這段時間臉色養得比較好一點，臉上也有了點血色、挺著大肚子的劉三娘，心裡莫名地沈重。

他們家這些吃的，包括新打的穀，省著點吃，頂多也就能熬到過完年。

過完年，等到開春，一切又都得操勞起來了。

這大鳳朝的年一到，總算給在冬天裡寂靜無聲的村莊增添了幾分喜氣，不再靜悄悄得要是有外人來，還會誤以為這裡是無人居住的荒村。

張小碗本以為過年了，天氣再冷，家裡再困難的人家也會想辦法買些糖塊回來的，但這裡的情況好像又比她以為的要差上一些；糖塊是沒有的，因為還是沒有人出來走動，等到了守歲那天晚上，她也只聽到了寥寥幾聲鞭炮聲。

他們家與隔壁老田叔家也隔著野草坪，遙遙打了個招呼，賀了聲新春。

這個地方真是窮得連過年都沒幾許年味……

當天黃昏，張小碗刻意站在門口，看著各家屋頂裊裊升起的炊煙，這時她才能感覺到，她現在是在大鳳朝一個叫梧桐村的地方，她正在這裡過年，而不是住在一座只有自己家與隔壁家兩戶人家的孤島上，除了兩家人外再也沒有別人。

這是張小碗在這個年代過的第一個年，真是冷清得她心裡哇哇地涼。前世所有的風光和熱鬧在這時候全晃過她的腦海，讓她情不自禁地情緒低落，但看著兩個小孩，又於心不忍，只好又強打起精神。跟劉三娘商量了一下，宰了一隻兔子，在除夕晚上給全家加了餐，當真是過年了。

儘管已經稍稍適應了這個朝代，但新的一年，張小碗無能為力的感覺卻更深了，只有真的置身其中，她才知道當一個貧家女到底有多艱難。

真是別說想發財致富了，連想讓全家吃飽飯的問題都大得讓她這個前世已經快要三十歲的女人束手無措。

先前在山裡撿了些吃的、逮了些肉食，吃了幾頓飽飯，她還真以為自己能把這個家撐起來；可看著外面凍得完全不能走人的天氣，活生生的現實告訴張小碗，她所展望的未來，恐怕要比她先前估算的困難許多。

正當這兩天張小碗變得比以往更沈默時，在大年初三這天早上，一覺醒來，她發現屋外冷得就像石頭般的結實霜冰慢慢地在融化，地上流著蜿蜒的水跡。

只見劉三娘也難得臉帶笑意地和張小碗說：「看來今年的春天要比去年的春天來得早一陣子，過幾日天氣就會好起來，你們就可以出去玩了。」

「怎麼突然變暖和了？」張小碗裹著棉衣往外看了一圈後問：「不是要出了正月的這個月才會變暖的嗎？」難道她先前問到的天氣有誤？

「暖和了⋯⋯」劉三娘點頭道，臉上的笑意有幾許輕鬆意味。「往年也是隔三年、五年的春天就會來早一點，前年也是來得要早一些，本想著還得過一年才成，沒承想這回的春天也要早些。不過今年的冬天比以往的要冷一點，這春天來得早，也不是沒道理的⋯⋯」

張阿福在身邊附和地點頭。「今年是要冷一點，來得早一點是應該的，以前也碰到過……」

「早一些？」張小碗皺眉，雖然想不明白這大鳳朝究竟是什麼鬼氣候，但早一些暖和，那絕對比晚一些要好太多了，畢竟天天窩在家裡吃乾飯，哪來這麼多的糧吃？不餓死才怪！

春天來了，這大鳳朝的天氣再古怪，這春天也應該是萬物甦醒的季節吧？想著山裡的動、植物過了休眠期都會甦醒過來，張小碗也不禁吐出了一股氣。

怎麼說，天還是無絕人之路的，在她愁著家裡的糧缸又快要見底、儲存的蘑菇和木耳也快要見光的時候，這天氣總算是及時地暖和起來了。

當張小碗抬起頭，迎接起曬到臉上終於有點溫度的陽光時，憋了近三個月嚴寒天氣的她忍不住輕輕蠕動著嘴，口吐髒言。「去你媽的老天爺！」說完，又不禁苦笑搖頭。「差點被祢玩死……」

在大鳳朝的頭一個冬天，就這麼過去了。出了幾天太陽後，又下起了雪，但這時候下雪就不怕了，因為太陽有了溫度，比先前的乾凍著要舒服太多了。

再說，瑞雪兆豐年，下了雪，地裡頭就有水，莊稼總不會長得太不好。

下了幾天雪後，等雪一停，張小碗發現天氣是真正地暖和了起來，這時候村子裡的人終於都開始出來走動，也終於熱鬧了起來，但這種熱鬧裡，也還是帶著幾許灰色的氣息。

在這個奇冷的冬天，有不少人家裡都凍死了人，現在天氣一好轉，好多人家都是拿著被凍得冰冷又潮濕的稻禾裹了家裡人，挖了坑葬在墳山裡，連石碑都沒有一個。

生命的殘忍、冷酷，在這時展露無遺。人命就是如此脆弱，吃不飽、穿不暖，就只能等著死亡。

這時就算天氣盡早地開了春，村裡人也沒有幾個臉上有多餘的喜氣。老實說，老田嬸過來串門的時候，看到張家一個都沒事時，她確實大大地驚訝了一把。

張小碗在太陽曬了幾天，把路面曬乾了之後，去了趟山上，發現山上的樹都長了新芽，這才確定春天是真的來了。

她帶著兩個弟弟往山裡走了一遍，到處都看到了綠意，也看到了不少在山頭打轉的村裡人。轉了不久時，她看到了朱嬸子家的朱大叔手裡提了兩隻兔子。

「居然沒凍死，還逮上了兩隻，朱大田，你這運氣可真不錯……」跟在朱大叔身邊的漢子很是豔羨地說著。

張小碗看著他們一路說著話走遠，等她帶著張小寶、張小弟又轉了一圈，兔子影子都沒見著，這才嘆了口氣往回走。

到了家裡，她決定還是跟張阿福、劉三娘把事商量起來。現在劉三娘的肚子越來越大了，等到三月就是十個月了，到時候孩子生下來，怎麼養也是個問題。

等一家人坐在土桌邊後，張小碗想了又想，跟他們商量著說：「我看，我們家還是得往大山裡鑽一鑽……」

這次沒等劉三娘說話，張阿福就先點了頭。「爹準備著這兩天去，妳不是說要把稻穀先種一點起來嗎？那妳就在家裡先忙著這事，順便照顧妳娘和弟弟，山裡的事有我。」

張小碗苦笑，張阿福一個人去她怎麼放心？她這爹的身體，要是出個好歹，家中本來艱難的情況會更是難上加難。

「我想……要不跟朱嬸子家商量商量吧？我們知道怎麼走著去，上次我和爹還摸了幾個兔子窩，只要不去深山就不會有什麼危險，朱大叔也是有力氣的人……」張小碗說到這兒，嘆了口氣，對著面前的爹娘道：「這事我也不想跟村裡人說的，要是不小心大家都知道了，我們家的勞動力比不得太多人家，到時候也拿不到什麼東西回來。不過，朱嬸子家卻是個好人家，要不，咱們先信上這麼一回？」

張小碗知道這事遲早是瞞不住的，老往家裡拿東西，村裡人是看在眼裡的，到時候怎麼躲都沒用，村裡人會堵上門來的。還不如現在就找個幫手，先聯手多找上幾回吃的，等到瞞不住了的時候，他們好歹先占了個頭，多得了一些。

「是這個道理。」張阿福直點頭。

劉三娘看了看他們，也點了頭。「這事我跟妳朱嬸子說。」

這時一直沒說話，乖乖被張小碗摟在懷裡的張小弟突然亮了眼睛，轉頭對張小碗說：「大姊，妳和爹又要去給我們找肉吃嗎？」

看著他總算有一點肉的臉，張小碗摸了摸他的頭，微笑著「嗯」了一聲。

「不要跟別人說！」受了張小碗叮囑的張小寶，這時忙不迭地叮囑張小弟。

「喔！」張小弟連忙點頭，把頭埋在了張小碗的懷裡。

張小碗的心暖了起來，輕拍了下他的頭，下定決心地說：「這次我也去。育秧的事，這個月還沒過去，等到二月也不遲。我跟著過去，山上有哪些吃的我也比較清楚，到時能多帶些回來。」

「可……」劉三娘輕皺著眉頭。

「我不會讓朱大叔懷疑的。」張小碗知道劉三娘是擔心別人懷疑她知道得太多，這不會是什麼好事。她直視著劉三娘的眼睛，安慰著她說：「娘妳放心好了，這事妳就說是爹被逼得沒法兒了，才尋的路出來，咱們家的這情況，朱大叔家也不會懷疑什麼的。」

事實上也確實如此。

那時候，如果不去山裡拚一把，現在整個張家五口，再加上劉三娘肚子裡的，在這個冷得出奇的冬天裡，恐怕已經全凍死在閻王殿裡頭了。

第四章

朱家大叔和嬸子被請到了張家，看了看張家養在張小碗三姊弟炕房裡的兔子，還有窩在一間堆柴火的小房間裡頭的野雞後，他們都信了劉三娘的話。

朱大田對於去那座別人都不怎麼敢去的大山也不再猶豫了，原因是——連張阿福都去得的地方，他這個比張阿福健壯不知多少倍的漢子怎麼可能還會有危險！

這事，沒花半天就敲定了下來，兩家商量著等過幾天，看會不會下起春雨，如果沒有的話就走，有的話等它下完再走，畢竟天乾路乾，人好趕路。

不過聽到張小碗要去，朱大田還是有些猶豫的，帶個孩子就是帶個累贅，但一想這是張家原本走出來的路，會捎上他怕也是看在他家婆娘借過張家糧的事，朱大田也不是不識好歹的人，儘管不太想讓張小碗跟著，但話還是沒有說出口。

張小碗也是把他的欲言又止看在了眼裡，不過朱家大叔沒把話說出口，她也就當不知道他的意思。

算起來，過了年，她也十歲了，在農村裡，其實也是個大女孩了。張小碗尋思著去年跟張大娘的那一鬧，她的厲害名聲也算是在村裡面傳開了，今年她若是再稍微能幹那麼一丁點兒，只要不是太打眼，村裡人也不會多想什麼的。

而且在梧桐村裡，雖然也是免不了家長裡短，但比起前世張小碗經歷過的人，他們的心思算得上非常純樸了，想來只要她的表現不是離奇得像「仙女下凡」或者「妖孽降世」，她那點糊口的小本事，應該引不起太多注意。

就在兩家人等著看天氣的時候，劉家村劉三娘的娘家傳來了消息，說她被征去當兵丁的哥哥劉二郎回來了！

劉三娘聽到她哥哥回來時的臉是木然的，張小碗從她的臉上看不出什麼激動或者喜悅的神色來。

接下來，預料的春雨也真是下了起來，在等雨過去的幾天裡，張小碗發現張氏夫妻異常沈默，也沒有誰說要回劉家村走走，去看看當了很多年兵才回來的劉二郎。

聽來報信的人說，劉二郎還得了軍功，現在是有官銜在身了。

但看樣子，她這父母根本沒把這當回事，更詭異的是，村裡人知情後，對這事竟然沒有太多議論紛紛。要知道，在這樣的一個地方，別說是得了官，就算是中個秀才，那都是方圓百里內最榮耀的事了。張小碗覺得有些奇怪。

而事實上，劉三娘和她的這個哥哥以前感情相當的好，也就是因為太好，她哥的娘子極其厭惡她。

劉三娘是劉家村裡老秀才公的孫女兒，她原本有個可以成事的好婚約，能嫁到一個好相公，但在劉二郎當兵去了之後，家裡再沒有大人，她的好婚約就被劉姜氏毀了。她的這個長嫂在劉二郎走了兩年後，就想把她嫁給一個病癆子沖喜，她不圖彩禮，就是想讓劉三娘不好過！

自從劉二郎走後，劉三娘一直過著被苛刻惡待的日子，時日長了，婚約也沒了後，她也認命了。後來如果不是張阿福來求娶她，如果不是張阿福也是個病癆子，在家裡也過得慘極了，讓劉姜氏答應了他，劉三娘可能也就嫁給了那個後來只活了不到半年的病癆鬼。

生了孩子之後，分了家，一日一日的貧困日子讓劉三娘也想過與其這樣生不如死地磨著日子過，還不如嫁給那家後來一家人都死絕了的病癆鬼，一了百了。

可後來她還是捨不下守著她過日子的張阿福，捨不下自己生下來的孩子，只得一天一天地耗著日子過，日子也就這樣過了下來。

而當時劉姜氏把她嫁給張阿福後，為了博個好名聲，甚至給她置辦了相當不錯的嫁妝，所以在劉家村裡，她嫂子一直都是那個賢良的婦人，苦待當兵的相公回家的貞婦。

劉三娘自嫁後，就沒回去過劉家村了。

過去對她來說，已經沒有了意義，被困苦折磨已久的她早已經麻木了。

自嫁後，她也沒有想過再回劉家村，因為那裡是她惡夢開始的地方，不再是她的家鄉，更不是她的娘家。

她沒有娘家，沒有人替她說話，這也是張阿福的父母多年來欺凌他們夫妻，就算分家產也只分他們兩畝田，也不怕有人找上門說道的仗恃。村裡人對此諱莫如深，背地裡也沒少議論過從不回娘家的劉三娘。

不過因為她娘家裡也就只有嫂子和姪子兩個人，又隔了很遠的路，不走動也不稀奇。再加上也聽說過劉三娘的這個嫂子不怎麼待見這婆家的姑子，於是也就是背後說說幾句罷了。

劉三娘也知道自她嫁後，她被嫂子敗壞的名聲也不會有多好，多年沒回過一次娘家，她更不知道被說成了什麼樣。

可那又怎麼樣？她就算想走上她嫂子這門親戚，她嫂子也絕不會答應她的，何況後來日子苦到了這境地，她再慘也慘不到哪裡去了。

那個小時候對她疼愛有加的哥哥，以前被劉家村的人認定死在戰場上了，那時候被劉姜氏暗地裡折磨得連死都死不成的劉三娘，也絕望地認為他死了。

認為死了的人突然回來了，劉三娘茫然，又麻木地覺得這與她無關。

這不關她的什麼事。

再者，她要是回劉家村認親戚，她那個嫂子背地裡又不知道會讓她受什麼折辱。眼看大閨女一年一年地長大了，身邊的人拖著身子陪著她一日一日地熬著，日子真有了盼頭了，劉三娘不想回去。

所以儘管以為死了的劉二郎回來的事給了她很大的衝擊，但過了幾日，雨慢慢停了，她心裡的那些陰霾也漸散了，做著糙米磨出來的糙餅，給兩個為一家子討生活的人準備著路上的吃食。

張小碗自然看出了劉三娘的不對勁，她敏感地覺得有關她這舅舅的事不是什麼好事，見劉三娘根本提都沒有提起要回劉家村，她那個爹更是異常沈默後，她也很識趣地不提「舅舅」這兩個字。

張小碗見張氏夫妻臉色不對，下著雨的這幾日都是自動帶著兩個弟弟收拾著家裡的活兒。

她把那幾張曬乾了、製好的兔子皮花了好大的工夫做成了一件衣裳，這件裘衣弄得很是華美出眾，這讓張阿福和劉三娘確實驚訝極了。

「回頭去鎮裡，看有沒有行商過來，託人賣給他們，可能會得幾個錢。」見家裡的幾個人都看傻了眼，對於自己的手藝，張小碗也是極其滿意的。

「能得不少錢吧？」劉三娘摸著毛邊，嘴邊有一點點笑意。

「我看能得不少，至少半兩銀吧？」張阿福也小心翼翼地伸過手來摸了一把，那毛柔得他不敢再摸第二把。

「不止半兩。」有點見識的劉三娘抿嘴笑了，搖了搖頭說：「做工這麼好的，想來也少見，好幾張皮做得像一張皮做出來的，也得要個二、三兩吧！」

「這麼多?!」張阿福倒抽了口氣。

「嗯。」劉三娘點點頭。

「那可不是……」張阿福呆住了嘴，又嚥了嚥口水才說：「到時候就有銅板給孩子買精米熬糊糊了……」

劉三娘摸了摸肚子，抿著嘴笑了笑，又點了點頭。

張阿福看了看她的肚子，再看了看劉三娘後，走到一邊蹲著，看著她們娘倆樂呵呵地傻笑，那平日愁苦的臉都顯得極其精神了起來，不再那麼苦巴巴了。

見狀，張小碗也不禁笑了，說道：「也得找到給得起價的行商才行，回頭我打聽好行商可能來的日子，爹你和我去賣，你福運好，一去准成！」

張阿福聽了，笑得牙都露了出來，連連點頭，卻再也說不出什麼話了，只顧著傻樂。

這雨一下完，那太陽真是大得暖和得很，萬里無雲的晴空讓人一看就知道這得晴好幾天，所以兩家人當天晚上對了個面，就準備著夜間三更啟程的事了。

先前朱大田還以為張小碗人小會耽誤腳程，但看著張小碗那完全不遜於張阿福的腳力，這擔心也就消退下去了；尤其當他得知張小碗跟她爹來過，熟悉路途還有晚間歇腳的地方時，他對這厲害的小女孩也有點刮目相看了起來。

他原本也是聽聞了張小碗的厲害名聲，這一日見張小碗不知疲憊，到處在野地間找著什麼，晚間他們竟然吃到了一罐子香噴噴的野菜湯，就著木碗喝湯吃餅子的滋味別提有多美味！朱大田當天晚上就跟張阿福說：「你這閨女可了不得，真能幹！以後嫁給誰家，就是誰家的福氣！」

張阿福這個憨厚的漢子連謙虛一下都不懂，只是連連點著頭說：「是，小碗很能幹，誰家著了她都缺不了吃食！」

朱大田看著張阿福那張對閨女極滿意的臉，不由得哈哈大笑了起來。

張小碗在一旁也抿著嘴笑了一下，覺得這朱大叔確也是個不錯的人。

朱家也算是村裡的大家，朱家一門好幾戶的男丁都是壯丁，以後就算村裡人都來這山裡撈吃的了，也會因著這朱大叔與她家的情面在，多少會給先發現這裡的他們一家一點方便。

這也是張小碗想讓朱大田來的原因。他們家是靠不上本家的張家的，只能往外找助力，多個人家來往，多分情面在，這才能在村裡站得住腳。

以後要是出了事沒人幫，孤軍奮戰那絕不是什麼可行之道。

因著朱大田同行，父女倆在路上沒有耽擱什麼時間，三人都是快步行進，張阿福平時都是要走一陣就歇一陣腳的，但為了在朱大田面前顯出他是張家一家之主的氣度出來，累極了也根本不喊停，還好有張小碗在，一見差不多了，就會央著歇會兒腳，這才沒有讓逞強的張阿福虛脫。

但就算歇腳的次數夠多，他們的速度還是很快，第二天只花了大半天，在太陽沒落山之前，他們就到了張小碗第一次找的山腳下了。

這時的山腳下比去年張小碗初冬來的時候要綠意盎然得多，她去年來的時候，枯藤萎葉不知多少，現在這片山腳下全是綠色，張小碗一眼就看見了好幾種平時硬得很的野菜，這時都嫩得可以掐出水來。

而朱大田在下午沒花大半個時辰，在張阿福的指點下就掏了一個他們去年看好的兔子窩，一窩兔子足有十幾隻，這可把朱大田樂得連眼睛都瞇成了一條線！當天快要夜黑時，他還逮到了兩隻野雞。小半天的工夫就讓他見到了這麼多活物，朱大田連連跺腳，疾聲怪自己的婆娘沒給他找個更大的背簍讓他揹，竟連草繩都沒給他多準備幾根！

一大早，天還沒亮，朱大田就醒來了。

張小碗被細碎聲吵醒，見朱大田拿了砍刀就要往山那邊走，剎那驚住了，連忙喊。「朱大叔，你要去哪兒？」

朱大田見他小心翼翼地還是把人吵醒了，便回過頭來不好意思地說：「吵醒妳了啊？大叔去山裡看看。」

見朱大田的意思似乎是要進山裡，張小碗便硬著頭皮問：「你要去山裡頭看看嗎？」

「是啊！」這時見張阿福也起來了，朱大田的聲音也大了起來，大剌剌地說道：「妳看山邊邊上都有這麼多兔子、野雞的，這山裡邊肯定更是多得很！」

「可那山裡頭也有很大的野豬，還有其他野獸啊……」張小碗都快要欲哭無淚了。

「啊？」朱大田一下子傻眼了，顯然也沒想這麼多，嘴裡喃喃自語道：「野豬？怕是還有老虎吧？劉家村的人好像這麼說過，那老虎五、六個人都打不死，前幾年……」說到這兒，朱大田頓住了，臉色也不好看了起來。

「我們就在山邊走走，不進山裡去吧？我看邊上的兔子、野雞就夠我們抓的了。我們昨天不是都看中好幾個地方了嗎？今天再去摸摸，肯定能抓著不少！等回頭再多些人來，朱大叔你再想想要不要多點人一起進山吧？」不管以後村裡人會怎麼做，但這次張小碗不想讓朱大田一個人去，怕他有危險。

他們家帶了活人來，要是帶了個死人回去，以後他們一家幾口就不用在梧桐村活了。

「好、好……」朱大田這下子連猶豫都沒有了，連聲應好。

「朱大叔，你坐著吧，我和我爹去溪裡打點水，我找點野菜回來，我們先吃飽了再動身吧？」張小碗連忙笑著說，把話帶了過去。

「得，我去打水就好，閨女妳去摘野菜吧，讓妳爹再歇一會兒，都怪我吵醒你們了。」朱大田這時也知道自己的魯莽了，大手伸出，大力拍了一下自己的腦袋，拿起陶罐就往昨天尋著了水的小溪邊走去了。

「爹，朱大叔要是往裡頭走，你喊住他些。」看著朱大叔離開的背影，張小碗還是有些擔心，囑咐她爹道。

「放心，爹會看住的。」張阿福點頭道。

「那我去摘點野菜。」張小碗順話接下，也不管這時天只濛濛亮，還看不太清。

她小心地穿梭在可以走路的地方，不讓露水打濕褲子，仔細地摘著可以吃的野菜，那些不認識的、叫不出名字的，再嫩張小碗也不敢摘，怕吃出個好歹來。

其實沿著山邊三里地，僅邊沿幾米內的地方，兔子、野雞這些就夠他們這次抓的了。他們父女的戰鬥力比朱大田差了不少，可就一天的時間，他們已經逮了七隻兔子、十來隻野雞了，而朱家的大叔是已經有了二十多隻兔子、十幾隻野雞。可老實人也有貪心不足的時候，已經有這麼多了，眼看天就要黑了，朱家大叔看著卻也沒有想回安全的小樹林的意思。

張小碗只能再次硬著頭皮問朱大田。「大叔，要不，下次再帶大點的東西來裝吧？」

朱大田回頭尋思了一下自己的獵物，又轉了片地，抓回來一隻兔子，這才心有不甘地說：「妳大嬸子都不知道給我拿家裡那個最大的背簍，我力氣大，多重都揹得起！」

這還真是貪心不足了。張小碗哭笑不得，但不敢多說什麼，大人的事，不是小孩能隨便說的。

為了滿足朱大田要把能見的都帶回去的慾望，張小碗還是用扯出來的小蔓藤給搓了幾條結實的藤繩出來，讓朱大田把野雞綁住掛在身上，因此朱大田還真是驚喜極了，連連多次誇獎張小碗能幹，甚至在這天晚上貢獻出一隻他抓到的雞宰了，三個人實實在在地吃了一頓。

山裡的野雞這時正好肉嫩又肥美，張小碗煮了雞，三人這晚十足十地吃了頓極好的，把雞全部吃完後，梧桐村的兩個原始村民還都伸出了舌頭把木碗給舔乾淨了，害得原本在心裡嘲笑自己吃肉吃得太狼吞虎嚥的張小碗瞪著眼珠子看著他們。

猶豫了好一會兒後，她還是沒有勇氣學他們把舌頭伸出來舔碗，強自保留了一點身為現代人的矜持。

因這時天氣已經逐漸暖和，張小碗不敢像上次那樣把兔子、野雞宰殺了放在簍裡好騰出空間多裝東西，就怕過一、兩天有了異味，賣不出個好價。

如此，他們父女兩個的背簍也裝不下太多活物，這時候，張小碗也顧不得自己昨天在心裡還嘲笑過朱大田這個老實人也有貪婪的時候了；今天活物多了，要走的時候，她也沒好到哪裡去，搓了兩根蔓藤，把雞拍昏，一隻一隻給串住了腳，和她爹一人揹一串。

他們父女把抓到的活物全揹上了，朱大田比他們厲害，身上的野雞是兩串，足有二十來隻，那被拍昏的雞要是醒過來絕命反擊，一隻雞撒一泡尿、拉一坨屎，那味道就夠讓人絕望了。

大半天過去，朱家大叔身上已經沒個乾淨的地方了，可帶著雞趕路的他臉上全是笑呵呵的，連帶張小碗都被他的樂觀態度影響，身上被弄髒了也學著刻意不去在乎，把前世那些誰都會下意識想維持住的乾淨整潔想法都拋在了腦後。

第二天下午，三人就快要走到梧桐村了，張小碗想跟上次一樣不回村，先去鎮裡把活物賣了再說。

朱大田有些猶豫，但也知道自己這一身太招人眼，遲疑了一會兒後，也就跟著張氏父女去了鎮上了。

走了好長的路，張小碗已經有些疲憊了，心裡也憂心這麼多的活物不知道能不能賣得出去？但願跟上次一樣，有行商在這裡落腳。

哪怕不是遠地方的行商，就是縣上來的行商也好，總會有些許錢買下他們這些東西。

甘善鎮是個窮地方，連客棧也就兩家老客棧，所以這次跟上次一樣，夜間時他們就到了上次賣貨的客棧。

那客棧老闆，也就是掌櫃的，還認得他們，一見著就叫。「小閨女，妳又跟著妳爹來了啊？」

張小碗一身髒亂，渾身臭得很，見掌櫃的那毫不嫌棄的招呼聲，不禁有些窘迫。人太善意了，反倒讓她不好意思起來。

「掌櫃的好。」張阿福打著招呼，他本就是個不擅言辭的，打完招呼就站到了一邊。

朱大田見他們熟，也知道這個時候不能說話，笑笑地站在一邊，看著張小碗出頭。

張小碗有些不好意思，儘量挪到角落，不去沾到桌椅，免得沾上味了。所幸她前世見多了世面，還要打理自己的工作室，已經見多識廣了，就算窘迫也不影響她把話說出口。「我爹和我大叔想把這些剛抓著的兔子、野雞賣了，大伯，您可能幫上一把？」

客棧掌櫃的這時已經走了過來，看了看他們身上的長毛雞和背簍裡的兔子。「看著倒是都精神，就是我這裡要得不多……」

張小碗「唉」了一聲。「您看看……」

「上次那麼大的主顧可不容易碰到了……」掌櫃的笑了，對著張小碗說：「那妳等等，我這裡住了個縣裡來收貨的，許會要得著。」

張小碗連忙感激地彎腰道：「您可真是個好心人！」

掌櫃的自上次就知道她是個會說話的，也確實不討厭這伶俐的小姑娘，遂說道：「妳身上這簍和掛的我們就要了，妳送後邊找妳大娘去，讓她跟妳算錢。」

張小碗聽了迅速脆聲地答了聲「好」，緊接著說了好幾句答謝的話，又朝掌櫃的彎腰說：「還得煩勞您幫著問幾聲。」

說完就往廚房後邊跑，正巧在廚房裡碰到正在水盆邊收拾碗筷的老闆娘，這老闆娘一看到張小碗就「哎喲」了一聲。

「這不是上次的小閨女嗎？怎麼這麼晚的又來了？」

「還是給您家送活物的，春天化了凍，往山裡又逮著好些，掌櫃大伯說叫我讓您點個數。大娘，您先點著，這碗筷我幫著您洗！」張小碗把身上的東西放下，怕自己的髒衣服弄髒了別人的廚房，便把外面的棉衣都脫了，又拿了冷水大力快速地洗了手，不等這老闆娘說什麼，就幫著洗碗去了。

這家客棧就請了一個廚娘，這時候正在收拾鍋灶，見到張小碗那麻利的動作，和僅著單衣、單薄得像紙片兒的身體，不禁憐憫地搖了搖頭。

但她也不多說什麼，上次張小碗來的時候就是這分幫著幹了不少活的勤快，才入了老闆娘的眼。

要不，換個木訥點的，這活物還不定能賣得出去呢！

老闆娘也不是個黑心眼的，點完數，又把幾隻肥大的挑出來，給張小碗多數了錢。她這次給張小碗算足了四百個銅板，還招呼著廚娘把剩下的飯菜拿出一些裝個油包給她。

張小碗聽了抬頭露著牙笑。「謝謝大娘好心！我針線好，回頭給您做件衣裳來答謝！」

「這鬼心眼還挺多……」老闆娘笑罵道：「哪還用得著妳做衣裳？多做幾件給自己穿穿！」

說著，見張小碗把一個個洗得利索又乾淨的碗往上頭放著，又見她僅穿了一件薄裡衫，她看了看那被張小碗隨手放在了外頭小石凳上的舊衣裳，不禁心有不忍地搖了搖頭。

平民百姓的，誰的心都不是鐵打的。老闆娘連忙上前幫著一塊兒洗，嘴裡叨叨道：「別洗了，去穿上衣服，可別凍著了。」

「這天暖和起來了，沒那麼冷。大娘您就別動了，這一盆我洗了用不著多少時間，我在家幹慣了的。」這老闆娘眼看著也是個身體不好的，一碰她冰冷的手就知道。張小碗懂得看臉色，知道有時多幹點活她吃不了虧，只會得好。

老闆娘也沒推辭，站起了身，去看看廚娘裝好油包沒有。

張小碗洗了碗筷，把碗筷擺好後，又把大盆、小盆洗好疊放起，還將廚房裡的地拿水洗了一遍。她動作快，才花了不到半個時辰，還因幹活出了一身汗。

忙完後她趁著熱氣在身，連忙穿上了衣服，也不再進廚房了。

好心的廚娘把裝了吃食的油包拿出來給她，嘴裡也道：「快著家去，換件厚實點的衣服，煮點薑水吃，可別著寒了！」

「知道呢，謝謝嬸子！」張小碗朝她鞠著躬，暗想著下次要是來，得給這好心的廚娘捎點啥，可不能讓人白對她好。

說著她也不敢再耽擱時間，連忙走了。她爹和朱大叔還在前頭，也不知道現在怎麼樣了？

張阿福果真就是個有福氣的，張小碗一到前面的時候，那個縣裡來收貨的商人已經在跟掌櫃的講價講上半時了。

基於一個鄉裡都有十八個音，梧桐村裡的人講話和甘善鎮的音都有些差別，縣裡人講話與甘善鎮的就更有差別了，所以張阿福和朱大田都愣站著聽著掌櫃的操著股他們並不怎麼熟悉的音在給他們賣貨，見張小碗來了，張阿福緊張地朝他閨女望了好幾眼，希望他這個主意多的閨女能說點什麼。

他們都站了老久了。

掌櫃的見她來了，朝她點了點頭，依舊跟那商人嘰哩呱啦地說著些不仔細聽就不怎麼能聽得懂的話。

張小碗倒是能從他們的話裡連猜帶矇地聽出個七七八八來，就是掌櫃的要那些兔子多漲幾個錢，因著這些都是活的，且有幾隻全身都是雪白得沒一點雜毛，這錢得往上算一點。

張阿福和朱大田都聽不太懂，張小碗也不能說她懂一點，她腦子活泛，那是因為她是穿來的，腦子的智商和處世的經驗都是上輩子得來的，她這時候若表現出懂得太多，她一個小女孩子家家的，那就真是妖孽了。

因此她也木木地站在她爹身邊，等到掌櫃的一跟人談完，把帳給他們一算——好傢伙！朱大田那裡他給賣出了近七百個銅板，快有一兩銀了！

而她爹的也不差，有五百個銅板！

足把兩個人驚得接錢的時候手都是抖的。朱家大叔更誇張，他也和剛才的張小碗一樣，給掌櫃的鞠躬，那腰一彎下去卻用力過猛，把頭都磕在了地上，磕得砰地一聲大響，直把旁邊跟著夥計在收貨的商人逗得哈哈大笑出聲，掌櫃的也被他給弄笑了。

「別磕著頭了，要是感激李掌櫃，分他幾個銅子當酒錢就好！」

那商人這話說得不快，張小碗是完全聽明白了，但她看她爹和朱大田只在那兒傻笑，看樣子是沒有聽明白，也沒有聽進耳朵裡。

她在心裡嘆氣，尋思著回頭還是要分些錢給掌櫃的，這種事要有來有往，不能讓掌櫃的白幫，有了第一次、第二次，總也得讓人願意幫他們第三次才成。

活物賣得也是相當的順，朱大田這下對張阿福感激不已，甚至刮目相看了起來，一出客棧的門就猛拍了張阿福的肩膀子好幾下。「阿福，大田哥這次真是得謝謝你了！回去就讓你嫂子煮了乾飯，做幾個菜，請你們家的客！」

張阿福本就累得已經是路都在飄著走了，但因著得了錢太高興，就算被朱大田拍得身體抖了好幾抖，也還是笑著連連點頭，不覺得被拍疼了，也不知道推拒一二。

完全不能怪人不太懂人情世故，她爹是根本不太懂，朱家大叔可能懂得一點，但應該也沒有好到哪裡去，腦袋一發昏可能就想不起來了。張小碗在心裡嘆著氣，沒法子，趁這兩人聊得高興，就算走也走得不遠，到時她能趕得上，所以她回過頭就朝客棧裡跑去，朝剛才得到的銅錢子的紙包抓了一大把，氣喘吁吁地站在客棧老闆面前，伸出手。「掌櫃大伯，這給您吃酒的。」

「咦？」掌櫃的正在打著算盤算帳，看張小碗踮著腳尖把錢放到櫃檯上，不禁笑了。「剛可是聽懂了？」

「一點點。」張小碗有點不好意思。

「聰明得很，真是伶俐！」掌櫃的笑了，誇獎道，隨即走出櫃檯，把錢拿到手上，塞到張小碗手裡。「拿回去吧，下次要是得了好物，多給我送一隻即成。」

張小碗抿嘴笑了一下，點了下頭。

回程的路上，幾人都走得很快，朱家大叔一進村口裡，腳步快得跟要飛起來似的，連她爹也如此，張小碗確實花了好大的力氣才跟得上她爹，可她爹雖走得氣息不定，步子卻一點也沒有慢下來。

兩個大人歸心似箭，連帶著張小碗對近在眼前的家也好像迫切了起來，恨不得飛也似地趕緊著家，心裡也有一種想給家裡人報喜的雀躍。

還沒到家門口的位置，就著手上木棍的火光，隱約見著劉三娘拿著針線籃坐在家門口，門口堆著一堆火，等看得近了，張小碗看著那堆了不少的餘灰，料想她這娘想必是夜夜都在門口點著堆小火等他們。

一到家門口，見張阿福就要往胸前掏錢那興奮樣，張小碗真是無奈，連忙扯了她爹的手。「爹，進屋再跟娘說。」

劉三娘已經端著針線籃起身進屋了，聽了轉過身來，瞪了迫不及待、完全沒心眼的張阿福一眼，帶著他進了屋子。

張小碗沒進門，把門前的火堆弄熄了，抬起身的時候注意到隔了一點距離的老田叔家門前有道人影進了屋子，不由得在心裡又嘆了口氣。

這事啊，眼看是瞞不著了。

這村裡多大？才幾十戶人家，什麼事一下子就能傳遍全村，他們家的兩個人和朱大叔出去這麼久，又是黑夜回來，村裡人哪可能不會多想？

她只想著，這事還是由朱大叔家起頭才好，他們家這種薄弱的根底，她爹又有那麼一對父母，在什麼事上都是說不上什麼話，也帶不起頭的。

進了屋，張小碗發現兩個小孩也起來了。

「吃飯了沒有？」張小碗猶豫了一下，還是想著要把帶回來的東西給他們加餐了。這次兔子、野雞他們都沒留下回來，因為這回能賣得出去得了錢已經是天大的好事了，商人在那兒收著貨，他要了全的，那時候誰也沒敢想留著點回來給家裡嚐嚐鮮，怕觸了收貨商人的霉頭。

這次去鎮裡賣活物，尤其還帶了一個朱大叔，張小碗一路上心裡也是極為忐忑的，所以見有人買，也沒敢像上次那樣還暗暗地留了些回來。

要知道，這次有人全買了，沒讓他們撲個空，她就挺慶幸的了。

不過，張小碗也知道，大山裡的事要是被村裡人知道了，下次他們家也不可能再有這樣的豐收了。所幸這次得的錢夠他們家喘息一陣子了，她再想點辦法，這一年應該不會餓得太狠，小孩生下來後，也不至於少了那口吃食。

聽了張小碗的話，兩個小孩看了看劉三娘，嚥著口水不說話。

他們已經知道，他們大姊要是好幾天沒回來，一回來總是會弄點好吃的給他們，就像上次那樣。

可劉三娘還在，他們不敢明言貪嘴，只是用著渴望的眼睛看著張小碗。

「賣活物的那個客棧裡，老闆、老闆娘都是心地極好的，廚娘嬸子也是。聽了老闆娘的吩咐，那個廚娘嬸子這次給了我不少吃的……」張小碗把油紙包拿了出來，又把她那份包著的錢給了劉三娘，說道：「娘妳數數，東西我去熱熱，回頭妳和爹來灶房吃，就不擺屋裡頭吃了。」說著，張小碗就要牽兩個小孩的手離開。

「等等，換件衣服。」劉三娘攔住了她，進了屋，又拿出了一件新的薄棉衣，極適合春天裡穿。

「娘做的？」張小碗愣住了。

「換著吧。」劉三娘僅淡淡地說了這麼一句，眼睛瞥了張小碗滿是凍瘡的手好幾眼。那手已經腫脹得就像蒸得發脹了的饅頭，只不過張小碗手上這個是又紅又黑的，極其難看。

張小碗猶豫了一下，但身上的味實在太重了，她本來還想穿著一晚，明早再早早洗了，曬乾再穿，可沒想到，一回來就有件新衣裳！她也忍耐不住，接過衣服換了。

「謝謝娘。」身上的臭味頓時少了一大半，張小碗不禁笑了，說了一句後，就拉著兩個豔羨地看著她的新衣的弟弟出去了，手裡還拿著油紙包。

到了灶房，打開油紙包，見裡頭竟然還有好幾塊肥肉，這看得張小碗都不由得吞了吞口水，更不要說兩個小孩了。在柴火的光照裡，他們盯著油紙包的眼睛閃得賊亮賊亮的，連嘴裡的口水都嚥了好幾下，在寂靜的黑夜裡響得亮敞。

對一戶一年到頭也吃不了幾頓乾飯的人家來說，這成色看著極好的、肥肥的肉簡直就讓人移不開眼睛，就連張小碗都有點把持不住嘴裡不停分泌的口水。

但她是姊姊，只能若無其事地吞著口水，把菜熱好了。她把那幾塊肥肉留了兩塊完整的給張阿福，又熱了幾塊劉三娘留著的糙米餅子，拿著餅子夾了剩下的肉和一些菜，給了兩個小孩一人一份大大的糙餅夾肉。

兩個小孩接過後就狼吞虎嚥了起來，張小碗看著不由得笑了笑，拿著另一塊也熱好了的餅，慢慢地就著水吃了起來。

沒想到油紙包裡有肉，劉三娘也驚了一驚，張阿福不肯把兩塊肥肉都吃完，硬是讓了一塊給劉三娘吃。

一家人在灶房吃完這頓晚歸的飯後，張小碗在灶房裡就把一些事跟夫妻兩人說了說，三人商量了一番。這時張小寶和張小弟都趴在張小碗腿上睡著了，見夜已深，張阿福便把孩子抱上了炕，然後張小碗和劉三娘把灶房收拾好，但剛進了茅草屋關上門準備睡的時候，就聽見有人輕輕敲響了門。

一開門，竟然是朱家嬸子，她身後還跟著朱家大叔。

一見門開了，朱家大嬸拉著朱家大叔進去，跟作賊似地輕手輕腳關上了門，一等門關上，這時張阿福也把土桌邊的柴火堆給點燃了，屋裡頭有了明亮一點的光。

朱家大嬸這時連忙跺腳道：「我家這個殺千刀的，占了你們家天大的便宜也沒道聲謝，哎喲，這可把我急得！這不，只得拉著他來跟你們道謝了！」

朱大田被婆娘這麼說，頓時臉色不好看得很，但剛在家裡被他婆娘說了幾句，也知道這次是他占了大便宜了。

他是一時就得了七百個大銅板啊！他們家算是村裡頭光景最好的，手頭上再寬裕的時候也沒有過七百個大銅子，朱大田得了錢一心只想回家，哪還顧得著想這錢也不應是他全得的。回到家，等家裡婆娘聽他說完，見他還不覺察出來，才說出了就算他是憑自個兒得的活物，那就算賣，他能找得到地方賣不？能一時得到這麼多錢不？他這才把事情理了個頭緒出來。

這一想，確實不能理所當然地覺得這全是他得的錢，不關張家的事，因為就算他去鎮裡趕場賣，也不一定能全賣得出去或把價格賣得這麼好。

再說，村戶人家的，賣東西也頂多知道去場上賣，誰還想得著去找客棧老闆賣啊？這不，一想明白，朱大田就跟著他婆娘來了，哪怕見他婆娘說得過分，他一時也不好發作，只得連連朝張阿福道謝，再三說明天家裡煮了乾飯，請了他們過去吃。

張小碗沒想到朱大田沒想明白的，這朱嬸子卻是個極明白的，當下有點驚訝，不過一想也就明白了，朱嬸子是個極良善的，但心裡不是沒譜的人。這不，去年他們家去他家借糧的時候，他們家也沒幾口糧了，不也是狠下心來沒借嗎？這朱嬸子啊，是個好人，但不是個濫好人，不當惡人，顧得上本又看得清形勢，是個心裡頭門兒清的。

難怪，朱家的三個孩子，她都養得健壯又勤快，先前張小碗還以為是朱家門戶大，朱大田又是村裡最好的獵手的原因，看樣子也不是沒有這朱家嬸子教養著的功勞。

見朱大嬸門兒清，張小碗扯了扯劉三娘的衣袖，讓她把先前他們在灶房商量好了的事說出來。

這次，要是朱家顧著他們家的那點好，幫他們家出個頭，他們家不去當那隻出頭鳥，那他們家也就可以省不少事。

劉三娘試探地跟朱嬸子提了一句，看這事是不是跟村裡人提一提？

頓時，屋子裡安靜了。

過了一會兒，朱大田左看看、右看看，見都沒人說話，便清了清喉嚨說：「這事肯定要提一提的，大家都苦，找口吃的都不容易。」

朱嬸子默默地點了點頭，猶豫了一下，見張家的幾口都不說話，她便張了口。「這事……怎麼個提法？」

「叫里長來商量商量吧。」張阿福一個氣都不吭，劉三娘瞄了瞄他，見他沒動靜，只得開口道。

所幸村裡人都知道張阿福是個不吭聲的，劉三娘作主先代他這一家之主的男人開了口，朱氏夫妻也不覺得奇怪，朱大田更是把話對著劉三娘說了。「這個主意倒是好，本該叫里長，這事得他作主才成。」

這里長也是朱家的一戶，是朱大田的族伯。

「那……明天就去叫？」朱嬸子又瞄了瞄不吭氣的張家人，隱約明白了張家想讓他們家去叫人的意思。

「嫂子妳看著辦吧。」見那父女倆一個字都不吭，劉三娘在心裡嘆了口氣，又由她張了口。

朱嬸子看了看張家這三口，又想了想，便用手拐了拐朱大田。

朱大田儘管平時也跟他這婆娘有商有量，但還沒有到心有靈犀一點通的地步，他被拐得莫名其妙，不知道她這是什麼意思，不由得瞪了她一眼。

朱嬸子頭疼，只得由她把話說出來了。「那明天就去叫吧。大田，你去把大伯給叫來。」

第二天早上，村裡頓時一窩蜂地往朱大田家鑽，一時之間，張小碗不知道朱家是什麼動靜，但心裡還是鬆了一口氣。

等到晚上，大深夜的，朱家悄悄請他們去吃飯的時候，張小碗這才知朱大叔家真把這事給擔待下來了。她不知道自己怎麼這麼激動，當下就給朱大叔、朱大嬸磕下頭了。

張阿福這頭還傻愣愣的不清楚，朱嬸子還有那魯莽但其實並不糊塗的朱大田，卻頓時頓悟了。

這閨女啊，怕是知道自家情況太單薄，感激著他們的這一出頭！

這時村裡人因為里長的發話，和朱大田所說的能逮到賣得了錢的活物的事情，都振奮起來了。村裡人議論紛紛一天，第三天，就有好幾十個人跟著里長和朱家的幾戶人口去了大山。

這一次，連張阿福的爹張永根都去了，但張阿福卻沒有去。因為，劉三娘快要生了，他去不得，也捨不得去。

而這時，劉三娘待產之際，劉家村那邊的人又傳來消息，劉家專程派人來說，要是劉三娘不回娘家，她哥劉二郎就要生氣了的話。

劉三娘聽了這消息的當晚，肚疼了一夜，急得張阿福一夜過後，灰白了滿頭的髮。張小碗一直以為一夜白頭真是小說裡才能出的傳奇，沒想到有朝一日能親眼見到。

這時劉三娘躺在床上不能動彈了，而朱嬸子那邊也因為來往他們家的村民太多，來看過一眼之後便沒有什麼時間來了。

張小碗要照顧一家幾口的吃食，又要煎藥，還要應付劉家村那個派來請劉三娘回娘家探親的村民，火得喉嚨都生疼了。

劉三娘一條命都只剩半條了，劉家村來的人卻還在苦勸著她趕快回劉家村看她二哥，他們說要知道不說方圓百里，就是方圓五百里，也沒有出過比她哥劉二郎更大的官了，他都回來好幾日了，她還不回去拜見，確實是太不恭敬了！

眼看這一天劉三娘只剩半口氣了，這來的人還這麼狀似苦口婆心地勸說，可張阿福卻是沒什麼脾氣，只日日夜夜守在喘著氣的劉三娘面前，什麼事也不管，也沒膽趕人走；張小碗別無他法，第二天便拿起了掃帚，氣勢洶洶地把人趕出了門外。

總算趕走劉家村的人後，因著劉三娘只剩半條命，張阿福六神無主，什麼事都作不了主，只苦了張小碗。

她聽劉三娘的話，請來了上一次幫忙接生張小弟的產婆，又是招呼著兩個弟弟燒開水，又是緊張地準備著那些小孩出生後便會穿上的小衣、小襖，頓時間這些活就忙得她這個沒經歷過生育的人一時全亂了套。

她都不知道如何是好了，劉家村那邊這時又來了兩個人，措辭嚴厲地說劉三娘對娘家的兄長這樣不敬不尊，是要送進官府認罪的！

當下張小碗都已經不再想到底劉三娘的兄長和她是有如何不共戴天的似海深仇，才非得在這生死關頭逼他的親妹妹。她只想著讓這兩個想要劉三娘命的人在村子裡緩上一天，後頭不管有什麼事，先讓劉三娘把這孩子生下再說。

免得人還沒死在牢裡，就先在家裡一屍兩命了。

當夜，劉家村這次來的兩個長者似的人，在土灶這邊的堂房再次措辭嚴厲地說著劉三娘種種對兄長的不恭敬，那邊劉三娘在房裡尖叫嗚咽到痛哭流涕，而張小碗則屁滾尿流地一路踉蹌著跑到鎮裡，哭著喊著敲開了鎮裡唯一的一家藥材鋪，把頭都在藥材店老闆的面前磕破了，才用了五百個銅錢買回了一片人參，連夜趕回去塞到劉三娘的嘴巴裡。這時，張家的四女，也就是張小妹，終於降生到了張家這個千瘡百孔的家裡。

這其中的艱苦辛酸，哪怕多年後已經安泰平順的張小碗回想起來，也不禁黯然神傷。

那一夜，她捨了前世所有的自尊自傲，只盼望劉三娘和肚裡的孩子能活下來，不讓這個家支離破碎。

這一次事件的後果，也是張小碗這個現代女在很多年後，哪怕她的相公不中意她、家婆不善待她，她也全然無動於衷的起因。她知道在命運的面前，有很多不可抗力的事，她除了跪著承受，沒有更好的辦法。

也是在這一次，她把前世那個屬於她自己的靈魂壓到了心底的最深處，那些關於前世的驕傲還有自尊，她都把它們壓縮成了小小的一個點，不再讓它們出來。

很多年後，在某一晚，張小碗面對一生撫養長大的、視為己命的親生兒子的逼問，她也沒說出這睡在她身邊大半輩子，後半輩子對她確實也不差的相公汪永昭，是這一生最瞭解她的人的話。

那些年間，汪永昭對她再好，再把她視為手中寶、心上肉，也沒有讓張小碗對著這個讓她生養了他兒子的男人產生沒必要的感情，她只是冷眼旁觀著他的所作所為，心裡對他唯一所存的正面想法，無非就是要跟這一個注定是她相公的男人湊合著過她生命所餘的下半生。

那時她已經對這個穿來的朝代俯首稱臣了。

因自很多年前，也就是劉三娘求生不得、求死不能地生下張家最後一個孩子張小妹的那天晚上開始，她就學會了對這個朝代真正地卑躬屈膝，不再放出那個現代的靈魂。

第二天一大早，事情再起變化之時，劉二郎居然來了。

張小碗見到了這個所謂當官的舅舅，長得甚是威武高大，而這時直到剛剛都叫囂不已的族老一看到他，卻像是莫名地蔫了氣。

當下，劉二郎和張家一家人沒說什麼話之前，就叫他身邊之人把這兩人綁了起來。

那兩個人剛要大叫，嘴就被堵嚴實了。

劉二郎臉色陰沈，站到了自聽聞他來了後就嚎哭不止的劉三娘房前，靜默地站了一會兒，好長的時間後，才喑啞地道：「這是妳嫂子叫過來的，我並不知情。」

「這是為何？為何——」劉三娘在裡頭尖叫，那問聲字字宛如泣血。

這是為何？沒有多久就已明白。

因為劉二郎欲要替張小碗結一門親。

他在戰場上兩次救了他同鄉一個同袍的命，兩人結為義兄弟，也訂下了兩家的兒女親家。

而當他回來，知道了當年他離家時，在劉姜氏肚子裡的孩子是男孩後，本欲將這事不了了之，哪知義兄的官路比他亨通，竟已被上官調至了京城忠王爺的銀虎營營下當屯騎校尉，他手下尚缺副尉一職，希他同去；同時隨信而來的也有他這位汪姓義兄的婚約書，信裡隱約提到了如果他有意謀求此位的話，不管是否有合適的親生女兒，只要血緣在那兒，還是先成就親事來得好。

因為劉二郎先前不是他那派的人，而忠王爺的營門自來難進，他只有跟上頭以兩家結了兒女親事的事作擔保，才能把這位置留給劉二郎。

劉二郎一著家就接到了京城裡的信，與劉姜氏商議此事，希望讓劉三娘的大女兒——這個年齡正好適合汪家大兒子的外甥女，結了這門姻緣，讓劉姜氏請張阿福和劉三娘過來商量。

這簡直就是天打到他們頭上的好事，而劉姜氏萬萬沒有想到要把這等好事讓給那個這幾年居然沒窮死、病死的劉三娘！

她屬意她娘家的姪女，而她娘家哥哥也是劉家村裡比較說得上話的人，見妹夫回來還當了官，而且以後的官會更大；更要緊的是，他還可以把女兒過繼過去，嫁給更大的官的兒子，以後他就是大官的丈人了，這簡直就是一步登天的天大好事！這貪念一起，兩兄妹一合謀，便請了村裡最會無賴混事的兩個老混帳，塞給他們銀子，讓他們在劉三娘生產時鬧上一鬧，最好是鬧出大事、鬧出人命；要是這一家子還有個挺著的，再讓他們把這一家子找了藉口送出村，盯人辦了他們！

反正在梧桐村裡，沒什麼人會給這一家子撐腰。

兩個老混帳其實就是來鬧事的，生產本是極危險的事，這種時候鬧得越大，還真容易把人給弄沒了。

劉家村的隔壁村子些許年前就鬧過這麼一次，有家人得罪了一人，就讓人使了這法子把一家子給弄得最後抹了脖子了事。劉姜氏原本也是這打算，哪想張家竟出了一個挺得住的張小碗，等到得了消息的劉二郎一來，這兩個原本捋了袖子嚷嚷著要把一家幾口送去見官的老東西頓時就疲了。

劉二郎本被劉姜氏找了藉口支去鄰村辦點事，過了兩天回來後，納悶本該去梧桐村請人的劉姜氏竟還在家，問她人怎麼還沒請回來？劉姜氏的神色露了馬腳，劉二郎見她那閃避的神色，當下突然覺得不對，便快馬加鞭地往梧桐村趕來，一到村口沒幾句話就打聽到了情況，而果不其然，此時也恰巧看到了那兩個「族老」要逮張家一家人去見官的雞飛狗跳場面。

這簡直就是荒謬極了！

可這時梧桐村的人見劉二郎來了，還以為劉三娘不尊重當官的兄長，會如劉家村來的人所說的那樣，被送去見官按罪名，當下本是看熱鬧的他們立馬閃離了張家茅草屋十丈有餘，免得沾了晦氣。

梧桐村裡的人連縣官都沒見過，這世上有多少官他們不知道，無非就知道這世道有皇帝、有宰相，更多的就不知道了。因此見威武不凡的劉二郎從馬上下來，頓時就覺得他已經是很大的官了，這下覺得張家一家人死定了。

朱嬸子這時剛好從她家端了一鍋熬好的糙米粥過來，走到他們圍著的位置時，一聽這消息，當下就軟了手，鐵鍋摔在了地上，高喊著哭道：「這三娘妹子啊，怎這般命苦啊……」

看熱鬧的也有朱家的人，怕禍及本家，見她還敢喊，連忙拖了她走，嘴裡訓道：「關妳什麼事？她得罪了她娘家，本就該受罰！哎呀，他們家跟妳有什麼親，讓妳這麼哭喊著幹什麼……」

邊說著，邊避諱不及地拖著她走了。

村裡人被朱嬸子那一嗓子吼得紛紛噤聲，待這兩人一走，他們也做鳥獸散了，怕看熱鬧都能看出一身麻煩來。

莊戶人家是最怕麻煩與惹禍上身的，這時看熱鬧的走了，鬧騰的塞住了嘴，張小碗便坐在板凳上，一手一個，抱著兩個驚駭不定的小孩，聽著劉二郎站在門口和劉三娘講著來龍去脈。

聽到劉二郎要把張小碗過繼過去當養女，劉三娘在房內沙啞著喉嚨，絕望地哭喊。「你還是要了我的命去吧，要了我一家子的命吧——」

劉二郎急急道：「哪是要搶妳的女兒？還是妳的女兒，一輩子都是！妳怎這麼不懂事？這麼好的人家，就算是縣裡縣官的女兒，也找不著這麼好的親家啊！我替她謀這好親事，她一輩子都衣食無愁了。那汪家大兒子我也曾在邊城見過他一面，簡直就是這世間最不可多得的好兒郎，如非我和他父親是生死之交，他哪是我們這種村戶人家攀得起的兒郎？咱們家這已然是占了天大的便宜啊！要不怎生的，妳嫂子她會……她會……」

劉二郎說至此，無法再說下去，重重地嘆了口氣。

劉三娘聽了此話，哭聲漸漸平息了一些。

然而張小碗的心，此時，卻越來越冷了。

第五章

劉二郎繼續說著，語氣悲悽。「兄長自知對不起妳，這女兒我也不敢搶妳的，等我修書與我那義兄說清，如若他家願意妳家小碗日後以張家女兒的身分嫁過去，這親事為兄就擅自作主，替妳先應下了；如若不行，二哥也沒這個臉面搶妳的女兒，妳看可好？」

半晌，裡面都沒有話音，只聞一陣低泣聲，又過了一會兒，劉三娘的聲音才遲疑地響了起來。「這可行？」

劉二郎一聽她鬆口，聞言大喜。「當然可行，二哥不搶妳的女兒！」

此時，外頭傳來一道嘹亮、中氣十足的聲音——

「千總，您要的人參，我替您買回來了，都是上了年數的好參！」

劉二郎眉開眼笑，竟往那房間又走了幾步，對著裡面的劉三娘柔和了語調說：「好了，妳現在好好調養身體，哥哥回來了，一切都會好起來的。」

劉二郎說罷，這才把臉轉向張小碗，在上下打量了張小碗幾眼後，眼帶憐憫，語帶憐惜地說：「妳就是小碗了？」

張小碗木著一張臉，不知道說什麼才好。

她剛剛才被眼前的這個人決定了以後的命運，而她看似連掙扎的權利都沒有，所以她一句話都沒說。

劉二郎卻當她是害怕他，搖著頭嘆了口氣，對身邊之人說：「你騎了我的快馬，去鎮上買些米麵糧食，再買些雞蛋。」

那看著像四十多歲的漢子雙手握拳，朝劉二郎作了個揖，領命而去。「是，這就去。」

「三格，你去村裡尋幾個經驗老道的婆子過來照顧我家三娘坐月子，再請個大夫過來看看，還得叫個會做飯的嬸婆子過來，這一家老小的，唉，連個主心骨兒都沒有……」劉二郎嘆了氣，眉頭緊鎖，看樣子是對那只出來見一面就避在產房內的張阿福很是不滿。

張小碗臉上麻木，聞言此時心裡卻冷笑了起來。

不過她也不想說什麼，因為這時張小寶、張小弟的肚子已經咕嚕咕嚕地響起來了。

有吃的，是好事。

形勢比人強。

為了養活他們，她不得不什麼都學著忍受與承受。

這時候，她跟誰都講不了骨氣。

隨後連里長都來了，與劉二郎交談了一番後，臉上帶笑離去。

不久，村裡人紛紛都來了，有送幾把米的，送一、兩個雞蛋的，里長家還把家裡頭那點兒臘肉也送過來了。

這些人都是劉二郎出面招呼的，張小碗收著這些劉二郎讓她收下的東西。

她不得不收，也來者不拒。

很快地，晌午時，大夫請來了，給劉三娘開了幾副湯藥，一副要抓十帖，四副下來，足要四兩銀子。

劉二郎給大夫銀子的時候，過來幫著做飯的朱嬸子抱著張小碗偷偷抹眼淚，低泣著說：「你們家可總算是苦盡甘來了……」

張小碗沒說什麼，等朱嬸子哭完後，她便去了廚房，繼續熬煮先前家裡為劉三娘準備好了的那隻野雞的雞湯。

對她來說，這不是什麼苦盡甘來，因為後頭的事尚不清楚。

至於前面發生的，這劉二郎要是沒回來，還不定會發生。如果不是怒氣攻心，沒人逼迫著，劉三娘也不至於把孩子生得這麼九死一生。

下午時，筋疲力盡的劉三娘奄奄一息，所幸是請了大夫來，灌了湯藥和吊命的參湯，總算把命給吊了回來。

劉二郎不來，她怕也是死定了。

所以對於一時之間就把張家把持住了的劉二郎，張小碗只得任憑他指揮著人團團轉，冷眼看著她這個突如其來的娘舅到底會把他們一家帶向什麼方向。

不是她悲觀，而是她不覺得他這麼大刀闊斧地以救人的姿態來了，他們家就會好起來多少。

他救得了他們家一時，但救不了一世。

果然，過了兩天，劉二郎接到了一封信，又回了劉家村。

待過了幾天他又來了，告訴張家，他有事要出去一陣，怕要些時日才回來，而與他義兄結親的事，一待有了商定就會寫信告知。

劉三娘是萬般願意張小碗結這門親事的，因為她打心眼裡覺得她這閨女不是一般的人，如果能嫁得高處，那才是她的好歸宿。

她掛心此事，對劉二郎自然也有了幾許親近，劉二郎走的時候，她這次主動開了口說話。「哥哥，一路走好。」

劉二郎聽她終於叫了他「哥」，高興得在原地打了個轉，按著她的肩膀欣喜地道：「妳可放心，待事辦完，哥馬上接了你們全家去過好日子！」

說完之後，兄妹倆又絮叨了一陣，等到劉二郎離去後，劉三娘又是好一陣歎息。

這日子臨到七月，盛暑的天氣越發炎熱，就算人坐在那兒一動不動的也能熱出一身汗來。這時村裡人那些比較好的水田都要缺水了，張小碗也是憂心忡忡，因為張家那兩畝水田的水也快沒了。

山上流不出什麼水下來了，可幸運的是，小溪裡的水是從地下冒出來的，這時也沒有枯竭之樣，水田裡的水稻應該不會保不住。

只是，還是得靠人力挑水。

但就算如此，靠這些是注定養不活一家子的，因此張小碗橫了心，準備拿著在鎮裡鐵匠鋪花了八十個銅板做好的弓箭去大山那邊。

田裡、地裡的事有了兩夫妻，張小妹就給了張小寶和張小弟帶著，家裡的事算是都有個主了。當晚凌晨，張小碗跟著商量好的朱家大叔就上了去大山的路。

朱家大叔也是不得不去，因為他父親的身體是一日不如一日了，無論是吃藥，哪怕是死了，以後入葬都是要花錢的，所以朱大田家急需用錢，和張小碗家一樣。

一開始本是朱大田打算鋌而走險，按朱嬸子的意思來問張小碗那大山裡到底是哪些地方不能去的，而張小碗卻聞言心動，打算跟他一起去。

朱大田是個好獵手，張小碗上次見過他的獵術，加之她因為幹活幹出了力氣，就擅自請人做了弓箭，打算跟他學。

做弓箭的錢，是她跟客棧老闆娘借的，張小碗說好了日子還她。

因著借了錢，又想日後給小孩們每天加個雞蛋，至少讓他們每天能吃到兩碗乾飯，生存的壓力逼得張小碗現在想學會捕獵。田裡、地裡種出來的那些還不夠家裡吃，她是指望不了賣錢能買啥的，她只能想到靠著賣獵物得幾個錢這個辦法了。

張小碗幹了近三個多月的農活，這幾個月裡託先前劉二郎給的銀錢和買的糧食的福，她吃了相當好的一段時間，所以目前這小身板雖眼瞅著還是瘦，但瘦得有力氣，比她剛來的那頭一、兩個月強上太多了。

而朱大田見她跟得上他的腳力，還不帶喘氣的，也確實小驚了一把，連連誇張小碗說：

「妳這個閨女可了不得。」

深山不是誰都可以進的，所以張小碗還是打算在山邊上轉，哪怕朱大田說周邊的兔子、野雞已經被村裡人抓得差不多了，就算還有也逃進大山裡頭了，這也是前幾次他們跟著進了深山的原因。

張小碗沒跟朱家大叔廢話，也沒解釋什麼，當天下午在視界好、沒有太多樹的地方選了幾處，前後幾里地，她讓朱家大叔在每個選好的地方挖了幾個陷阱，足夠兩米深的地洞裡都插滿了她削尖了端頭的小樹樁，那樹樁的尖頭利得如果是人掉了進去，立馬就能夠一命嗚呼。

朱家大叔卻困惑不已，因為鋪蓋在上的樹枝太厚實，野雞、野兔都掉不下去，這不是個抓小動物的好陷阱，看著像是抓野豬之類重物用的。

但野豬哪有這麼好抓的？牠怎麼可能跑到這種靠邊的地方來？

昨天晚上睡覺的時候，張小碗削了一下午樹樁的手抽搐不已，但最終結果還是讓張小碗很滿意的。今天過來一看，五個陷阱裡，有一個陷阱裡掉了一頭大概有好幾十斤重的野豬，豬皮相當厚實的野豬這時還沒死透，還在頑強地時不時大力掙扎一下，弄得地洞裡四處都是血，但此時牠哼氣的聲音已經不大，看起來是快要沒氣了。

「大叔，這弓是這樣握的嗎？」朱大田瞪大眼珠看著這神奇的野豬時，張小碗偏過頭問他，她握弓的姿勢對不對？

趕過來的一路上，她其實試驗過很多遍了，一路都在射著箭把握力道與準確度，現在只是再向朱大田這個老師確定一下。
朱大田點了一下頭，然後他就見到張小碗的箭射了出去，直中了那頭野豬的喉嚨。那頭不算大、但也不算太小的野豬一下子就斷了氣，大力抽搐了一下就不再掙扎了。
朱大田一時口吃。「這、這……」
「夜裡有野豬叫，大叔應該聽過不少次了吧？」張小碗趴到地上，把箭頭拉了回來，隨即爬起來，轉過頭朝著朱大田笑了笑。「夏天星光好，晚上如果有出來走動的野豬，怕是會朝光亮足的地方走，我想在敞亮的地方多挖幾個陷阱，運氣好的話，總會遇上一頭。」
說完，把箭頭上的血跡用樹葉擦乾，放到了背後，那冷靜的樣子實在不像只是一個小姑娘。
朱家大叔呆愣一下後回過了神，搖著頭嘆息地說：「妳這小姑娘啊，太不平常。」
說完他就跪下了地，朝野豬伸出了手。這時候成年漢子的力量就表現出來了，僅一隻手他就把野豬給拖了上來。
「我們去水邊，先剖了拿鹽醃好，要不帶回去後會有異味。」張小碗建議道。
這時朱大田對她已經沒有異議了，按她所說的辦，兩人把那差不多四、五十公斤的野豬揹到了小溪邊，花了時間把豬給剖了，把豬大腸之類能帶走的都洗乾淨，用帶來的鹽醃好，一直忙到半夜，才把這頭豬收拾好，也分好了各自的肉。
看著用完了的、本是滿滿一罐的鹽罐後，朱大田又看向這時正張羅著煮骨頭湯的張小碗，終於還是疑惑地問出了聲。「妳這小閨女哪懂得這麼多？」

張小碗沒回答，只是沈默地幹著她的活兒。

她忙個不停，朱大田也就不說話了。

骨頭湯加了兩把帶來的糙米，之後煮得快要差不多的時候再把洗好的野菜放進去，就是極好的一頓吃食了。

吃完後天色都亮了起來，張小碗疲憊地揉了揉眼，問神色也顯疲憊的朱大田。「大叔，咱們趕著回嗎？」

朱大田是想趕著回的，這麼多的肉、這麼熱的天氣，哪怕用鹽醃了，時辰久了還是會壞的，但他見張小碗十分疲勞的樣子，話不知怎麼的卻說不出口。

「回吧，大叔。」張小碗見朱大田的神色也是想回的，她便站起身，長呼了口氣，積攢了點力氣後，把背簍揹了起來。「我想在肉還新鮮著時賣出去，興許會賣個好價錢。」

他們走得很快，夏日晚上星光好，第二晚他們只睡了個半夜，就著星光又趕了半夜的路，天剛亮透了一點他們就快要走到村子口了。

去鎮裡的路很快也要到了，朱大田連連看了張小碗幾眼，像是有話要說，但又不好說一樣。

「大叔，你要跟我說啥？」張小碗見狀，在朱大田的又一眼瞧來之後開口問了。

「大叔能跟妳去賣不？」朱大田顯得不好意思極了。他後來得了活物去賣，都賣得既辛苦又沒得多少錢，這才知第一次賣得那麼輕鬆完全是天上降下來的好事，虧得張家父女那麼大方地幫他的忙。

「大叔，一起去吧！老實說我也不知道賣不賣得掉，但咱倆一起賣就是。」朱大田是個厚道人，這幾天在路上教了她不少精細的獵術，他這麼幫著她，對他，張小碗能幫一手，也願意幫一手。

到甘善鎮時，天色已經大亮。

往鎮裡走時，張小碗注意到路過的幾個人臉上滿是喜氣，她在一旁聽他們說著話，聽出來一件事——今天是鎮上大戶袁老爺的老父親七十大壽的壽辰。

張小碗猶豫了一下後，停下腳步跟朱大田商量了一下。「大叔，我聽剛才那兩個人說今兒是袁老爺家的大老爺做壽，可能會需要肉，我們要不要去看看？」

朱大田想都沒想就應了一聲「好」。

等到了這大戶家，張小碗專挑了後門去問人，那問到的人一聽是剛打下的野豬肉，便讓他們等等，他回頭去問個信。

回過頭來，他帶了個管家樣的人過來，管家的說正好剛得了個信，縣裡要來個貴客，今天要多弄一道菜，這野豬肉要個幾十來斤，正好多做一道。

但要的這分量，就只要他們其中一個人的量。

張小碗頓了一下，讓朱大田先賣了。

朱大田一聽連連推拒，直擺手說：「不行不行，先賣妳簍子裡的！」

張小碗已累極，無力再多說，苦笑著道：「先賣你的，大叔，家裡朱大爺還等著你帶銅錢回去請大夫呢！」

一聽她這話，朱大田也緘默了。

旁邊管家的等他們爭論好，就把朱大田的肉給買了，付錢時還多給了朱大田幾個銅板，當是喜日子裡頭的賞錢。

朱大田先賣好了要先回，跟張小碗分道走時，硬是要塞五個銅板子給張小碗，見張小碗不要，他又急了，大聲道：「妳這閨女怎麼回事？給妳幾個銅板子是讓妳買烙餅吃的！妳這肉還沒賣掉，不知要賣許久，餓著了怎麼辦？」

他嚷的聲音很大，引得路人都看向他們，張小碗只得無奈地接下。

到了李掌櫃的客棧，李掌櫃看了她的肉，這大熱天的，肉他不能全買下，因此為難地和張小碗說：「只要得一半。」

「嗯，一半就一半，您能要就好。」張小碗給了他一個大笑臉，滿臉的感激。

掌櫃的原先還為難呢，卻見著這麼個大笑臉，心情也不由得轉好，笑著給她出主意說：「妳到王掌櫃那兒去賣賣，興許他會要了這剩下的一半。」

「這就去！」張小碗連忙點頭。

掌櫃的給她算了錢，二十斤肉，一百個銅板子。

張小碗只數了二十個拿著，道：「欠著大娘八十個，這次得錢能還了。」

「不是說好了日子還的嗎？還不到時候呢，拿著拿著！」掌櫃的笑著把銅板包好塞到了她手裡。

張小碗抿嘴笑笑，也不再推拒了。她也不知道她這肉能不能賣掉，大熱天的，肉不好賣，她還要拿錢去鎮裡養了兩隻羊的人家買點羊奶，餵給張小妹喝。

她上次來鎮裡，從廚娘嬸子那兒得知鎮上養羊的那戶人家的羊產了羊羔子，就打上這主意了。劉三娘身上沒有奶水，小妹天天吃糊糊，那小臉蛋根本沒長肉出來，臉還帶黃色，瘦得不像前世張小碗見過的那些白白胖胖的嬰兒。

張小碗運氣還算好，在另一家客棧的王掌櫃那兒賣出了十斤肉，不過價格沒給得和李掌櫃的一樣高，一斤肉只給了她四個銅板，總共拿到了四十個銅板。

不過豬肉都是賣四個銅板一斤的，這個朝代可沒有野豬肉要貴上許多的說法，要貴也就貴那麼一點。王掌櫃說，這肉醃了不新鮮，要少那麼一點子錢，就和家豬一個價了，張小碗覺得也能接受。

也只有那看得起她的李掌櫃，才對她這麼大方。

張小碗沒有先去買羊奶，她回了李掌櫃的客棧。

進了客棧後，她先跟李掌櫃彎腰問了好，說要到後房找老闆娘說點事。

李掌櫃搖搖頭，又點點頭。

張小碗給了他一個大大的笑，道了聲謝，這才往後頭走。

李掌櫃又搖了搖頭，不過這次臉上是帶笑的。

不論是誰，見著這麼個懂事又愛對別人笑的小姑娘都會有幾許好心情的。

張小碗進了後院，老闆娘不在，廚娘嬸子卻是在的，她正在砍柴火。張小碗拎出一塊兩斤多一點的肉，對廚娘嬸子小聲地說：「您找個東西包起來吧，我給弟弟、妹妹捎來吃的。」

廚娘有兩個比張小碗小一歲和三歲的孩子，一個男娃和一個女娃，她聽了連斧頭都放下了，看著肉，好一會兒都沒答話。

「您拿著吧。」張小碗把肉塞到她手裡，又轉身提起背簍，輕聲地說：「這次的肉有賣剩下的，您拿一塊不礙事。我去廚房，給掌櫃的他們拿肉做道菜，回頭您幫我拿給他們。」

說著，算是給廚娘嬸子招呼了一聲。她進了廚房，拿起一大塊肉，打算做道實用的回鍋肉吃。

這掌櫃的和老闆娘平時其實也吃得不怎麼好，他們只有一個孩子，送到縣上的學堂唸書，因那先生是出了名的有大學問的，因此那脩金是一年六兩銀子，這還不包括孩子筆墨紙硯和伙食的錢。

甘善鎮裡頭，把家中孩兒送到縣上唸書的人家總共就只有三戶，而占據了一戶的李掌櫃是在外頭得了個家裡有讀書人的好名聲，又有著這一家客棧，也算得上半個大戶了；可張小碗來往這麼多次，見他們吃飯過好幾次，看到他們吃的多數是剩飯剩菜，新鮮的不多見，這些可能怕都是從食客的嘴邊邊省下來的。

張小碗這次足足切了三斤的肉，先煮熟，再回鍋拿著辣椒熱炒，那一鍋肉足可裝好兩大盤。

炒著菜時，老闆娘回來了，見著肉都驚了，嚷嚷道：「這是怎回事？」說著聞著香味，眼睛直往鍋裡探。

廚娘嬸子在一旁吞著口水說：「小閨女孝敬你們的，要感謝你們，特地用自己沒賣完的肉炒給你們吃，我看她炒得挺好。」

老闆娘一聽，嘴巴都張大了，隨即一拍大腿，肉疼地道：「這都好幾十個大錢了，怎可炒給我們吃！」

張小碗抿著嘴沒說話，等到肉炒得差不多了，便起了鍋，拿了兩個大碗裝滿，這才跟她沒預料到會突然回來的老闆娘小聲地說：「掌櫃的和您就多吃幾頓吧，能省不少菜。最近天熱，做不了多好的，這個吃不完冰到水井裡，能吃上兩天。」

「如何使得？」老闆娘不答應。

張小碗笑笑，提起自己的背簍，打開上面的樹葉，跟她說道：「我這裡還剩半個豬腦殼，還有好幾斤肉，回家足夠吃了。掌櫃的買了我二十斤肉，給了一百個大銅板，本說要還您那八十個的，但還不到日子，您容我再緩幾日，回頭再得了錢就還您。」

她這麼一說，老闆娘頓時心疼到不行，連連說：「哪有讓妳到日子就還，待到手頭寬裕了還也一樣！別說緩幾日，多緩些時日也是可行的！」

張小碗搖搖頭，不認為她說得對，但也沒說什麼，只是拿著眼睛瞄著老闆娘。

老闆娘一看就知她有什麼事，忙問：「可有事？」

張小碗不好意思地一笑。「您知道我家裡先頭剛有了個小妹，我娘奶水不足，小妹又瘦，我想，看能不能給她弄點羊奶喝……」

「妳想要那羊奶？」老闆娘頓時醒悟過來，忙整理了下身上的衣服，道：「我這就帶妳去，那人家我熟，我帶妳去認個人。」

「好著呢，大娘，就煩勞您帶我去一程了！」張小碗不由得感激地道。她打的也就是這個主意，有熟人帶著去，比起她愣頭愣腦地上門，不知要方便省事多少。

老闆娘卻沒管她說什麼，只是看著那兩碗肉，一臉肉疼，又一臉垂涎。

尋思短短時間後，她拿出一個小碗，小心地挾了十塊肉，數了一遍，又數了一遍，再拿出一個餅，對廚娘嬸子說：「大妹子，妳叫小二哥給掌櫃的送去，就說這肉是小碗孝敬他的，廚房裡還有的是，叫他放心吃。」

說完，拿手往身上擦了擦，又嚥了嚥口水，對張小碗說：「這就走，大娘帶妳去。」走了兩步，又醒悟過來般問：「妳可吃了？」

張小碗連忙笑著說：「剛吃了，足吃了四個大烙餅，吃得撐著了。」

老闆娘聽了欣慰一笑。「撐著的好，妳要幹這麼多活，不吃飽哪來的力氣？」

有了老闆娘幫忙，見著了主人家，說好了一個銅板能取三大碗奶，張小碗真是沒想到有這麼多。那主人家見她沒拿東西來裝羊奶，還拿了一個竹筒讓她裝。

張小碗先拿了一大碗，向主人家和老闆娘道完謝後，怕午後天氣太熱，把奶也給熱壞掉了，一路都是急跑著回家的。

到家後，也不待跟在門口迎著她進來的張阿福說什麼，只是把竹筒拿出來，讓劉三娘趕緊餵給張小妹吃。

一見羊奶，劉三娘顯得有那麼一些急切起來了，根本顧不得問張小碗什麼話，把羊奶煮過一道，就把睡著的張小妹拍醒了起來，餵她喝奶。

羊奶腥味重，張小碗本以為小妹可能會不太喜歡吃，可睡著的張小妹被拍醒後本在哇哇大哭，一碰到奶，喝了幾口就連哭都顧不得哭了，狼吞虎嚥地喝起了羊奶。

那小小的孩子的狼狽樣子，看得劉三娘都掉了淚。

張小碗的眼睛瞅著劉三娘的淚臉，只有她，卻是鬆了一口氣。

能吃就好，能吃就是福，她會活下去的。

就當張小碗喘了一口氣，把豬腦燉了，打算讓一家人吃頓好的時候，張大娘卻來了。

她先進的不是茅草屋，而是灶房。不知是哪兒得的信，她一進灶房就朝著張小碗迎面而來，嘴裡大聲地道：「妳爺爺病了，身體不好，要點吃的補補，聽說妳這兒煮了好的，我來拿上一些……」說著，手卻朝整個灶鍋伸去，欲要把它全端起來拿走。

而這廂，張小碗已經五天沒有睡過一個好覺，無論是身體還是精神都已經疲勞到了極點，她已無力再多費言語，於是，她什麼也沒說，面無表情地拿起一根柴火棍往張大娘的手上直直抽打了過去！

這一下，直抽得張大娘淒慘地大叫出聲，撫著手臂嗷嗷叫疼。

她正要破口大罵，但張小碗的下一棍又大力地抽了過來，那速度和力道簡直就像是在殺人。

頓時，這蠻橫成性的老婆娘嚇著了，抱著頭往門口竄，邊竄邊尖著嗓子大叫。「不得了了，殺人了！張家的孫女要殺她家老奶奶了——」

張小碗冷笑了一聲，沒打算就這麼放過還膽敢上門的張大娘。她拿著棍子追出了門，對著因為見到了來看熱鬧的村民而頓時有了膽氣，想回過頭再找她算帳的老婆娘，一字一句地說：「再叫一個字出來，我就叫里長過來，拖去縣裡見官，不要了妳的老命，我就死在妳面前，變成惡鬼把你們全家一口一口都吃了！」

她把話咬牙切齒、一字一句地說出來，語氣中的狠毒把本來想欺她家人弱，過來占點便宜的張大娘頓時給駭著了。她看著張小碗那不要命的神色，什麼都不敢再多說，當著這時圍過來看熱鬧的幾個村民的面，灰溜溜地走了。

「下次再來，打死了也別怪我！」張小碗冷冷地看著她的背影，又加了這麼一句。

自古以來，人都是軟的怕硬的，硬的怕蠻橫的，蠻橫的怕不要命的。張大娘一聽她這話，腳下一頓，這次簡直就是逃命般地跑走了。

這時見張小碗臉上的神色太可怕，看熱鬧的村民都不敢圍過來。

張小碗沒再理會更多，轉身回了灶房，打算繼續燉豬腦袋。

只是，她的身體過於疲乏，一回到灶房，虛弱的身子再也支撐不住，腳下一軟，整個人不受控制地倒在了地上。

摔倒在地上的張小碗苦笑了起來，卻知道這時候她是倒不得的，她只能咬了咬牙，重重地喘了口氣，又掐了好幾把大腿，疼出冷汗，這才手撐著地上，慢慢地爬了起來。

站起的那刻，她若有所覺地轉頭往後看了看，看到了手中還抱著孩子的劉三娘，此時正淚流滿面。

這個只三十歲出頭，但神色卻已蒼老的婦人看著她的眼睛裡有著濃濃的愧疚、心疼，還有漫天漫地的絕望。

她無聲地哭著，未發一語，卻讓張小碗的心無端地疼了起來。

人活在世上，過得好的人都自有屬於他自己的無奈，何況是被貧困折磨到沒有出路的女人？有太多人，怕就是這樣被折磨到精神失常的。

人生實在是太苦了，承受不起，哪還能逼著她不崩潰？劉三娘已經是個好的了，度過了坐月子的那段抑鬱期，也算是緩過來了。

換個再軟弱點的，生產的時候被親嫂子鬧這麼一齣，堵著心，好不起來也不奇怪。

誰的心都不是鐵打的，張小碗也知道劉三娘不是不想對她這個大閨女好，而是人想做的和能夠做到的，往往都是天壤之別。

想想，這段時間像個成年人一樣忙裡忙外的張小碗也就有點釋然了。人活著啊，各有各的命，她既然選擇了要分擔起照顧好家裡的責任，那麼，苦點又如何？不過是她自己的選擇罷了。

她沒再看劉三娘，走回了柴火灶邊。

各人有各人的苦，她擔著她的，劉三娘擔著劉三娘的，都是各自要承擔的。

說得無情點，在這個誰都不能承受更多的家中，倒下了就是倒下了，站起了就是站起了，怨天怨地都改變不了事實分毫。

她都沒被絕望打敗，劉三娘身為幾個孩子的母親，她希望，她也不要被打敗。

張小碗的凶惡在村子裡算是有名了，無人敢招惹張家，但也有幾戶人家和張家好了起來，朱大田家、村口的洪大叔他們家，都與張家關係不錯。

這一年，在朱大田的教授下，張小碗的獵技算得上不錯了，加之她練出了力氣，與一般男人相比竟然不差，待到下半年，她已經能獨自進山。

當然，這山她不敢進得太深，只敢一步一步摸索著。

打獵的成果並不大，大半年下來，也只攢了一兩銀子。

這年她家的稻穀收了，可能育秧挑的穀種好，收的糧比往年要多了個幾十來斤，這讓張家一家人都喜上了一把。

這光景，可以讓他們好好熬過一個年頭了。

等到新的一年冬天過後，張小碗也有十一歲了，遠方的劉二郎自來了第一封信之後，就再也沒有消息。

時日一久，劉三娘就像多年前忘卻她這唯一的哥哥一樣，忘卻了劉二郎，除了村裡人有時偶爾拿她當官的哥哥出來說說事，劉二郎這個在張家掀起軒然大波的人，已經沒有了什麼痕跡。

劉三娘也沒有跟張小碗說過一次那樁可以讓人麻雀變鳳凰的親事，像是認命了。

對此，張小碗依舊沈默，而她希望劉二郎不要再回來了。只要努力，哪怕辛勞，這個破敗的家還是會一年一年好起來的，而不是讓劉三娘去期待那個劉二郎帶來的夢。

有些東西，不是人想要，就要得起的。

這新的一年，張小碗的獵技突飛猛進，而張小寶、張小弟跟著張小妹一起喝了一段時間的羊奶，張小碗又一直注意他們的營養，兩個男孩的身高也抽高了起來，臉上也有了肉；尤其是張小寶，張小碗給他打了副弓箭，也讓他跟著她一起進山。

一家慢慢變好，張阿福的身體也好了起來，田地裡的事他能做大半，劉三娘得以騰出時間忙活家裡的事和帶孩子，這讓張小碗也能夠有時間帶著張小寶往外跑，有時姊弟倆一出去就能去上近半個月，有時回來能帶回半兩銀子，有時也只有幾個銅板。

而在這一年裡，張小寶也變得越來越像他的大姊一樣沈默，但那種沈默裡透著一股堅決的力度。因著他身形抽得比張小碗要高，看起來已像是個小大人了。

年底，張小妹也一歲半了，「大姊」、「二哥」、「三哥」都叫得很清楚。

就當張小碗以為這個家會一年一年地好起來的時候，這年過後的開春，劉二郎竟然來了信，信裡說到了當年他提起的婚約，說他義兄已經答應，而訂親的信物一方玉珮已在他手裡，等到戰事過後他就帶回來交予劉三娘。

劉三娘是識得幾個字的，送信的官差幫她唸完信後，她顫抖著手拿著信看了一遍又一遍，最後把信仔細疊好，掩面嚎啕大哭，像是苦盡甘來般。

而當天恰好在家、沒出外的張小碗，卻全身都僵了。

官差走後，她跪在了劉三娘面前。「這親事答應不得。」

劉三娘沒理會她，偏過身。

張小碗長跪不起，也不說話，只是拿眼睛直直看著劉三娘。

「為何答應不得？妳這是在逼我，妳是在硬生生地逼妳娘……」

最終，劉三娘側過身，語氣尖銳，帶著哭音，手不停顫抖地指著外面。「妳有本事，走過的地方遠，妳去瞧瞧，妳去瞧瞧！這方圓幾百里，誰有妳這樣的運氣？妳知不知道，妳嫁出去了，一輩子不愁穿、不愁吃啊！我的苦命閨女，這輩子妳就不會像娘這樣的苦了啊！別說娘不心疼妳，這麼好的婚事，妳要是不答應，妳要我怎麼疼妳才是好！」

說著，又掩面痛哭了起來，只是這時的哭聲裡，沒有甘，全是苦。

張小碗的嘴裡也苦澀了起來，她舔了舔乾澀的嘴，盡力平緩地說：「那樣的人家，不是我們攀得起的。大戶人家自有大戶人家的規矩，哪會瞧得起我這農家過去的女兒？他們主家又是在京城，到時與家相隔萬里，見你們一面何其困難。我受了苦，家裡也沒個知道的，到時遭難了，沒個幫手，怕是不像現在在家的檻一樣好過了。」

「難？再難又如何？」劉三娘抹著眼淚，連喘了好幾口氣，語氣堅決。「吃穿不愁就成。人自一生下來，活著就是個難事，只要你餓不著、冷不著就成。」

「在村裡，我也吃穿不愁。」張小碗冷靜地道。「一家人彼此扶持，日子總會好起來的。」

如果張小碗是先前的那個張小碗，可能就把這當作人生中最大的大喜事了，可現在的張小碗有著現代成年人的思維，她知道門當戶對的重要，連在以愛情至上為主的現代，門當戶對都那麼重要了，何況是在門第之見根深柢固的古代？

她得了這麼天大的好事，以後，如果沒那個運氣，那個天大的好事就會成為天大的壞事。

她不想好不容易在這個村子裡尋出一條暫時能站穩腳跟的路了，沒幾年，又得再去另一個地方重新開始，更何況，那裡全是陌生人，不會再有親人。

到時，她連一點可以支撐自己的東西都沒有。

在這個村子裡，到了適婚年齡，她可以在村子周圍找一個老實的莊稼人，種田生娃，或者再謀點別的生路，慢慢地和她的這些親人們度過一生。

而那些只有年輕的姑娘才會去憧憬的更好的未來，她前世已經經歷過一遭了，美好的、不美好的她都經歷過，無須再來重溫一遍。

至於愛情，固然美好，但沒有它，人只要想活得好好的，照樣能活得好好的。而且，在這種朝代裡，像她這樣的穿越女去和古人講愛情就像講一個笑話，她這樣的女人前世都不容易愛上在外人眼裡還算不錯的男人了，來到古代後，她會愛上一個古代人？

張小碗覺得這是根本不可能的事，以後在身邊睡著的男人，如果還算不錯，她能跟他培養起像家人一樣相扶相持的感情就算是不錯的了。

要不，頂多就是個搭夥過日子的人。

張小碗本性還是以前那個冷酷、理智至上的人，什麼能要、要得起，她心裡相當清楚，所以她不認為她會在這個朝代突然鬼使神差地愛上一個古代男，因為她的愛情沒那麼容易就能發生；而她更無比清楚地知道，一個貧家女嫁到官宦人家不會過上別人以為的大好日子。她的手，怕是連人家的丫鬟都要比她細緻白嫩，誰瞧得起她？誰瞧得上她？

張小碗的說詞在一定程度上打動了劉三娘，張小碗的能幹在這兩、三年她是親眼所見的，她如果嫁到跟前，以後他們一家人和她都不會過得太壞。

劉三娘猶豫了。

可事情卻沒有張小碗想得那般天真，她以為等這幾日劉三娘想清楚了，會修書給劉二郎退了這婚事；可哪想，她和官家子弟訂親的事在這兩天不僅傳遍了梧桐村、甘善鎮，甚至連縣老爺都知道了，專程叫人送了禮來。

正當張小碗覺得有些騎虎難下之際，劉家村那邊，去年過來鬧過事、被張小碗暗地裡指使村民擋回去了的劉姜氏，再次帶了人過來。

這次她帶來了劉家祠堂的祠堂主。

見她來勢洶洶，張小碗暗地冷笑，讓張小寶去叫了里長，也叫了村裡腳程最快的人過來候著，不待坐定的劉姜氏開口，她便冷冰冰地說：「您要是有事，跟我們里長說，要是再大的事，就請縣老太爺來，他送的禮還在我家案桌前擺著，我想請他來一趟也不是什麼難事。」

那祠堂的堂主是收了劉姜氏的好處而來的，見張小碗一開口口氣就是這麼大，連縣太爺都搬了出來，本要開口說張小碗「沒大沒小」的話就沒說出來了。他瞄了瞄劉姜氏一眼，哪怕劉姜氏現在名聲再大，他也不打算輕易出頭了。

劉姜氏再有名聲、再有身分，還不是得有劉二郎撐腰？當官的是劉二郎，而不是這個在家守了兩年，連一封家信都未收到的劉姜氏。連她的兒子，也是劉二郎給先生寫的信拜託照顧，而不是交給她。

祠堂主心裡一想，剎那明白得很，當下就決定不輕易蹚渾水，要是這渾水沒攪渾，這張家小閨女真成了官家夫人，到時候吃虧的便是他。

「喲，好大的本事，連縣太爺都請得到？妳倒是請來給我看看啊！」劉姜氏一見花了銀錢請過來、先前打了包票的祠堂主不說話了，心裡恨恨地罵了幾聲，嘴上卻還是有條不紊地對付著張小碗。

張小碗知道她不是那麼好嚇退的，因此冷笑了一聲，對門邊的人道：「煩勞您去請一趟，就說是我娘舅拜託他的。」

說著，把劉二郎隨信準備好的、給縣太爺的信拿了出來，就要交付那跑腿人。

劉姜氏一看，猛地從座位上站了起來，撲過來就要搶張小碗手裡的信。

張小碗躲過她，這時劉三娘開了口。「嫂子，這是我哥的信，難不成妳要撕了？」

相公的信，尤其還是身上有官職之人的信，哪是她一介婦人撕得起的？劉姜氏聽了收住了腳步，恨恨地跺了跺腳，咬牙切齒了一會兒後，對著張家一家子氣勢磅礡地說了一句。

「你們等著！」說著，朝著外面大步走去，那恨恨的背影就像要把張家人千刀萬剮一般。

劉姜氏走了後，看熱鬧的閒雜人等也散了。

張小碗拉了條長凳坐下，坐在那兒直愣愣地看著地上。不知道事情鬧這麼大，可否收場？

現在怕是方圓百里都知道她和官家子弟訂親的事了……

見大閨女不說話，張阿福過來推了推她的手臂，小聲地叫了一聲。「閨女……」

張小碗抬頭勉強地一笑。「爹，你去忙活吧，家裡沒事。」

張阿福躊躇了一下，也知自己沒本事問得了這主意大的閨女什麼事，嘴巴張了張，還是說道：「那我去地裡了啊？」

「去吧，爹，今天我在家，家裡事有我。」張小碗朝張阿福又笑了笑後，轉頭對一旁站在門口還呈防衛姿勢的張小寶說：「你跟爹去，早點忙完好著家吃飯。」

張小寶「喔」了一聲，卻探頭往外看去，怕是在看人家是不是去而復返。

張小碗這下是實打實地笑了一下，搖搖頭道：「去吧，還要活兒候著你不成？」

張小寶這才動身，去拿扁擔挑擔子。

見狀，張阿福連忙過去。「小寶你幫爹拿鋤頭就好，擔子爹來挑。」

父子倆走了。

小弟先前帶著小妹去朱嬸子家玩去了。

劉三娘不由自主地長嘆了一口氣，苦笑了一聲。這境地，不要這親事還可能嗎？

「就這麼不想要這門親事？」忽然，劉三娘的聲音響起。

張小碗抬頭，看了劉三娘一眼，又垂下頭，看著地上一會兒，這才長長地吐了口氣，點了點頭。

她是確實不想要，她只要得起她能把握得住的，她知道那官宦人家的日子不是她現在這等身分的人好捱的，怕是會比現在更辛苦。

再有，她也不願意。如果撐住這個家為的是把小孩子們撫養長大，而同時這個家也在支撐著她的話，那她嫁了門不當戶不對的那麼一戶人家，日子要是不容易起來，她一個人，真是孤苦伶仃了，到時候她找什麼撐著？難道真的只能麻木地忍著活下去不成？

她再強，失了支柱，也會挺不住的。

「現在在家，再苦再難，有小寶、小弟，還有小妹，還挺得住。」張小碗苦笑了一聲，終還是跟這個是她娘的女人透出了一點想法。「到時候嫁出去了，又是那麼一戶人家，要是日子好還成，可要是到時候吃了苦，你們一個也不在眼前，我怕我熬不住。」

她低下的頭無奈地搖著，此時疲憊不堪的精神讓她的聲音越說越小。「我不怕吃不飽、穿不暖，妳和爹、小寶他們都在不是？可到時候嫁那麼遠，要是想回家一次，怕是爬都爬不回來了……」

「哪會如此！」這時，劉三娘拔尖了嗓音，大聲道：「就算到時候真出了事讓妳得回娘家，妳娘舅自會護住妳！他也是有官職在身的人，哪會讓妳吃苦？誰又敢欺負妳？妳不是沒娘家的人！」

張小碗再度苦笑，這笑容澀得讓她全身心都是苦的。「他不是讓妳吃了這麼多年苦頭嗎？妳是他親妹妹，又何嘗因他過上幾天好日子了？」

只這一句話，就把劉三娘徹底擊敗了。

她傻眼地站在了原地，好一會兒，淚珠子從她的眼睛裡滾了出來，這時神態全然失常的她嘴裡喃喃地道：「是啊，靠他哪靠得住？他一跑就會跑得一乾二淨，日後妳要在外頭有個三長兩短，沒人幫著，就是我想為妳哭幾聲，也見不著妳啊……」說到這兒，她全身都顫抖了起來，眼淚不停地從她的眼眶裡大滴大滴地往下掉，虛弱不堪地扶著門框，哭泣著自言自語。「怎麼這麼命苦？我們怎麼就這麼命苦……」

張小碗別過臉，沒去看她，因為此時，她的眼淚也掉了出來。

隔天，劉三娘說她要去一趟縣裡。

張小碗看了看她，沒問什麼。

過了幾天，風塵僕僕的劉三娘回來了，拿出了一封信。

這是她走到縣裡請人寫的，是讓劉二郎退親的信。

張小碗先前隱約有了猜測，現在完全明白了劉三娘的意圖——她怕在周遭請寫字先生寫這樣的信會被人說閒話，所以特地花了幾天去了縣裡。

那個地方太遠，遠得張小碗至今都沒去過一趟，可劉三娘為了寫這麼一封信，帶著幾個餅和銅板就去了。

張阿福也是知情的，當晚見劉三娘拿出了信，他瞄了信好幾眼後，開口道：「明天請人送到縣太爺那裡去，讓他幫著捎去吧？」

「嗯。」劉三娘別了別頰邊的頭髮，抿了抿嘴。「花幾個銅板子，請人代跑一下腿吧。」

說完，她把手中一進屋就捏著的信放到了桌上，站起身來往她的屋裡走去了。

張阿福也跟著起身，走了兩步，他又頓住了身體，回過頭朝一直坐著不吭聲的張小碗說：「閨女，妳娘疼妳，爹也願意妳在跟前，這個家都希望妳留下來，妳就留在我們跟前吧，咱哪兒都不去，啊？」

這時，張小碗的眼睛裡起了霧花，她緊閉著眼睛，重重地點了幾下頭。

到底，她對這家人的那點好，還是得來了這家人真心真意對她的好。

信送出去後，張小碗算是半鬆了口氣。

有人來張家打探張小碗的親事，劉三娘的口氣也鬆了下來，嘴裡常說道：「這還是沒門兒的事，只是略微提上一提，這官家的孩子哪會這麼容易看上我們莊戶人家的？這親事怕是不容易，現在是十個手指頭，一個的譜都沒有。」

這來打聽的人一聽，覺著也是這麼回事。要知道，這縣老太爺的女兒都才只嫁了一個秀才，這張家哪怕有劉二郎這個當官的舅爺，可到底不是親閨女，這麼大的好事，哪能落在這外甥女身上？

於是，這話也算是傳出去了，都覺得這親事只是提上一提，有譜沒譜還不是一定的事。

而張小碗的勤快和能幹這兩年也是傳遍了村子裡頭的，幾戶有壯小子的人家也盯上了張小碗，哪怕她是凶惡了一點，但抵不住她委實能幹啊！娶了她，誰家都不愁沒吃食啊！

所以，從劉三娘口裡知道那親事八字都還沒一撇，剛把心思消下去的幾戶人家就又活泛了起來，尤其是朱家嬸子的大嫂家，她家有三個兒子，小兒子正好比小碗大上兩歲，現在小碗十二歲快十三了，若在這兩年裡把親一定，後頭的事就容易多了。

她打了這麼個主意，現在探了劉三娘的口風，知道這事還不一定，立馬高興了起來，經常趕著她家那三兒子去幫張家地裡、田裡的活搭把手，順便還跟張小寶、張小弟這兩個未來的大舅子套套近乎，先熟悉熟悉一下。

村裡人的動靜張小碗是一清二楚的，這時候也越發明白劉三娘那封信為什麼要到縣上去寫了。要是被人知道她家退了官家的親，這算是得罪了官家的人了，到時候可沒幾個人敢上門說親了。

就當劉三娘也習慣慢慢地從對她家閨女有意思的幾家人裡挑揀女婿時，隔了四個月，劉二郎的信又來了。

信裡，劉二郎說了劉三娘幾句「婦道人家，休得輕言妄語」之類的重話，隨即在信裡又用非常重的口氣說「此事已定，不得更改」，還說他明年定會著家過年，到時這事怎麼詳細議定，他回來一定告知，讓劉三娘安心，還讓她在這兩年為張小碗準備一些衣裳、繡品、嫁妝，其他的家具等什物，由他來備。

而這次隨信附上的，是五十兩銀子。

官差唸完信後，朝張阿福作了長長的一揖，口裡喜慶地道：「恭喜賀喜您了！現下劉千總在邊關立了功，我聽我們縣老爺說，戰事過後還會有大賞賜下來。您家這閨女也是個福氣大的，到時，小的還得來討嫌，來討杯喜酒喝喝！」

張阿福被官差作了一揖，不知如何是好，正直起腰連連躲閃著說「不敢、不敢」時，這邊接過信的劉三娘眼睛看著信，人都呆了。

而一邊站著的張小碗，再次有了那種被命運捉弄到她根本無力反抗的麻木感。這次，她麻木得連痛都沒能感受到了，她只是呆睜著眼睛看著空氣中的某一點，完全不知道自己以後的命運又將如何？

接連幾天，張家都安靜得很。

而張小碗與官家子弟訂親的事徹底傳開了。

其間，那位已經把張小碗視為自己媳婦的朱嬸子的姪子，還跑到了張小碗家，坐在地上眼淚、鼻涕齊下地痛哭了一場。

這個壯小子像個丟了心愛玩具的小孩子般哭了好半晌，才被聞訊趕來的朱大嬸拖著走了。

張小碗看著，又是無奈，又是哭笑不得。

如果可以，她也願意嫁給這麼個看起來不夠聰明，但卻憨實的人。

這是她能掌控的人和生活。

可到底，她疲於奔命了這麼久，還是鬥不過命運。

既然現在事情有了個定數，掙扎不得了，張小碗也只能靜觀其變了。她調適了幾天心情後，就又準備起進山狩獵的事來。

倒是張小寶一直悶悶不樂得很，憋了好幾天，終於對張小碗憋出了一句話。「妳不要嫁那麼遠。」

「嗯。」張小碗笑笑，不知如何跟他說是好。

「妳說了不丟下我們的。」

張小碗沈默了下來。如果人嘴裡說說的事都可以成真，那該有多好？可惜，這世上怕是沒有這麼好的事情會發生。

「以後我養妳！」張小寶又大聲地說了這麼一句話。

見張小碗沒說話，這下張小寶生氣極了，當下轉過身就跑了出去。

張小碗看著他的背影，悵然地笑了笑。

他現在還小，懂得的無奈不多，等到大了，他就更能明白，在這個世間上關於命運的事，不管是販夫走卒還是天王老子，沒有幾個人違抗得了。

第六章

張小碗恢復了平常的樣子，劉三娘看了看她的神色，也沒有說什麼。

只是這天在張小碗收拾弓箭時，她叫張小碗和她一起去鎮裡扯布做衣裳，看樣子是不打算讓張小碗出去打獵了。

「我及笄還得要兩、三年，到時候怕是還會長高不少，現在做衣裳為時尚早。」張小碗說道。

劉三娘抿了抿嘴。「現在穿的也可以多做兩套。」

「娘，銀子現在先收起來吧，以後用得著。」張小碗笑笑。「家中的銅錢夠用吧？不夠的話，這次我多弄點回來。」

劉三娘本是想給她做幾套衣裳補償一下，哪想張小碗不理會她的好意，更不像別人家裡的閨女一樣，聞著新衣裳便跳起來，她不由得氣不打一處來，坐在長凳上低著頭，自個兒生起悶氣。

張小碗見狀，在心裡輕嘆了口氣，嘴上的語氣溫和了起來，溫言對著劉三娘道：「知道妳想給我多做幾套衣裳穿，只是新年做的還沒穿壞，多做了也只是浪費。這銀錢畢竟是舅舅給的，不是咱家的，他不是明年要回來嗎？待他回來問了用處再動用也不遲。」

「就妳懂這麼多！」許是被張小碗的口氣哄到消氣，劉三娘嗔怪地說了這麼一句後，便不再坐著，起身幹活去了。

扯布做新衣裳的事，也就不了了之了。

張小碗又帶了張小寶出門，這次她揹了弓箭出去，背後對她的指指點點就多了起來。

張小寶受不住這個，誰敢多看她一眼，他就把眼睛睜得比牛眼還大，凶惡地瞪過去，那樣子，就像是誰要敢多說張小碗一句什麼，他就能衝過去咬人。

張小碗很是感動，她這兩年在孩子們身上所獲得的回報，其實要比她投注的多更多。一想，張小碗心裡前所未有的平靜下來了。

平復心緒後，她教授起張小寶時，就更加地用心。

這個朝代所用的文字是繁體字，她是熟悉繁體字的，因為她的恩師書寫用的就是繁體字，她在他手下學了五年的設計，當了他三年的半個助手，早習慣繁體字了，所以她先前就買了啟蒙的《三字經》教張小寶。

《三字經》教完後，現在張小寶已經學到《百家姓》了，而先前張小碗簡單地教了張小寶算數，但張小寶一直學得不好，所以張小碗乾脆把認字這項停掉了，專心讓張小寶學著算數。

張小寶又不用去考秀才，學再多的字也成不了學問，不如教他怎麼算數、做帳，這個的實用性比多學會幾個字要強。

張小寶的力氣也練出來了，過幾年打獵的力氣可能都要比張小碗大了。可惜他的腦袋沒有張小碗認為的聰明，先前逼他學會的《三字經》，隔了半年，他現在又全然不記得了，實在不是個好記性的。張小碗只指望逼著他勤能補拙，把算術學會，這樣對他以後多少會有點助力，至於字，能認得那些常用字就好。

半年後。

春天又來了，待到春末，又是一年的耕種，眼看梧桐村各家各戶又要準備忙了起來，可這春雨是下了一場又一場，十天半月地下著，竟然不見暖和起來。

村裡人可嚇怕了，里長都去找了甘善鎮的亭長商量了好幾回事，心裡也還是沒個數，等到這雨下了一個月，這時不用他說，村民們都知道今年是鬧上澇災了。

這時田裡、地裡全是水，村裡的路更是泥濘不堪，連去山裡打獵的人家此時也不敢上山，所有人都極其不安地吃著家裡的存糧，時日一久，村子裡家家戶戶都愁眉苦臉。

看來這老天爺今年是不給人飯吃了。

這雨一直下了近三個月，中間停了幾天，可也是陰著的，再加上天氣一直沒怎麼轉暖，村裡人冒雨育的秧發得不是很好，沒幾家的田裡長了幾株禾苗。

這種天氣，真是老天爺要絕了人的命，里長還帶著人冒雨去百里外請了神婆過來祭天，把村裡的大公雞都逮了，足殺了五隻問路，也沒問出一條生路來。

神婆走後，里長就病了，村裡人一片恐慌，有一戶人家拖兒帶女地，準備上縣裡去討活路。

原本張小碗不知道這「討活路」是怎麼回事，待這家人走後，聽著別人的語氣，才知道這是全家人都去當乞丐了。

眼看今年是要顆粒無收了，家裡沒有存糧、孩子又多的，只能走上這條路，因為這樣興許還能有條活路，而不是一家人活活餓死在家裡。

等到七月，雨終於停了，溫度也高了起來，可這溫度高得不是一點、兩點，而是驟然升高，比張小碗在這大鳳朝待過的任何一個夏天都還要熱得離譜。

這時，村子裡好多人都病了，張小碗知道，瘟疫來了。

在這樣酷熱的天氣裡，一條條人命就這樣沒了，在這種情況下，張小碗多希望自己像個無所不能的穿越女一樣，有辦法能拯救很多人命；可現實就是，在瘟疫面前，她連自己家的人都無法拯救，因為在全村不少人都發熱死亡之後，小妹也發起了退不下去的高燒！

此時鎮裡的藥材鋪都沒藥了，山裡的藥也早被挖得沒有多少了，第一天張小碗帶著兩個弟弟尋了好幾處山，也沒找到大夫所說的能退燒清熱的藥草。

在第二天小妹燒得不醒人事時，張小碗當機立斷地讓劉三娘把埋了的銀錢挖出來，全家人整理包袱，一起上縣裡。

「許是她的命，還是聽天由命吧。」聽聞張小碗的打算，劉三娘眼神空洞地說。

「一起去。」張小碗搖了搖頭，不願屈服。

見劉三娘不動，她拿了鋤頭，帶著小寶去挖。

把銀錢拿好，這時家中也無存糧了，養的雞和兔子早已借給了村裡人吃了活命，家中也就幾件衣服好收拾。把東西一收拾好，連夜地，張小碗帶著一家人就去了縣裡。

因著這糟糕的年頭，張小碗內心沒有一天安過，這時見村裡的死人越來越多，她覺得在這種環境裡，不僅極易染得瘟疫，而且在這種絕望的地方，怕是不須多日，自己都會覺得自己被貼上了死亡的標籤。

她不知道外面的情況是不是會更壞，但這時，她覺得她必須出去，先找到藥材，保命最為重要。

一路上，張小碗以為自己已經預料到了最壞的情況，可事實上，情況比她以為的更糟。一路上衣不蔽體的死屍、頭頂上呱呱亂叫的烏鴉，要是她第一次穿越來時見到的是如此情景，她會以為她來到了末日煉獄。

小妹一直高燒不退，張小寶揹著她一路都是快步地走，身上的衣裳往往沒得半個時辰就是濕的，他揹得久了，張小碗就讓小弟揹，再隔一段時間換她揹一段路，一家人日夜不停地趕路，終在第三天趕到了張小碗從沒來過的縣裡。

此時的縣裡，完全沒有張小碗以為的擠了一城的難民、貧民，甚至當他們到達縣城大門時，連個守兵都沒見著。

城門大開著，街道上沒有什麼人，安靜得離奇。

待找到一個活人了，張小碗大著膽子過去一個字一個字清晰地問「人都哪裡去了」時，那瘦得顴骨突起的縣裡人竟答了句「全死光了」。

待尋到藥材鋪，藥材店的老闆很是平淡地看著他們一家子的人，說了句。「你們吃不起。」

張小碗拿了銀錢擺到櫃檯上，那老闆才多看了她一眼。

他拿著那個五兩的銀錠摸了摸，看了看成色，這才說：「只夠一副藥。」

「要吃幾副？」張小碗操著梧桐村的鄉音跟他對答。

「五副，一天三劑，五副脫根。」

張小碗又拿了四錠銀出來。

而張家一家人，全都麻木地看著她的行止，誰也沒有多說什麼。

一路來，他們全都聽張小碗的話習慣了，她說什麼就是什麼，她要幹什麼就幹什麼。

見了太多的屍體，他們只能跟著自有主張的張小碗帶著他們尋活路。

把藥藏好離了藥鋪後，張小碗帶著一家人先去尋了住處，拿了幾個銅板在一戶家裡只剩一個小孩的人家租了地方，等安頓好他們，她又帶著小寶去買了煎藥用的砂鍋，一路行來，活人所見寥寥，一打聽，原來全是往沒有瘟疫的外縣逃難去了。

聽著不像是「全死光了」，張小碗的心這才微微好受了點。至少不是真死光了，不真是那麼絕望到沒有生路。

小妹的燒算是一天一天退下去了。

每天熬藥剩下的藥渣，張小碗會另煮了水，一家人都喝上半碗。

她還是不放心，又另買了三副回來煎了喝，這樣帶來的五十兩銀錢，只剩下了十兩。

這十兩，一錠五兩的早換成了銅板，在這幾日裡，他們在縣上花了已有一百個銅板，就當張小碗努力想著要怎麼活下去時，這天卻聽好幾個遇到的縣裡人歡呼雀躍地說，皇上派了欽差要來救災了！

果然這消息還是準確的，張小碗聽到這消息的第二天，就又聽說縣老爺貼了文榜出來宣告此事。

這縣老爺是給她家送過禮的，張小碗想了又想，最終決定讓張阿福和劉三娘去走上一遭，探探口風，看能不能有什麼別的活路出現。

因著現下一家人身體都不甚好，外面又瘟疫滋生，小妹一康復之後，張小碗就再也沒有那個膽子敢帶著一家人往外縣躲瘟疫。

劉三娘帶著張阿福是上午去的，午時回來時，臉上竟難得地帶了點笑。

等關了門，劉三娘竟長吐了一口氣，對著張小碗說道：「縣老爺這幾日正得了妳舅老爺的信，正要派人去村裡接咱們。」

張小碗沒料到劉二郎還顧得到這事，嘴裡也問：「他知道我們這裡鬧災了？」

「縣老爺說，咱們縣的事，皇帝陛下都是關心的。妳娘舅雖然在邊疆效力，但也是官員，這等大事還是知道的，遂託了縣老爺照顧我們，就是妳那言德表哥，這幾日他也會派人接上縣來。」

張小碗「啊」了一聲，算是應了聲音。

「還有一件事，」劉三娘這時連眼睛都喜悅起來了。「聽說那汪姓人家，其祖家是鄰縣的大戶，妳娘舅說，這次他要跟著賑災的官差回鄉一探，興許還會來咱們縣……」

看著劉三娘莫名欣喜的臉，張小碗茫然地眨了眨眼，好一會兒，這才想起這汪姓人家是什麼人。

她欲要說「這不關我們家什麼事」，但看著劉三娘那充滿希望的臉，完全沒有了這段時間以來一直掛在臉上的死灰，她突然什麼都說不出口了。

欽差尚未來，但縣令從外縣調的藥材來了，隨即就是衙役敲鑼打鼓叫縣裡的人去衙門領藥材，也派了人下鄉，叫亭長、里長帶人上縣裡來領藥材。

安平縣因以前受過瘟疫，自來縣衙、民間都有流傳下來的可用處方，無奈地方太窮，本地可用的藥材少，幾種處方裡有固定的三種名貴之藥，這種藥材多要從外地買進，價格更是昂貴，於是買得起藥的人很少，因此一有瘟疫，逃難的竟比買藥的還多。

誰家都掏不出那個銀子買藥，就是有點閒錢的，一家子的人，人口要是多點的，有幾家喝得起這藥？

從瘟疫爆發之前，縣令就去了知府那兒求爺爺、告奶奶的，希望能借調點銀子下來備好藥材發放下去，無奈知府那裡一直沒有鬆口，待到瘟疫爆發，朝廷關心，這才依了縣令先前的請託，答應從外縣調藥材過來安平縣救急。

可惜經此一疫，安平縣的人口死了近五千餘人，原本有百餘家的村子最多也只剩下了六十餘戶，甚至還有幾個村子全村感染瘟疫死絕，無一倖免。

而張阿福一家所在的梧桐村，五十幾戶人口，也只剩下三十餘戶。

原本劉三娘的意思是要留在縣裡，只是等藥材被各鎮、各村的人領了回去後，張小碗就收拾起了包袱，而一家老小，除了張阿福是站在劉三娘身邊，孩子們、包括小妹都站在了張小碗的身後。

劉三娘當下眼睛都紅了，張小碗卻很平靜，把裝了一些銅板的錢袋放在她面前，說：「妳要留就留著，弟弟、妹妹我帶回去。」

「妳難道就不等等他？」劉三娘的嗓子都啞了。

「妳知他什麼時候會來？」張小碗靜靜地看著劉三娘。「明年？後年？也許永遠都不會來。」

他或許會來，或許不來，而來不來，一家人都要在縣裡吃飯，哪來的銀錢活命？

這和劉二郎看著有點交情的縣令，前幾天上州府接欽差去了，前天劉姜氏帶著劉言德把張家剩下的八兩銀子從劉三娘手裡都要走了，劉三娘卻還天真地要在這縣裡等一家人的「貴人」前來。

一家人手裡，就剩不到三十個銅板了，過個幾天，全家人吃什麼？喝西北風嗎？

「他祖家是大戶，妳知道什麼是大戶嗎？」劉三娘卻還是很激動，她激動得全身都是抖的，如果不是一邊的張阿福扶住她，她都要軟倒到地上去了。「他來了，豈會不救未婚娘子的家人？待他來了，妳就要什麼有什麼了啊！」

這幾天聽慣了她這樣的說詞，張小碗當下皺了眉，讓小弟揹起小妹，帶著孩子們走了，留下劉三娘在她的背後哭喊，問她的心肝是什麼做的。

她的心肝是什麼做的？聞言，張小碗笑了一笑，摸了摸此時在小弟背上、偏過頭小聲叫她「大姊」的小妹瘦弱的臉，又笑了一笑，什麼想法也沒有。

自知道那男子真正的身分後，劉三娘就著了魔一樣。

她把錢輕易給了劉姜氏也就罷了，因為劉言德確實瘦得不成人樣，而那錢本也是他爹給的；可現在的劉三娘口口聲聲都說那汪大郎會過來救他們，張小碗就不知道她的腦袋是不是被這世道給逼瘋了？

而不管她瘋了沒有，他們這些確定沒瘋的得繼續活下去，所以張小碗見勸不動她，也沒力氣多費唇舌了。

她先帶了弟弟、妹妹去了一家當鋪，把帶來的幾件兔毛衣服當了幾十個銅板後，帶著孩子們出城。

往日至少能賣得三兩銀子的兔毛衣服，如今不過只賣了二十個銅板一件，還比不得那一身兔子肉。

世道都如此艱難了，那婦人還在奢想著一個連訂親信物都無，只在信中出現過的男子能來救他們一家人……

張小碗無話可說。

回程時，三個孩子明明渴得嘴唇都乾裂了，但還是一直省著喝陶罐裡的水。走了一天，晚上要有歇腳處，張小碗就帶了他們往上次討過水的人家住，塞給了人家兩個縣裡買回的烙餅，當是四個人的住宿費。

如此走了五天，這才回到村裡。

村裡只剩下三十多戶人家，現在朱大叔是里長，他從縣裡拉回了賑災下放的幾百公斤粗糧早已分光了，張小碗一家回來得晚，沒分到口糧，還是朱大嬸分了她五斤糙米。

當晚，張小碗煮了一鍋濃濃的粥給孩子們吃了。

第二天，帶著兩個身上揹了弓箭和背簍的弟弟，張小碗揹著小妹，一家人進山去了。不管山裡危不危險，這時候，她只有搏一搏了。她現下手裡的銅板不到五十個，而這糟糕的天氣眼見已有所緩解，但還是高溫不降，今年注定是顆粒無收了。

張小碗四人在山裡足待有一個月才出來，其中的困厄凶險無數，但也因此，他們在山裡吃上了肉，獵了不少食物，待到天氣涼爽，張小碗才領了他們，每人身上都揹了獵物出山。甚至就連四歲的小妹，身上也揹了幾張她從張小碗那裡討來揹的兔子皮。

待回到村裡，張小碗這才知已回村的劉三娘找她找瘋了，包括從邊疆打了勝仗、兼程趕回來了的劉二郎。

一見她，劉三娘就只是哭，從她的哭聲中，張小碗知道他們派人去山裡找過他們一次，但無功而返，劉二郎正要找人去尋第二遍，正巧，張小碗四人就回來了。

「舅舅怎麼回來了？不是要年末才回來嗎？」現在看著劉三娘的淚已經無動於衷的張小碗問。

劉三娘拉著她粗糙的手，看著她被曬得黑黑的臉，只顧著連聲驚呼。「這樣子怎麼見人？怎麼見人啊？我的老天爺……」

她拉得張小碗的手太緊，旁邊的張小寶見了，伸過手來拉她的手。「娘別抓這麼緊，抓疼大姊了……」

張小弟也伸過手來扯。

劉三娘這才反應過來，視線掃過同樣曬黑的幾個孩子，眼睛一閉，眼淚掉了出來。「完了……」

等劉二郎聞信趕到，看到黑黝黝的張小碗領著同樣黑黝黝的孩子在他面前站成一排時，這個見多識廣的武將也不禁好半晌都沒說出話來。

好一會兒，他才對著張小碗痛心疾首地道：「妳可知妳是個閨女啊？以後是有身分的官家夫人！妳看看妳，妳把自己折騰成了什麼樣子！」

張小碗本來面貌長得不差，大眼、挺鼻、小嘴，就是人太靜，眼神也太靜，一個小女孩子家家的，長得就算還行，但通身的沈默卻讓她在不說話時很容易被人忽略。

她平時就是如果不細看，就沒人會注意她長什麼樣子的人，現在曬黑得就像塊黑炭，那樣子，乍一看，簡直就是難看了。

「妹子……」劉二郎見張小碗不說話，幾個孩子都睜著黑葡萄一樣的眼珠瞪著他，他只得轉過身去責怪當娘的劉三娘。「妳養的好閨女！我不是讓妳好好養著的嗎？那汪家的祖母已經跟我說好，這次要見上她一面，她現在這樣子，怎麼去見人？」

劉三娘哭著，拿著粗帕子掩住嘴，驚慌失措地看著劉二郎，一副什麼話也說不出口的樣子。

「罷了、罷了……」劉二郎只得連連搖頭，頭疼不已地說：「這次我想辦法應付過去，這段時間可別再許她出門了，待養白點，訂親那日興許不會出太大的醜。」

說著就要走，經過張小碗時，當她不成器似地狠瞪了她一眼，這才揚長而去。

這時張小碗迎上了劉三娘哭紅的眼，靜靜地說：「趁親還沒訂，推了吧。」

劉三娘斜過身，低頭抽泣著，忽略張小碗的話。

張小碗撇過頭，看著弟弟、妹妹那幾雙黑黝黝看著她的眼睛，垂下了她的腦袋。

那一秒，她有想過帶著他們遠走高飛，可是，他們能走到哪裡去？能飛到什麼地方？去到哪裡、飛到哪裡，總要頭上有茅草擋身，肚裡有稀粥入肚才成。

而她不敢說帶著他們走了，她就能負責好他們的未來。

所以，她也只得如此了。

任是如此，等第二天劉二郎來時，想著最後掙扎一次的張小碗，還是跪著求他退了親事，把劉二郎氣得拍壞了一張桌子，那巴掌差點掀上了張小碗的臉。

隨即他轉頭又罵了劉三娘一通，把劉三娘罵得又是哭了一宿。

隔天，他就帶來兩個老婆子看住張小碗。

這兩個教養婆子守著張小碗，教她一些東西之餘，還往她臉上、身上抹一些聽說可以變白一點的草藥。

那些被搗碎的草藥有著惡臭，張小碗還不能反抗，一反抗就會遭到兩個婆子的壓制。

那廂，劉二郎苦口婆心地和劉三娘說：「我這是為她好，妳不能再縱著她了！她以後但凡有一點出息，對你們這個家都是好的。你們以後可是汪大郎的岳家，他會是個有作為的人，有了這一門親事，以後再如何，你們也不會過苦日子。」

劉二郎這邊也是急火上了眉梢，他義兄已經從七品的屯騎校尉升到了從五品的遊騎將軍，而他從八品的千總升到了正七品的把總，現戰事一過，年後要論功行賞，興許他的官職還能往前再挪一挪。

如此，他與汪家的聯姻便迫在眼前。忠王爺的銀虎營年後就要重置歸整，能不能留在京城的銀虎營，他與汪家必須有條看得見的線牽在一起，這才會讓忠王爺考慮收他入麾下，從而重用他。

如果不是他三次捨身救他這義兄，去年更是為救他腹部中了一箭，險些命喪黃泉，也得不來與汪家這鐵板釘釘上的親事。

而這天大的好事竟被那不懂事的閨女推拒！如果不是看在可憐妹子的分上，劉二郎真要越俎代庖，好好教訓這不懂事的野丫頭一頓了！

如果不是有那天大的恩情在，她還能攀得上這等上好的親事？

劉二郎恨鐵不成鋼，因小妹的一生已經盡毀大半，如今這件事，他是容不得張家的誰說一字半句了。

這親事，他已與他義兄說定，於他、於張家，不成都得成！

這關乎他們劉家一族以後的前途，而與汪家結親的張小碗的身分與名字，他甚至在此前見忠王爺的面時就提上過半句了，此時萬萬容不得出爾反爾。

張小碗確實把劉二郎氣得肝都要裂了，他亦覺得劉三娘太婦人之仁，遂又私下尋了厲害的婆子，欲在張小碗出嫁前，好好管教她一番，不能以後嫁到汪家了，丟了他劉二郎的臉面。

劉二郎這邊欲好好教養張小碗，殊不知，饒是張小碗再如何知書達禮，她也不過是他送上汪家攀附的物件，一個鄉下的貧女，又是劉二郎以挾恩之態送進門的，還是配上了汪家那前程甚大、面容更是英武俊朗的大郎，自詡有些底氣，在官場也有前途的汪家哪會看得起她？

被教養婆子教了兩個月之後，劉二郎便來告知，這訂親的日子就在十二月中旬的一個黃道吉日，他已在縣上替他們尋好一處住房，這幾日搬進去，正好來得及接汪家的納聘，和接婚前禮。

納聘那天，汪家來了四位夫人，其中兩位是汪家大郎的嬸嬸，兩位是他族中的嫂子，這幾位婦人頭上簪的、手上戴的都是精緻之物。劉三娘頭上也戴了一金一銀，但在這幾位通身氣派、滿身富貴的婦人面前，她還是那個一身寒酸的貧農之婦。

這幾位婦人看到她之後，笑說了幾句家常話，說出來的聲音有說不出的好聽。

她們本與安平縣的口音不同，她們說出的每句話，劉三娘覺得字字都那麼好聽，可是字字都聽不懂，於是她只能端著滿臉僵硬的笑容。

而劉三娘這邊說的梧桐村話帶著一股濃濃的鄉土氣，音重得很，不是很容易聽得明白，還好劉二郎請來做媒人的縣夫人在其中插科打諢，才沒讓場面冷下來。

但就算如此，這幾位婦人互看時，眼裡的不屑與鄙視怎麼遮都沒遮住。

待叫張小碗出來後，她們的眼睛全往張小碗身上上上下下掃視，好一會兒，才讓以屈膝之態與她們見禮的張小碗一一拜見她們。

張小碗知道這親事逃不過後，已經盡力調整自己的心態，見面之前，她沒讓婆子動手，自己調了粉，臉上的妝容是她一手畫的，依照自己偏黑的臉色塗抹了一個能掩飾缺點，又很顯自然的妝容出來，仔細看來還是有幾許清秀之態的。

她也看到了她剛一進來，這幾個婦人的其中一人看到她後，身體微微地鬆了一下，那緩下來的樣子，想來是沒覺得她太丟人。

「我可聽說不是個面善的，如今看來，倒也沒比家中的丫鬟差上許多。」一個靠近張小碗的婦人以為張小碗像劉三娘一樣聽不懂她的口音，側身靠向身邊那個年長一些的婦人如此說道。

那年長的婦人微微頷首，嘴邊那客氣的笑顯得沒有溫度，她微微動了嘴皮，用前世張小碗也聽得懂的川貴一帶的話音說：「這沒福氣的樣子，哪及得上芸丫頭的一星半點兒。」

「可不是？」那年輕婦人拿帕遮嘴一笑後，又正過身子來看張小碗。

此時帕子遮住了她的嘴，但沒擋住她看向張小碗時那眼裡的不屑。

要是張小碗是個不懂世事的鄉下丫頭，興許看不懂這些婦人眼中的意味，但她不是。於是，個個眼裡的不屑、鄙視與不以為然，甚至最年長的那位婦人眼裡的惱怒，她都看得懂。

而劉三娘看著這些婦人眼中的豔羨，她也看得懂。

因為都懂，所以張小碗只能沈默地站在她們面前，像個物品一樣地被她們打量，以及隨意評估。

這天，男方本人並沒有來。

午時雙方家長吃過飯後，男方這邊的人便提出要離開。

劉二郎臉色一變，但陪男方家過來的縣老爺出面，說難得長途跋涉過來一趟，不如他作東，在安平縣上一遊，汪家的人答應了，他臉上這才重新擠上笑。

張阿福一直都像個木偶一樣端坐在那兒，汪家的人與他說起話，他也只會呵呵兩聲，劉二郎心裡一嘆，但也不指望他這妹夫能有什麼表現。

汪家的人要走時，幾個婦人叫張小碗過去說話，那年輕的婦人問她今年幾歲後，不等張小碗答話，便掩著嘴笑著對縣夫人說：「怕是聽不懂我們說話吧？」

「說慢一點，興許能。」縣老爺是得了劉二郎的拜託的，因此縣夫人不得不偏著張家說點話。

「算了。」年輕婦人意興闌珊地甩了一下帕子，對張小碗的問話也就沒繼續下去了。

張小碗就像木頭一樣地低頭站在那兒。

「那……喝茶喝茶。」懂兩方方言的縣夫人心裡叫苦不迭，只得繼續出言打圓場。「碗丫頭回房吧，怕是也累了。」

那年輕婦人「噗」地一聲，把剛喝進口中的茶噴了出來，連嗆了幾聲，竟毫不掩飾地對身邊站著的粗壯丫鬟說：「我看她比妳的身子骨兒還結實，聽說在家什麼活兒都幹著的呢，我想站個三天三夜也累不著她！」

她這話說得又長又快，連張小碗都是連矇帶猜只聽出了個大概，可就算是聽不懂，這時劉三娘也看出了年輕婦人臉上完全流露出來的不屑。

劉三娘臉上那透著歡喜勁兒的笑容就此淡了下來，又呈現出那種麻木的神色來了。她摸了摸頭上的金釵，未發一語地低下了頭。

這時汪家的女人也瞄到了她的神情，都不約而同且微微地抬起了下巴。

張小碗此時微微抬頭，看著她們那高傲的下巴，在心裡深深地嘆了口氣。

她們啊，算是自己主動送上門讓人看不起的，連想怪人都怪不得啊……

汪家的人離開安平縣後，這婚算是正式訂了。

年後，劉二郎打算要帶劉言德上京，劉姜氏一看劉二郎不帶她去，竟抱著兒子抵住自己的脖子，終要脅住了劉二郎，帶上了她一起上路。

劉二郎出發那天，劉姜氏來了張家的住處，臉上沒了前日脅迫劉二郎的淒厲，穿著新裳的她得意洋洋地跟張家一家顯擺了劉二郎在京城置辦的住宅、家裡有一個婆子及一個丫鬟等等了不得的事。

劉姜氏顯擺完，挖苦過劉三娘面容蒼老之後，又含尖帶刺地說了站在一邊的張小碗，說她姿色平庸，比不得她姪女半分，是她舅舅看她一家可憐，才把這婚事許了她，要不然，就算張家祖上燒了八輩子高香，這好事也臨不到她頭上。

把張家各個人都說了一遍，連最小的小妹也被她掩著嘴笑著說像個矮冬瓜後，她這才心滿意足地出了張家的門。

劉三娘氣得臉都是白的，但卻任她說三道四，直到離去。

因為，她家如今的一切，確實全都是劉二郎給的，她辯不得一句。

張小寶本是要拿了箭過來嚇唬這劉姜氏，但中途被張小碗以嚴厲的眼神阻止了。

待到她走後，張小弟板著臉問張小碗。「大姊妳也怕她？」

張小碗笑了笑。「不是，只是用不著咱們報復。你且等著，日後看她的下場。」

她注意過劉二郎身上繫著的那個荷包，劉二郎的「二」字下，繡了一株小小的菟絲草，那草要是只單純繡在下面也就罷了，頂多只是裝飾；可「二」字下那株小草，儘管小得很，顏色還跟荷包的底色一樣，不注意還看不出來，卻是把那「二」字給圍住了！

這麼靈巧的心思，怕是女人的手筆吧？

劉姜氏在村裡或許可以跋扈一方，但在萬事講究規矩的城裡，按她這嚣張蠻橫又不饒人的為人處事，豈能不把額頭撞得鮮血淋漓？

待到這年春節過後，劉二郎這次留了五十兩銀子，終於走了，離開前嚴令劉三娘不許張小碗再拋頭露面，在家靜待成婚。

他這一走，張家上下都鬆了一口氣。

但劉三娘對她這哥哥難免還有一絲怨懟，因為劉二郎把汪家給的訂婚禮收在了手中，沒有給他們。

這次汪家給了首飾之外，許是覺得張家貧困，竟還給了一百兩銀錢。

劉三娘認為這是汪家給他們置辦嫁妝的，劉二郎應該把這錢給他們，待收到劉二郎給的五十兩後，等人一走，她就不甘地咬了嘴唇，看著那五十兩銀錢默默掉眼淚。

這剛吃了幾頓飽，人就不甘心起來了。張小碗冷眼看著劉三娘的表現，心涼如水。

劉三娘有了銀錢，日子還是過得節制，家中頓頓稀飯。張小碗被管住不能出門，得不了錢銀，只能教導小寶帶著小弟出去打獵，賣錢歸家，想攢下一些銀錢替他們謀劃未來。

還好這年春天回暖得很快，張小碗打算回家種田，劉三娘卻死都不願，竟花了錢租了一處店鋪，讓張阿福開雜貨鋪。

張小碗不知道他們是怎麼開的，但在春末，張小碗要張小寶他們回梧桐村時，劉三娘沒再多言了。

可能那開店鋪的錢賠了。張小碗不再跟她多言，讓張小弟先和張小寶回去把田種上。

小寶他們要回村，張小碗這次較強硬地讓劉三娘拿出五兩銀錢來，讓小寶買穀種和糙米。

劉三娘先是沈默，過了些許時辰，才拿出一個袋子，說：「全在這兒了。」

張小碗拿出一數，竟不到十兩！

「哪兒去了？」

劉三娘沒說話。

「銀錢哪兒去了？」忍了又忍，張小碗到底還是沒忍住。「喝稀粥全喝光了嗎?!」

劉三娘紅了眼睛，還是沒有說話，瞥過眼睛看著別處。

這時，本在外頭的張阿福走了進來，看了劉三娘一眼後，嚅動著嘴，小聲地說：「都讓我賠光了，爹被人騙了，他們把錢騙走了。」

「誰騙走的？」張小碗的眼睛像刀子一樣向他剮去。

張阿福沒說話了。

「誰騙走的？」張小碗喘了好一會兒，才忍住了氣，向劉三娘再問。

劉三娘還是沒說話，只是眼淚又掉了出來。

「哭，哭管什麼用？我倒還想哭！」張小碗麻木著一張臉。就是像這樣一家子的人，居然異想天開，以為攀上大戶大官了，就真要飛黃騰達起來了！在瘟疫之後，誰的手上都沒一個錢，他們不種田，偏要自己開店鋪——真以為整個天下就是他們的了一樣！

張小碗最終沒問出什麼來，也忍無可忍，帶著小寶他們回村裡去了。

不過，她沒再出門，有事她都讓小寶、小弟他們去辦，田裡的事情也一樣。

就算必須讓他們吃天大的苦，她也必須咬牙讓他們吃著。

她現在還在，可以指點他們怎麼活下去。要是她不在了，誰來教他們怎麼存活？靠那兩個爹娘嗎？

他們回來沒幾天，劉三娘和張阿福也回來了，還帶回一個縣夫人給的老婆子，說是照顧張小碗的。

家裡的四間茅草屋都住滿了人，哪住得下老婆子？張小碗根本不想讓她住在小妹那間房裡跟小妹擠，或者讓小妹讓出房間來繼續跟自己一起住，得讓小妹學著自己一個人睡了。因此，只能又花了一百個銅板子，買了土磚，蓋了一間茅草屋給老婆子住。

那老婆子也不嫌住得差，但為人古板得厲害，就算是張小碗走到門邊她也不許，平時要是張小碗坐在那兒一動也不動，她便也不說話，就拿著一雙厲眼時時刻刻死死盯住張小碗。

來的這個婆子很厲害，張小碗多抿一下嘴，在她眼裡就是驚天動地的大錯，然後就辱罵她。

剛回家沒多久，就又來了一個天天恐嚇她的老婆子，其間就連她跟弟妹多說上幾句話她都要管，張小碗都忍不住懷疑這老婆子其實是汪家送來先欺負她的。

但張小碗也不是個好欺負的，她也不跟老婆子講理，這裡是她家，以後是她嫁人當官夫人，這婆子和她非親非故的還敢這麼恐嚇她，太礙她的生活了！於是，她使了法子在這天讓老婆子出恭時掉進了茅廁，然後，以她渾身污髒、對她不恭為由，將她趕出了張家。

中途縣夫人送了趟禮，但沒傳什麼話，也沒派什麼人過來，安靜得張小碗都認為自己想多了。她還以為會派另一人過來繼續折騰她，哪想這事就這麼擱下了。

事實上，張小碗確也沒有想多，那邊有人得知了張家的動靜，寫上了信送到了京城汪大郎汪永昭手裡，讓他知道他的貧民未婚妻有多粗俗、難登大雅之堂！

張家趕在春末種上了田，兩畝地裡的菜也全種上了。張大爹、張大娘這兩口子在去年的瘟疫中已經死了，張大金一家不知去向，在年中，張家給兩人齊整了墳，堆了個墳堆，上了幾炷香，燒了幾刀紙錢，算是盡了那點微薄的孝。

本已安靜的梧桐村，因村戶的減少，更顯安靜起來，而在這年，村裡的田地也被縣上查清，將絕了戶的人家的水田收了去，要買的也可以去買。

張小碗聽到此消息時可算是高興了一把，可也沒高興太久，因家中銀錢不多。所幸這時的田地不貴，縣老爺自動開口借了一筆，張家便購置了二十畝水田。田契到手後，張家成了村裡擁有最多水田的人家了，張小碗也為此大鬆了一口氣。如此，她是不用太擔心這家中幾口的生活了。

只要不是有天災人禍，只要勤於勞作，人還是有口飯吃的。雖然揹了債不輕鬆，但人只要有盼頭，日子就能過得好。

至於算盤和識字，張小碗還是要讓他們學會的，可是小寶和小弟都不是機敏的人，有地可種，比他們出去闖蕩要來得強一些。

儘管張小碗覺得自己也操心得太多了，不管什麼朝代，人在跌撞中才能成長，也許小寶他們出去吃了虧，本事才會漸長，可她還是不太忍心放他們出去受苦。

而劉三娘也因賠了銀錢的事，那些浮動起來的心思似也收了起來，家中的農活和家中的家務都操勞了起來，張小碗見狀也算是暗鬆了口氣，覺得總算是又過了一道檻。

人只要認得清自己的本分，不期望不該屬於自己的，這日子也不會壞到哪裡去。

第二年的春天，張家忙成了一鍋粥，一家六口人，連帶六歲的小妹也上陣，從育秧到插秧足忙了一個來月，個個把冬天裡那點好不容易補上的肉全瘦了下來，才趕在春天這短短不到兩個月的時間裡把二十畝水田插上秧。要知道這時間若晚點，等到夏初天氣一炎熱起來，分插的秧要是沒來得及及時下田，收成就沒有那麼好了。

這其中，還幸虧朱大田召集了他們朱家好幾個人口時不時來幫忙一陣，還有幾個家裡有青壯勞力的人也來添了一把手，要不這二十來畝水田的秧也插不了這麼滿。

現在張小碗凡事已不出面，就讓張小寶出面，說等初冬收糧了，就讓大伯、大叔們再來幫一把，到時候送二十斤穀子給大家當工錢。

這話一說出去，前來幫忙的人聽得也歡喜。這幫忙也是幫個一、兩天的，出個力氣罷了，還有穀子可得，算來也是空手撿來的大好事了。

因張小碗的親事，張家在甘善鎮都算得上是有名氣的人了。一個人中了秀才都能傳遍鄉里十餘村，一個要嫁去京城的官家夫人，在縣上都足可說道好幾番了。

而張小寶與張小弟這兩個孩子唸書不怎麼樣，但幹農活卻還是幹得有模有樣，無論種田，還是翻地種菜，沒得幾下就熟練了。

因著家裡頓頓都有飽飯給他們吃，人也長得健壯起來，張小寶還不到十四歲，卻已是全家最高的人，現在張阿福都是跟在他後面去地裡幹活，劉三娘已經不再輕易下田地，一般不忙時都待在家裡忙活家務。

因張小碗今年及笄，這婚期眼看也不會有多長時日了，劉三娘也加緊給張小碗繡起了嫁妝，等到這時，手無銀錢的厲害也顯現了出來，他們手裡僅餘的那幾個銅錢讓他們買不了什麼好布。

他們家連縣老爺那裡都欠上一大筆錢，再借是不成了，所以劉三娘只能拿著銅板買回一些粗布，私下也沒少暗暗掉眼淚，悔恨自己受騙上當，輕信了別人，把銀錢交給不相熟的人帶著跑了。

張小碗的嫁妝上不得檯面，劉三娘現在只暗暗希望劉二郎到時能給她貼補一些，不至於讓她的閨女丟人。

到現在，她才知道，攀上那麼一家的親事，真是難大於好。

到時閨女有個什麼難處，怕真是要為她哭一場，人都不在跟前……

等到春末的農事繁忙過後，張小碗也不再下田，這時她也注意起自己的皮膚來，儘管這時候再怎麼注意，它們在這幾個月裡看來也不會有多細膩白皙，但注意點、修整點，也不會難看到哪裡去。

但，也確實說不上美就是。

如此待到秋天，她那皮膚此時也不怎麼黑了，膚色還呈一點健康的蜜色，這要是在現代是稱得上漂亮膚色的，但在古代，這也還只是勞作之人、貧賤之人的膚色罷了。

而她的手儘管還是粗糙，卻比前年時要好上許多了。

這時劉三娘也暗暗期盼起劉二郎的信來了，她希望能得銀錢置辦嫁妝，更希冀劉二郎把一切都辦妥貼了。

就在劉三娘數著日子算張小碗今年及笄的生辰時，京裡來了信，劉二郎在信中說，十月張小碗一及笄，親事就定在下一月的十一月。

劉三娘不知婚事怎定得這麼急，但劉二郎遠在天邊，她身邊也沒個知情人，只得急得跑去朱嬸子這幾家手頭寬裕點的人家，借了銀錢，想給張小碗打個銀圈子當嫁妝。

這婚事終於讓劉三娘盼星星盼月亮般地盼來了，卻是顯得太急，因為男方家的人沒有過來備知婚期，而是劉二郎在信中告知。

但劉二郎的話卻是不可不信的，張小碗心中有疑惑，知事情不對勁，卻也只得壓下。

這邊張家一家因近在眼前的婚期，全家上下忙得腳不沾地，連張阿福都著急得要去河裡摸幾條魚賣，好給女兒當嫁出去的私房錢時，那邊京城裡的汪永昭卻暗暗上了回隆平縣的馬。

他跟隨的是忠王爺世子，而世子效力的三王爺在這次皇子們的爭儲中落敗了，因此他得罪了現已是曦太子的一派，為了保命，他需藉口回家鄉成婚避禍去——這是劉二郎提出來的辦法。

現在曦太子當朝，為了世子與三王爺，他不得不暫時逃脫一陣子，靜待事情平歇。

儘管劉二郎向世子獻策時也是為了一己之私，但無奈世子與他父親都已下了決定，汪永昭不得不帶著僕人連夜踏上了回鄉的路程。

此時，汪永昭滿心都是京城的形勢，對即將成親的妻子毫無思慮。

如他娘所說，她無非是劉二郎與他汪家綁在一塊兒的一根線而已，待成親後，她住在她的鄉下，他日他回他的京城，並不須在她身上過多的費思量。

一戶農家女子，給她處宅子，留下幾十畝地，頭上還有一個正妻的身分，且算是他們汪家報了劉二郎的恩了。

十幾日後，與一家人暫時搬回縣上劉二郎尋的宅子的張小碗剛一及笄完，汪家那邊就有人來送日子，帶來了一隻雁，前期禮也抬了好幾箱來。

日子就訂在十一月初八，來的人說是隆平縣最有名的算命先生擇的好日子。

等到初四，劉二郎風塵僕僕地趕回安平縣後，連衣服都沒換一套，當下就叫上張阿福出去轉了一圈，給張小碗置辦了一些在劉三娘眼裡算是體面至極的嫁妝，這讓她不禁喜極而泣，唯恐閨女丟臉的胸口大石終於落下了。

待到初六一早，張小碗就要上了去隆平縣的馬車。雙方已商量好，在初八申時，汪家就會抬八抬大轎在縣大門口迎親。

張家這邊叫了朱大嬸來當「送親嫂」，劉三娘一家都去不了隆平縣，路途太遠是一個，劉二郎也並沒有說他們可以同道去，因他準備的馬車只有一輛，拉嫁妝的牛車三輛，也沒辦法坐得下人。

劉三娘隱隱知道她哥是不想她去的，她不知是什麼原因，但以後張小碗萬事只靠得了她這當官的娘舅，因此她只得吞下這苦果，送不了閨女一程。

當天晚上給張小碗梳頭後，劉三娘把她借錢才打來的銀圈子套進張小碗的手，終忍不住大哭道：「妳不要怨娘狠心，不要怨我們一家子狠心，實在是沒得更多的辦法。是妳爹和我沒用，可事到臨頭也只能如此了，只好讓妳孤伶伶地一個人嫁去。我的閨女，娘對不起妳，下世妳可千萬莫投胎做窮人家的閨女，苦了這副好心腸……」

張小碗這些時日都忙於教導弟妹怎樣處理以後會碰到的事，一直對成婚這事有些心不在焉，這時也僅在想著縣老爺的銀錢要怎麼還，乍然聽劉三娘冷不丁地一哭，又聽她說的這番話，心裡頓時也酸苦無數。

但她的眼淚卻是怎麼樣也掉不下來了，只能怔怔地看著油燈的火苗，心裡酸楚之餘，又有著一些對未來的茫然。

劉三娘看著她那失魂落魄的臉，更是悲從中來，抱著她大哭了起來。

第二日清晨，放了炮竹，張小碗準備啟程時，幾個小的卻哭成了一團，張小寶、張小弟、張小妹，抱腿的抱腿、抱手的抱手，齊齊嚎哭。如果不是村裡幾個前來幫忙的婦人眼明手快地把他們迅速拉開，這幾個大傢伙、小傢伙差一點要把張小碗身上的嫁裳給哭髒了。

鐃是先做了準備，讓幾人看管著這幾個孩子，可待人一鬆手，這幾個孩子還是追在了馬車後面，哭著追了好幾里地，聲聲泣著高喊的「大姊」聲，叫得幾個沿路的人都抹了眼角。

世道苦，一苦親人亡，二苦親人散。那不遠處，家中無餘糧，正妻離子散的人家中，有老人用低沈渾厚的安平縣鄉音聲聲皆泣血地唱和著……

張小碗終還是沒忍住，在馬車內拿著帕子捂住嘴，無聲地哭得歇斯底里。

她的命，終還是沒能由得了她……

「小碗，莫要緊張。」嗩吶聲從遠處傳來時，劉二郎隔著簾子朝裡頭的張小碗低低地道。

「是。」張小碗也低低答了一句。

等劉二郎離開後，朱嬸子掀了垂簾進來，給張小碗整理了下衣裳頭髮，又掀起喜帕看了一下張小碗自己畫的妝容，臉帶喜氣地誇了一句。「新娘子可真漂亮！」

張小碗微微一笑，這時門簾外有人喚朱嬸子，朱嬸子拍了拍張小碗的手，跟劉二郎說了同樣的一句「莫緊張」後便下了馬車。

喜帕下，在不亮的視線裡，張小碗伸出手拿出了藏在袖中的銅鏡，看著那隔了層霧的銅鏡裡的自己，朝自己笑了一下，鏡子裡的人則回了她一個模糊的笑容。

這人啊，日子過得難或過得不難，都是取決於自己，要是失了想活得好的銳氣，這日子要怎麼熬？

張小碗捏著銅鏡的手越來越緊，緊到手都捏得疼了，嗩吶的聲音也近了，朱大嬸那略帶驚慌的聲音響起時，她才重新回過了神。

「近了、近了，迎親的人近了！小碗妳快進花轎，迎親的人來了——」朱大嬸忙不迭地掀開簾子，扶了張小碗下馬車，進了花轎。

她匆匆把張小碗塞進花轎後，又掀開簾子，喘著氣激動地說：「我剛遠遠瞄了一眼，我的老天爺喲，我這輩子就沒見過這麼英明神武的公子！小碗，這真是妳修了不知幾世的福，才得了這麼椿天大的好姻緣……」說著時，嗩吶聲更近了，她忙放下了簾子。

而就算隔著簾，張小碗也聽到了朱大嬸那歡天喜地的喘氣聲。

那是活人的喘氣聲。

隔著喜帕，張小碗那鬆動的心又麻木了起來。

罷了罷了，好死不如苟活，這即將到來的一切，暫且都先忍下吧。

總有一日，她會想辦法回得了家，見到她的小寶、小弟、小妹，她的親人們。

只要人活著，就沒有辦不了的事。

第七章

待坐到新房時，張小碗剛被人扶著坐下，房內頓時湧入了一波人，一下子，女人們的聲音充斥在整個房內，裡頭可能還有幾個姑娘，那嘰嘰喳喳說話的聲音一聲比一聲嬌俏悅耳。

這時，在下方的一點光線裡，張小碗看到靠近她的、一雙小孩的手正打算拉下她的喜帕。

「小郎不要扯，這是新郎官才能扯的帕子。」有婦人阻止了小孩的手。

「鄉下來的，哪知這麼多禮？扯吧扯吧！婁嬸子，讓小郎扯，管得了什麼……」有嬌俏的聲音在張小碗不遠處的地方笑著道。

「妳這丫頭！這是妳昭堂哥娶的頭一個妻子，少胡說八道！」

「什麼妻子……」那聲音「哈」地一聲笑，像是忍俊不禁。「我聽得祖母說，明日敬過茶，後日就要帶到鄉下的宅子去了！那宅子聽說是好地方，還有五十畝田呢，倒是便宜了這鄉下來的！」

「妳輕聲點說。」這時，另一道聲音語帶斥責地說道，只是斥責歸斥責，裡面的笑意是掩不住的。

「哪能聽得明白？」又是那道悅耳的女聲，聲音相當不以為然地道：「我聽嫂子回來說，這鄉下丫頭就像根木頭似的，聽不懂人說話，她自己都不會說話呢！我嫂子還說啊……」

「啊什麼？還不快說！」

張小碗聽到了幾人拉扯笑鬧的聲響。

「說就說、說就說，別扯我的新衣裳！我嫂子說，興許這腦子還是有病的呢！虧得她家舅父救過大伯的命，有著那大恩情在，要不別說是我家昭堂哥了，但凡換戶農家，也不願娶這麼個傻婦！」那女子說完後，像是覺得說到了什麼好玩的事一般，竟格格笑了起來。

「妳這嘴啊，再不管管，可就嫁不出去了……」這時另一道不同的、稍顯嚴厲的聲音響起，語氣裡也帶著點笑，但聲音裡制止的意味很重。

「好了、好了，不是來見新婦的嗎？還不上前打聲招呼？」

「誰願意啊……」

「小碗是吧？」這時，剛剛斥責那女子的聲音靠近了張小碗，那聲音一字一字，說得極慢，在喧鬧的房間裡一不注意聽，很容易就被掩過了。

張小碗沒有說話，只端坐在那裡。

「噗……」有人笑出聲。「竟真是個傻的！虧得四嬸好心跟她說話，還是聽不懂！」

「好了，珠丫頭，少說幾句！人家初來，聽不懂咱們的音不奇怪，時日一久就會了。」

「怕是一輩子都學不會，不過也不要緊，芸姊姊會就成了！」那俐嘴的姑娘又說起了話，整間屋子裡又是她的聲音最響。

她這話一說完，屋子響起了接連不斷的笑聲，如果不是張小碗真聽得懂她們在說什麼，可能會以為她們這些人在她的喜日子裡為她鬧喜慶，說不定還會為此羞得無地自容。

可張小碗這些話就算沒聽個十全十，也聽懂了個七、八分，尤其那姑娘的聲音那麼嬌俏爽快，她就算是當自己聾了恐怕都不會聽不到。

「好了、好了，都出去吧！新婦又聽不懂妳們說什麼，明日再一一見禮吧！」那婦人聽似是個能作主的，又揚高了音，趕起了人。「老祖母還在等著妳們去陪她呢，都來了，誰供她使喚去？快走快走，一個、兩個都給我走了！」

她說出這番話後，三三兩兩的人都出去了。

就在張小碗豎起耳朵靜待門關上時，她聽到了一陣蹦蹦蹦跑過來的聲音，也不知是不是先前那個小孩，總之有個孩子朝她跑了過來，在張小碗還沒反應過來的時候，朝她紅色的繡鞋上重重地踩了一腳，而門邊這時傳來了壓抑的低笑聲。

小孩又跑了回去，門，終於關上了。

「竟真是個傻的……」門關上的同時，順道也把這道聲音後頭的話關在了門外。

等屋子裡靜悄悄了好一陣後，張小碗才掀開了紅蓋頭，見桌上有些吃食，她也沒客氣，一樣一樣挑了點吃。

吃完，又坐了回去，等到有腳步聲傳來，她才把紅蓋頭慢條斯理地蓋在了頭上。

門被推開，有腳步聲朝她走近，那人在她面前站上了一會兒，也沒好長的一會兒，她的紅蓋頭就被人挑了起來。

張小碗沒去看人，只低著頭看著自己的鞋子。

那人低沈、帶著酒意的聲音響了起來。「夜深了，且睡吧。」

說著朝外頭走去，門再次被關上。

門外傳來了交談聲，說的是什麼，聽得並不清楚，而張小碗也不想聽得清楚。

她早前聽到了她想聽到的，這也就夠了。

送到鄉下的宅子去？或許對汪家的人來說，這是變相地掩藏這樁看起來像是丟了他們的人的親事，但對她來說，興許會是求之不得的好事。

那人走後，張小碗看著房間內沒燒盡的紅蠟燭，如釋重負地鬆了一大口氣。

些許時日後，張小碗已在鄉下的窮農莊裡待著時，才知她這新婚夜一眼都未看著的夫君當夜轉身而去，原來是安慰吐血生病的芸表妹去了。

這時尚不知情的她卻因為剛才聽到的一番話，心裡一直輕鬆到現在。說實話，她很是喜歡被「放逐」的下場。

而看來這夫君更是對她一點興趣也無，她說不上是什麼滋味，但到底不高興是沒有的，並因為能一個人待一個晚上而感到如釋重負。

現在看來，就算她淪為了棄婦，其實那棄婦的日子，也不會比剛穿越到張家時慘。

至少，目前看來，汪家可不會把新媳婦餓死，頂多是對她不太好而已。

對她來說，其實這算得上柳暗花明又一村了。

要不然，真困在這大宅中，大門不出，二門不邁，成天面對的就是剛才那一堆對她說三道四的女人，對一個從現代穿越來的人來說，那日子才是難熬得很。

第二天清早，張小碗被一個叫四嬸的人領著去拜會汪家的祖母和汪家現任的族長。

一路上，這個叫四嬸的人先是用了很慢的語氣跟張小碗說話，見張小碗除了和她微笑以外，一句話也不說，她只得搖頭，自言自語地說了句。「傻孩子。」

張小碗知道這就是昨晚阻止那姑娘繼續挖苦她的嬸子了，於是笑容格外真誠，看得那嬸子不禁搖頭，又慢慢和她說道——

「妳公婆尚在京城，待日後隨大郎回了京，再敬那杯公婆茶也不遲。今日妳是給大郎祖母和本族族長，也是大郎的大堂伯敬茶。等會兒見到了長輩，妳要恭敬知禮，懂嗎？」

不想讓這四嬸慢慢說話的苦心白費，張小碗點了頭，也用梧桐村裡能讓人聽得明白的鄉音慢慢道：「懂，謝您教導。」說著，還福了標準的一禮，那身姿沒有什麼婀娜多姿，但也有板有眼。

這些事，昨天都沒人來說與她聽，甚至她昨晚拜堂時，拜的雙方長輩是誰都不知道。這婦人看來是個好心的，說事專挑重點說與她聽。

四嬸得了她這一句話，沒想到她還是個明白人，不由得愣了愣，稍後臉上也笑開了顏，拍了拍她的手臂道：「看來也是個聰慧的。待時日一久，日子就會熬出來的，不要怕，啊？」

張小碗又點了點頭，這時已上到臺階，她停下步子，等婦人先走了一步，她才尾隨而上。

這四嬸看她竟也還是個知禮的，回過身的眼裡，微微有點笑容。走過臺階，她等了張小碗一步，又低低地、慢聲地與她說道：「大郎昨晚有事，是在書房睡的，今日一早就去了祖母處，且在那兒候著妳。待會兒妳見著他，且走到他身邊就可，他即會領妳見家中長輩，可有聽懂？」

張小碗點點頭。一路看來，這汪家雖然說是個大戶，但這大戶怕只是相比這周圍的環境來說的而已。青磚的房，灰色的瓦，還有幾條石板路。她先前路過的一處，遠遠看去像是還有個湖在那兒。這住宅瞧起來確實占地面積大，但也沒透出太多富貴來。

當然，相比她待過的梧桐村、甘善鎮這些破爛的地方，這片整房整瓦的地方不知好到哪裡去了，說是大戶也沒有誇張。

到底，論起金碧輝煌、光鮮亮麗，比起現代，這處地方也僅只是很一般而已。

一路上，張小碗往往看一眼景象就收回眼神，那四嬸料她是沒見過這麼好的地方，掩嘴笑了幾聲，還伸出手，安撫地拍了拍她的手臂幾下。

走過一道木板，踏過一條算是小溪的小河，到了一處房子的正門口處，那四嬸上下看了她一眼，又朝她笑了笑，這才朝內喊了聲。「老太太，新媳婦來了！」

「進來吧。」裡面一道嘹亮的女聲響起，聲音裡帶笑。「老太太可等得急了，老早就醒來候著呢！」

這話說得四嬸臉色一變，她看了看張小碗，見她還是半低著頭一語不發，那臉上也沒什麼表情，不由得搖了搖頭，沒說什麼話，率先走了進去。

看著知禮，但不是個會說道的。所幸在大宅待不了幾天就要被打發出去了，要不，這宅門內的日子怕不是她能熬得下去的。

那四嬸心裡思忖著，臉上卻一點也不顯，帶著張小碗走了進去。

一進門，張小碗抬頭看了主位一眼，主位坐了一位頭髮半銀半黑的老太太，看著六十歲出頭的樣子，另一位，是一個有著山羊鬍的中年男人，還有一位，現在坐在老太太身邊的，是一位面冷、但就算以張小碗的眼光看來，也確實俊朗至極的年輕人。

那五官，就像是刀削一般硬朗，透著股堅韌，在這大鳳朝裡，張小碗第一次有了「此人好看」的念頭。

那位，怕就是她的夫君了。

驚鴻一瞥中，張小碗也算是明白昨晚在新房裡她為什麼會聽到那麼多惡言惡語了。換句話來說，就是她這牛糞硬攀在了這朵鮮花上，因此他的這些親人為他不平、糟蹋她幾句，這在情理上也是想得通的。

這鄉下怕是去定了。

張小碗想著，低著頭朝主位上的兩個人福了兩回，算是行了個半禮，然後朝那年輕人身邊走去。

「鐵伯，上茶吧。」這時，四嬸又笑著說了這句。

「就妳殷勤！」那目光一直盯著張小碗的老太太笑罵道。

這時她身邊站著的另一婦人也笑著言道：「四嫂啊，向來是個好心腸的，她這是見著誰家的小兒郎餓得慌了，她都要去哄道兩聲呢！」

「這大好的日子，易三媳婦就別笑話嫂子了！」四嬸笑著言道：「快讓新人見禮吧！」

「看著像是個還懂點禮的。」那老太太的話說得漂亮，但也有說不出的冷。

她撇過頭，朝那坐著的中年男人說：「他大伯，你瞧著呢？」

「我看是個知禮的，劉守備的外甥女，想來也不會差到哪裡去。」那中年男人笑咪咪地摸了摸嘴上的鬍子說道。

汪家老太太沒得來自己想聽的話，扭過頭，淡淡地說：「那就見禮吧。」

那一直沒說話的年輕人這時回過頭，朝張小碗道：「且隨我見過祖母、大堂伯吧。」

張小碗朝他福了一禮，低低地說了聲。「是。」

那年輕人的眼睛根本沒在她身上停留，只帶了她走到那老太太面前。這時四嬸接過那送茶之人手中的茶盤，端到了他們面前，他拿起一杯，張小碗跟著他拿了一杯，再跟著他跪了下去。

「請祖母喝茶。」這汪大郎以不大不小、低沈有力的聲音說了這麼一句。

「好、好，我的好孫子，祖母這就喝……」老太太笑得聲音都打顫，接過了他手中的杯子，一口全喝了下去。

「請祖母喝茶。」張小碗見她擱杯，識禮地也把手中茶碗往上恭敬端起，齊平額頭。

只是她的禮見得並不順利，那老太太又打量了她半晌，直到她身前跪著的孫子輕聲地喚了聲「祖母」，她才接過了小碗手中的杯子。

待見那位堂伯時，禮就進行得順利多了。

等她向四嬸，還有那站著的、叫易三嬸的婦人見完禮後，老太太開口朝張小碗說了一句

「可聽得懂話？」

張小碗睜著眼睛看著她，沒有說話。

老太太皺了下眉，拿起茶杯抿了口茶，對著身邊站著的汪大郎說：「委屈你了，我的孫兒。」

「說是一直在鄉下待著，沒去過什麼地方，想來確實也聽不得我們這邊的話音，待時間久了可能會好些。」那汪大郎慢慢地說著這話，咬字清晰，就算不注意聽，張小碗也是全聽懂了。

她本想朝這人笑一笑，但剛想笑的時候，瞥到了老太太冷冷看向她的眼神，她這才想起，這人是她的夫君、相公，而不是一個對她友善的陌生人。

她不應該笑，免得有不好的言語出來，於是張小碗也只是極快地看了他一眼之後，迅速收回了眼神，又低著頭看著自己的鞋子。

「好了，禮也見過了，就回吧。老四媳婦，劉守備的意思是，後天回門時讓大郎帶她去客棧見他一趟，見完他也要回京了。這新媳婦的事，這幾天妳就辛苦點，幫襯著點吧。」那老太太朝汪四嬸道。

那四嬸瞧了汪大郎和張小碗一眼，見汪大郎什麼也未說，那新來的媳婦也只低頭看鞋，

她心裡一嘆，但面上還是笑著應了聲。「是。」

這廂，張小碗隨了那汪大郎出來，這汪大郎長得甚是高大，腳步也邁得很大，沒幾步，就把正小步向前慢移的張小碗甩開了好幾個大步。

沒幾下，張小碗就看不到他了。這時被老太太留著說了幾句話的汪四嬸恰好從後面走了過來，看到她搖了搖頭，慢慢地說：「和我一起回吧。」

張小碗朝她感激地一笑，不禁對她福了一禮表示感謝，隨即跟了她回去。一路上，再也沒看到她那個新婚郎君了。

回到房裡，四嬸說等會兒就有老婆子過來送早飯給她，說完她就走了。

等到她走後，張小碗關了門，也不敢大白天的上門，就拿身體抵住門，掏出她剛收的四個紅包。

老太太那個紅包裡，十枚銅錢。

那族長堂伯的，一張銀票，五兩。

那易三嬸的，五枚銅錢。

汪四嬸的，十枚銅錢。

張小碗難得財迷了一把，但看著那老太太的十枚銅錢還是咋了舌。原來這就是劉三娘口中那出了名的大戶啊！她送出的那幾雙鞋墊子，要是賣出個好價錢，差不多也是這個數了。

張小碗搖了搖頭，但卻還是笑了起來。

不喜她就不喜吧，這些人對她不善的事，其實對她的殺傷力不大。

甚至可以說，除去那些挑剔和瞧不起她的眼光確實讓她有些不好受外，實則把她打發走的盤算對她來說，還是有益的。

張小碗以為見過劉二郎，等他一走，這汪家人就會找理由把她打發走。

但事實再次證明，她又把事情的過程想得太好了。

回門那天，在客棧見到劉二郎時，那劉二郎瞧了她一眼，就把汪大郎叫到了廂房喝酒去了。

這邊，有一個婆子過來帶張小碗進了一間房，那婆子先是捧來了熱茶讓她喝，然後用接近梧桐村的鄉音問張小碗。「這洞房夜過得可還好？現如今這身子骨兒還好吧？」

張小碗一聽便愣了，沒幾下，就有點想明白這是怎麼回事了。

怕是劉二郎在探聽她有沒有圓房吧？他還要管這事？張小碗的眉頭輕皺了起來。

看在了那婆子眼裡，卻已知她是十成十沒圓房了，於是婆子站了起來，讓張小碗繼續喝茶，她出去一趟。

等她出去一會兒回來後，便又帶笑地和張小碗說起話來了，不過這次她的話音不再說得讓真正的梧桐村村民的張小碗覺得膈應了，而是說起了標準的甘善鎮口音來了。

想來，這婆子是劉二郎事先就請來的。

張小碗在心裡嘆息，不知道為什麼劉二郎竟然連這種事都管？

她心知這肯定有其因，卻料不準是什麼原因，但確實再次對這個明顯不關心她本人，但非常關心她婚姻的舅舅十足地厭煩了起來。

她不知道他打的是何算盤，卻只能被他一步步牽著走。

事實上，劉二郎讓她回的這次門是有極大意思的。

回去時，這兩天根本沒見面，今早帶她出門的、那像是不屑與她說一句話的汪大郎的臉更冷了，一路上一句話都未跟她說。

當天晚上，汪永昭回了這幾天張小碗一直都一個人睡的房，從頭到尾花了半個時辰辦了那事，然後就走了。

留下張小碗在黑暗中抱著連骨頭都在喊痛的身體，看著床帳那在暗處還隱隱看得出貼著的「囍」字，第一次感覺到她從來沒有感受過的冷。

就算是穿來的那第一個嚴寒的冬天，也沒有這般讓她冷過。

她再次無比明白，在這朝代裡，在她身為女人的這方寸之間，她從來就沒有真正能決定自己命運的權力……

第二天，張小碗甚至再沒有見過那汪永昭一眼，就被人塞上了牛車，拉著她的嫁妝，聽從老太太的吩咐，去打理她家婆婆在京顧不上打理，現讓她打理的牛歸鄉的農田宅子去了。

牛車走到第二天，張小碗發燒了。

兩輛牛車上都堆滿了東西，連劉二郎花了大錢買的梨木家具也放在了上面，看樣子，汪家人是想一次把她打發到鄉下，不許復返了。

把她帶來的東西都給了她，看樣子也有不屑她的嫁妝的意思，這種瞧不起人的感覺想起來很烙心，但張小碗在昏沈沈中還是覺得慶幸的。這種年頭，傻子才嫌東西多。

燒到第三天，張小碗有點撐不住了，跟隨的兩個老漢和兩個婆子都像是有氣無力的，其中一個老漢還像有重病在身般。

一路上，牛車趕得極慢，張小碗花了兩天笑著跟他們慢慢說話，才問出要趕到鄉下的那處宅子就現在這趕路的架勢，還得花上十天左右。

這兩對老夫婦看樣子是汪家不要了的奴才，打發給她到鄉下等死的，對於汪家給她的這幾個人，張小碗真是無奈得很。

這晚借宿於農家時，她花了錢叫主人家請了當地的行腳大夫來給自己看病、抓了藥，給另一位一路咳得像肺都要咳出來的老漢也抓了藥。

走了三天的路，這時已遠離隆平縣，張小碗也大概知道未來只能靠自己了。

既然花了錢抓了藥，第二天她乾脆就沒上路，好好休養了兩天。

這時已經接近過年，借宿的這個村子有一家殺了豬，於是張小碗又花了十幾個銅錢買了豬骨和一點豬肉，跟農家買了幾條蘿蔔，當天晚上煮了濃濃的豬骨蘿蔔湯、炒了個肉，給一行人和自己好好地補了補。

因著費了人家的柴火，她做的菜分了一小半給借住的主人家。

主人家端了菜去到另一房，沒半晌，把張小碗在他家買蘿蔔的兩個銅錢還了回來，說著鄉音、打著手勢，說要了她的菜，這錢是要不得了。

而那兩個老漢中那個老犯咳嗽的、這沿路上老拿一雙混濁的老眼盯著張小碗的老蔡伯，一直像在防賊一樣地防著張小碗，可沒料想到張小碗竟給他抓了藥熬了喝，更沒想到，這小媳婦看樣子第一天就燒得滿頭大汗的，可在趕路的第二天開始，就自行張羅著住處和吃食了。

幾個老人還以為張小碗親手做的菜沒他們的分，也沒料想到，張小碗竟端來了，大家在一個桌子一起吃……

一路到了宅子處，已是年三十早上。

他們先到了村子時，老蔡伯叫了這裡的里長來，和他們一起去宅子處。

這時又走了大半天的路，宅子竟是在半山上，所幸的是牛車還上得去。

但那宅子委實也不是什麼好宅子，算起來有六間的青磚房，還有一間大堂房，但瓦片全是漏的，沒一間房是不漏風也不漏雨的，如果不是青磚砌成的房子，這房子也是破落得很。房子裡面還堆滿了一些村裡人借放在這兒的柴火、稻草，連處打地鋪的地方都找不出來。

算是半指路來的里長不好意思得很，說他回去就叫堆東西的村裡人來把東西搬走。

張小碗有苦難言，她身揣房子的地契和五十畝水田的田契而來，一路上料想過好多一個人的好處，她靠著這個撐著一路趕來的艱辛，但真沒想到，一到地方，那處她以為至少可以住得舒服的宅子，竟會是如此這般景象。

連那以前來過的老蔡伯，也激動地指手畫腳，跟張小碗說房子以前不是這樣的，他以前來時好得很，沒這麼破。

以前沒這麼破又怎樣？現在就是這麼破了。

這年三十的，天寒地凍，一路趕來，看來就只有這幾片瓦能遮身了。

張小碗抬頭看了看房頂，只得忍下滿心的疲憊不堪，也顧不得自己婦人的身分了，上前問了里長。「村裡可有人能修房頂？如何修法？」

她說得很慢，口音也隨著變了一點，盡可能地像著她一路聽來的鄉音。

那里長萬萬沒料到她會跟他說話，自己聽得還能有一些懂，他先是睜大眼睛驚訝了一下，隨後見那兩個老婆子也是瞪著眼睛凶惡地看他，他才忙說道：「不敢勞大娘子說話，我這村裡是有能修得房頂的，但這瓦片要去隔村的人家買，費腳程得很，一來一回得一天。您看，今天就是過年了……」

里長這帶著十足口音的話，張小碗聽明白了個幾分，也知他說的是理，只得讓里長先告辭而去。

張小碗自己捲了衣袖動手，打算先把一間屋頂瓦片看著像是還多的房間裡堆放的東西先騰出來。

什麼好宅子，看樣子，也是有將近好多年沒打理過的了。

據說這是她婆婆當年的好嫁妝，張小碗看著，這也沒好到哪裡去，看來汪家人是看著這地方遠，還有著說起來數目夠大的田產，這就把她打發過來了。

對外說有宅子、有田產讓她這個鄉下媳婦打理，說到哪裡去，都是夠給她這貧家女臉了吧？

這年三十晚上，張小碗是在透風陰暗的房子裡打地鋪，和兩個老婆子擠一塊兒睡的。

原本兩個老婆子沒答應，但一路上她們已經受了寒，那兩具老骨頭再受點寒，人不擠出點熱氣睡，張小碗都不禁要懷疑大年初一就得幫她們辦喪事了。

多出來的床鋪，也給那兩個老漢使了。

張小碗也不是老好心，而是真不想還沒住下來，這明顯是汪家人派來給她添堵的老奴就死了。不用太費腦子想她也知，到時肯定會被人傳了剋人的名聲出去。

第二天一大早，張小碗穿著棉襖，又把她大部分的衣裳都穿在了身上，臃腫得不像個新婦地出了門。

她帶了身體看著還好的老吳嬸去了村子，拿出銅錢買了些糙米。

村民知道半山上的那家大戶來人了，聽說是個小媳婦過來打理家產的，但沒料到第二天一早她就出現在他們的眼前，個個都瞧稀罕物似地來瞧她了。

張小碗手裡還有一整塊一路上沒捨得吃的糕糖，這是新婚夜擺在桌上，第二天早上她自行收起來的，為此，那來收乾果的婦人還多看了她幾眼，且眼帶鄙夷。

這次下山前，她狠了心也把這塊糕糖帶下來了，她知她說話也不會有人聽得懂，所以就把糖敲碎，見到帶小孩來看熱鬧的父母，便一個發一點給他們，算是先跟這村裡人套了個熟。

等她買了糙米回去，昨天根本沒來搬柴木和稻禾的幾家村人就過來搬東西了，可能搬的人多，陸續也有人跟著來搬了，這舊宅子不到一天，在大年初一，總算被他們搬空了。

張小碗看著這空下來、總算有了點樣子的舊宅，苦笑了起來。

當天晚上，她把手裡的銀錢數了一遍，她離宅時汪四嬸給她的三兩銀也加在裡面，包括那些紅包收的錢，扣掉一路上用去的銅板，她現在手頭上能用的銀子不到七兩。

而她的嫁妝就是一套有兩個櫃子、一個洗臉架、六個木盆的家具，還有三床新被、一疋十尺的布，這些都是用得上的東西，賣是不好賣了。

她只能用手頭上的銀子，把這舊宅先修葺好。

到了初三，村裡人趕來幫忙了，張小碗給的工錢是兩個銅板一天，她口氣客氣地煩勞他們幫忙把瓦片上得結實嚴密點。

村裡人見張小碗是個肯給錢的，上工很快，五個人花了兩天就把六間房的瓦片全翻新了一遍。

隨後一算帳，張小碗一共花了大概二兩銀多一點，把房屋上的瓦片整好了。工錢其實花費不多，就是買六間房、一間大屋的瓦片確實花了一大筆。

而有三面透風的牆要去遠點的地方尋了賣青磚的再過來補，且可能要花上一段時間，所以只能暫且擱下。

現在她要煩的是要打床，還要把廚房砌好。

里長帶了打床的木工師傅來，說好這師傅在這裡幹活，也幫著在山裡尋著樹砍了，但一天要五個銅板的工錢，還包括兩頓飯。

因是里長帶來的，張小碗也沒推拒，就此答應了下來。

不過莊稼人大多是實誠的，雖然老蔡伯私底下跟張小碗嘀咕這人要價太高，吃食又吃得多，但這人砍完木頭回來就動工，一點也不耽誤工夫，張小碗還是覺得無須說他什麼話的好。

這村戶人家不及縣城的講究，對於婦人的禁忌也不是太多，但因著兩個老婆子在，張小碗要是非得找上個主事的男人說話了，都是要帶上其中一個，有她們在前頭擋著點也好說話。

實則村裡人也不是太計較這個，就說個話而已，也不看人家小媳婦長啥樣，有事要辦了，不至於說個話都不許。

但人家要避著點，他們也理解，畢竟是縣城裡來的大戶嘛，有點規矩也是應該的。

這兩個婆子和她們各自的老漢大抵也是知道他們是要跟著張小碗到死的，而張小碗一路來對他們這幾個沒用的老傢伙客氣得很，還捨得在他們身上花銀錢，連那上好的木盆，都一家給了一個用，更別說那好好的鋪蓋，現在竟是白給他們用了。人活到他們這種歲數了，主家哪個是好是壞，心裡是有數的，現在眼瞅著跟著的這個竟是個良善的，也不短他們的吃穿用度，累了也給他們休息，這往後啊都得靠她，哪還顧得上先前鐵管家跟他們說的那些話？現下只求這大娘子日子過好了，他們到死也能過上幾天好日子。

所以張小碗這幾天找人辦事說話，他們也沒給張小碗添什麼堵，兩個老婆子見張小碗也是個有規矩的，不得已要跟村裡的村漢交代個一句半句時還要隔著她們，側過身才說話，像個被教養得極有禮的，對她便更有些好感起來。

就是那老蔡伯，本是個刁鑽的，這才沒出幾日，竟也幫著張小碗謀算起來，看管家裡的什物厲害得緊，村裡若有人來了，要是多看了那打得極好的家具幾眼，他都要瞪回去。回頭還跟張小碗說了，把放在大堂房裡那個放東西的櫃子也搬到她的房間去，免得有人來打鬼主意。

張小碗聽他說時還挺哭笑不得的，不過也知他是好意，因此她也沒推拒，就讓兩個老漢把櫃子搬到已有一個櫃子的她的房間去了。

這下子，大堂房裡什麼也沒有了。還好打床的木工師傅說，也可以幫著多打幾條長凳，還打兩個他會的圓凳出來，這個只算半份工錢，不要她多的。

這師傅見張小碗也不短他的吃食，連他娃兒要是用飯時間來了，尋到她處了，她還會把自己的餅分一半給娃兒吃，看著是個心善的婦人，所以也不貪張小碗的便宜，從別處補上了。

村裡人見來的大戶家那位大娘子竟是個極大方又好說話的，小姑娘看著年紀不大，可卻面善，見誰家的婦人都有張笑臉，跟人打起招呼來，也是有禮得很，不比村裡人粗俗，看著確也像大戶人家出來的，如此，倒也對張小碗有分尊敬。平時村裡漢子見著她了，受家裡婆娘叮囑的他們也會避著她點。

張小碗平時也不跟這村子裡的男人們講話，有事相託相請了，都儘量往他們家裡的婆娘說。

她瞧著講理，村民和她相處一段時日下來，說她好話的不少。

連里長婆娘也得了張小碗送了半尺布的好處，對張小碗甚是親熱，又加上張小碗花了幾個錢在她家買了幾次蘿蔔，因此每次見著張小碗都很是熱情。

如此下來，房子修整好了，床也打好，可以睡床鋪了，而那漫長的冬天眼看也快要過去，春天就要來了，張小碗坐在家裡盤算著要把那佃出去的農田收回幾畝自己種之際，突然發現一件事——她的癸水連著上個月到現在，已有兩次沒來了！

之前她以為是她心思重，導致它延遲了，但在這天清晨，她卻莫名有噁心的感覺，嘔了幾口酸腹水出來後，她才後知後覺地驚出了一身冷汗。

莫不是……那一夜，才一夜，就有了?!

又過了幾天，張小碗是萬般確定自己懷孕了。

一次即中，不管這孩子來得甚是荒謬，但確定了這事後，她也下定了決心，決定不要這孩子。

她覺得她不愚蠢，不覺得自己生了孩子，她和孩子就會被人高看一眼。

那汪家日後肯定是要幫那汪大郎另娶的，對方的身分可能比她這個下放到鄉下的正妻好，或許娶的就是老吳嬸偷偷跟她說的那位汪大郎喜愛的、新婚夜吐血的芸表妹，也或許是另一戶比起她來，門戶要好的閨女，而她們總會生下孩子，那孩子也總會比她這被下放到鄉下的貧家女所生的要招人喜歡些吧？

人的心都是偏的，張小碗不覺得那些看不起她的人，會把心偏到她生的孩子上。

再有一個，前世張小碗是被父母不喜而扔到鄉下的，她再明白不過只管生不管養對孩子來說有多不公平。先不管孩子是不是招家裡的人喜歡，就她一個做母親的來說，她都不確定自己在這個對她來說是異世的世間能否一直堅強走到最後了，要是哪天撐不下去、崩潰了，這孩子沒了母親，日後生活會不會更壞？

她生不起這孩子，她沒本事負責得起這孩子的未來。

因此，只能讓孩子在沒成形之際，就讓他走。

張小碗決定不要這孩子，另外的原因是她也不想幫一個陌生得只見過幾面，並且其中一面還讓她痛苦不堪了大半個夜的男人生孩子。

她想了很多理由，找了很多藉口，終於作了決定不要這孩子。

隨後，她開始想著怎麼拿掉這孩子？

買藥？不行。她出門不方便，且總得帶一個婆子在身邊。

最簡單的辦法就是喝冰水、泡冰水。房子旁邊就有條小河，現在還沒開春，河裡的水冰得很，受了陰，這孩子也留不住。

於是，張小碗在這天支開那幾人，讓他們幫她去看田、去牽牛吃草後，她便去提了兩桶水回來。

喝下第一口後，全身都冷了。

張小碗覺得自己冷酷的心還是不為所動的。

只是在第二口後，她察覺到自己臉上有了熱意。

她緩了好一會兒才去摸，摸到了這時已經冰冷了下來的眼淚。

而第三口，她喝不下去了。

她踉蹌地走向椅子坐了下來，抖著手把碗放到了那製作簡單的小木桌上，張開了嘴，無聲地哭了出來。

就算不想跟自己承認，她也感受到了一直以來自己骨子裡掩藏的、對這世間的悲觀。

是，她一直都在奮力地要過得好，要對自己能負責的負責，可是，這已經不是那個只要她拚搏就會有回報的現代世界了，在這裡，就算她拚了命地想要活得好，她也未必能過得好。

就像她努力多年才變好的生活，一樁親事便又把她打回了原形，把她拉到了另一個陌生的地方，苦苦求生。

這日子，何時能到頭？連支撐著她的弟妹們都不在眼前，她還有什麼好掙扎的？她不想一個人這麼活下去。

太苦，也太孤單了。

她不想活了，她其實想跟著她肚子裡的這個孩子一起走。

她對這個她怎麼努力都不屬於她的世界絕望了。

她苦太久了，她找不到活下去的路，她撐得太累太累，現在她只想好好歇一會兒。

張小碗最終大哭出了聲音，哭出了烙在心底所有的傷心難過與絕望，她抱著自己的肚子哭得歇斯底里。

她想死。

她是真的在這個找不到任何依靠、連個說話的人也找不到的世間撐不下去了。

她沒有那麼堅強，她只想找個地方好好地長歇一會兒，哪怕是死亡也好。

她在房裡哭得悲傷絕望至極，這廂放牛途中回來的老蔡嬸站在她的門外聽得也直掉眼淚。這孩子，心裡怕是也清楚汪家對她的打算吧？

在房內的人哭得聲響漸漸微弱時，老蔡嬸驚覺不對，連忙拍門大喊。「大娘子？大娘子，妳在幹什麼？」

門被閂了，推不開，老蔡嬸拍得更急了，把門拍得啪啪響，失聲驚叫。「可不要想不開啊！大娘子？大娘子，妳快開開門！日子會越過越好的，妳——」她的話沒有再說下去，因為裡面的人把門打開了。

「蔡嬸，去給我燒碗開水喝吧，要極燙的。」門內，那一臉蒼白、臉上滿是淚痕、下巴尖得就像刀子一樣鋒利的小姑娘，面無表情地看著她說。

老蔡嬸呆了呆，一時之間不知說啥話才好。

「去吧，一起去。」張小碗走了出來，關上了門。

「大娘子……」走了幾步，老蔡嬸開了口。「會好起來的，妳相信老婆子，會好起來的！」

她一聲比一聲說得肯定，就像很確定張小碗會有無比美好的未來一樣。

張小碗瞄了瞄這一輩子可能從沒掌握過自己一刻命運的婆子，笑了笑，點了點頭，未多語。

到廚房燒了熱水，洗了把臉後，她隨後又喝了熱水，那冰冷至極的心總算有了點溫度。

她朝老蔡嬸說：「夕食後，我有點事和你們說。」

「急嗎？急的話我這就叫他們回來。」老蔡嬸往灶裡又添了把柴，站起來有些猶豫地問張小碗。

「不急，晚上再說。」張小碗淡淡地搖了搖頭，走出廚房，到了房前的空地，看著半山下的良田和三三兩兩的房屋。這裡就是她待的水牛村，她以後和她的孩子住的地方，他們的家、他們的未來，都會在這裡。

不管這個性別尚且不知的孩子是男是女，孩子是她的，她也是孩子的。

他們會相依為命，她會給孩子她能得到的所有一切，誰也別想搶走孩子，誰也別想孩子過不好。

要不，她拚了命，用盡所有辦法，也會讓那人過不好！

「我有了孩子，這事，我不希望你們告訴縣城上的人，任何一個人都不許。」飯後，老蔡伯夫婦、老吳伯夫婦分別坐在兩條長凳上，張小碗坐在堂屋的正中央，也就是他們的正前方一些，眼睛從他們身上一一看過，說出了這番話。

「要我給你們送終，就把這句話聽到耳朵裡、心裡面。」張小碗揚了揚下巴，在空氣中輕呵出了一口白霧，面無表情地看著正前方。「誰要是犯了這錯，就回汪家讓汪家人幫你們送終吧，興許，看你們伺候他們多年，會給你們挖個墳、立個碑，還會隔三差五給你們上炷香。」

「大娘子……」聞言，老吳嬸就拉著老吳伯跪在了張小碗的面前，咬著牙說：「我們不說，我們也不走，我們就死在這裡。回頭要是您憐憫我們可憐，在這後山把我們挖個坑埋了就好。我們無兒無女，您想起來時就給我們上炷香，別讓我們做孤魂野鬼，老婆子就感激得很了。」

說著，硬是拉著老吳伯給張小碗磕了兩個頭。

張小碗沒阻止他們，冷眼掃過老蔡伯夫婦。

老蔡伯坐在那兒，低頭看著地上，不知在想什麼。而老蔡嬸被張小碗掃了這麼一眼，渾身打了個冷顫，顧不得老蔡伯了，她先徑直朝張小碗跪下磕頭。「我老婆子也一樣！」

見她突地跪下，老蔡伯回過神，抬眼想說什麼，但看到張小碗那冰冷冷的眼，在這一刻，他突然知道這不是一個他們說什麼就可以是什麼的小姑娘。這一路走來和住了下來後這個小娘子的種種作為，這一刻飛快地在這個以前經歷過點事的老奴心裡閃過，於是，他那話到了嘴邊又被強嚥了下去。這時他家老婆子正用哀求的眼神看著他，老蔡伯在心裡長嘆了一口氣，對已逝的故主道了聲歉，遂即跪在了張小碗面前。

看著跪在地上的四個老人家，張小碗終於長長地吁了口氣。她摸了摸肚子，閉了閉眼，才睜開眼恢復了以往的平靜道：「王里長那兒，也先瞞著。」

「這……也無甚必要。」老蔡伯開了口，看著張小碗說。「以前他託人往上送的租糧，那人是我在鄉上的一個遠房親戚，往年他上縣裡看我，會順道把租糧也帶上來，他見不到當家人，無須防著。」

「都起來坐著說話吧。」張小碗笑了笑，等他們都坐下後，她搓了搓有點涼的雙手，也沒問老蔡伯以前為何沒告訴過她他鄉上有遠房親戚的這事，只是說：「這天眼看是暖和了點，可晚上還是冷，晚上時你們那火盆還是燒著吧，咱們住山裡，白日多撿撿柴就是，不怕費那個柴火。」

那四個老人家聽了連忙點頭，老蔡嬸帶頭說起了這夜裡在山間要注意的事，還說起了修過的大門眼看不結實了，是不是要找那木工漢子再來修理一回的事來了。

張小碗微笑著點頭應允，一個一個地看著這幾個現在看起來確實是偏著她的老人，心裡想著，就算日後那汪家人知道了，不管對她肚子裡的孩子是什麼打算，是要還是不要，她都不會管他們是怎麼想的。

她懷的孩子，她生的孩子，只能是她的。

現在她要做的就是能先瞞多久就瞞多久，待到日後要是有問題出現，那就到時候再解決。

她雖然不信汪家會跟一個被他們打發到鄉下種田的農婦搶孩子，但事情還是防患於未然的好。

而在那汪永昭還沒有另外的孩子出生前，她想，這事最好還是先別讓汪家人知道。

房屋全補好所花的銀錢，再加上打好一些必用的家具，買了米、碗盤、鐵鍋這些器具所花費的，加起來還是很大的一筆開銷。

把所有的花費扣掉，張小碗手裡還有二兩銀外加三十個銅板。

張小碗不是沒省著花，家裡用的筷子她便是砍了樹削成用的。

掃帚先是進門時買了一把用，後來的兩把是在山間尋了耐用的乾草紮起來的，不比買的棕笤帚好用，但無須花錢，能用就好。

而她還要買稻穀育秧，家裡這幾個家人幹幹家務活、種種菜尚且可以，去田裡，這年紀怕是消受不起。

他們雖說是奴才，但張小碗沒打算真把他們當奴才用，他們幹點能承擔的活就行了，她沒打算把他們累死。

所以種田她還要請人做工，而不管是給工錢，還是另外算著管飯，都是要花錢的。

菜倒是可以在這房門旁邊刨好地種著，而糧要到秋末初冬才能收，這幾個月的糧是要用買的，少不了。

這眼前所有的一切，處處皆要錢，不要錢的地方對她一個剛在這裡想把家穩下去的人來說不多。

她手裡無多少銀錢，而肚子裡還有一個孩子。

在沒收到租糧前，她要懷著這個孩子度過艱苦的懷胎日子，張小碗不是沒想過自己太天真，但為了活下去，為了她和肚子裡的孩子，她還是要咬牙再拚一把。

拚過去了，會好起來的。

她有田，山邊的土隨便她種，肚子裡還有一個完全屬於她的孩子，如果這樣都活不下去，她就是個沒用到徹底的廢物。

哭也哭過了，現在是站起來拚的時候了。

張小碗也只允許自己脆弱一次，在這個她只能依靠自己的地方，脆弱無助這種情緒只會讓她越過越壞。

仔細算來，她現在還有口飯吃，手裡還有點對比水牛村的村民來說算是一大筆的銀錢，這比她剛到梧桐村時要好上太多了。

而且，她也長大了，有力氣了，身體裡還有孩子，有一幢宅子、有田土，她沒理由過得比一無所有的過去還不如。

田裡的秧插好後，天氣就變得炎熱了起來，還好張小碗的那五十畝水田地勢好，不用太擔心水田乾涸的問題。

只是天氣一熱，本來一天只澆一次水的菜地要澆兩次了。

在買了狗和雞飼養後，又買了一百公斤糙米，張小碗手頭的銀錢所剩不多，這日子算起來不至於會餓死人，卻也過不得太好。

但她也不想苛刻自己的營養，她肚子裡還有一個，苛刻不得。

所幸家裡的那幾個老人有一點好，她給他們一口飯吃，他們也是裡裡外外地忙著，田裡、土裡的事也都管著，不曾偷過什麼大懶，也無須張小碗費太多神、動太多手，這也讓張小碗有很長的時間拿著買來的弓箭到山邊慢慢去轉轉，偶爾能獵到隻兔子或者山雞回來吃吃。

買來的狗子還小，先頭吃了半個來月的稀飯，長得不怎麼樣，後來有了點肉骨頭啃，也算是長了一點。

牠還挺喜歡纏著張小碗的，可能她給過牠骨頭吃，張小碗走到哪兒，牠就要跟到哪兒，張小碗要出門也得老人過來趕牠回去才成，要不準得跟著張小碗一塊兒出門。

張小碗懷著孕，自然也不敢抱牠，和牠過於親密，但這土狗每次見纏不上她，都用烏黑烏黑的狗眼睛望著張小碗，水汪汪的黑眼睛裡面是清清晰晰的一片赤誠。

如此，其實只要時不時看上這麼雙漂亮的眼睛一眼，張小碗都想養著牠了，不過她希望牠以後還是凶悍一點，這樣才看得了家，顧得了本，活得下去。

無論是人還是動物，在這艱難的世道求活，不強都是要被淘汰的。

養著這隻被張小碗叫「狗子」的狗，老人們還是有意見的，因為真的費食，每次張小碗讓她們煮粥時都要多煮一把米。

本來老蔡嬸的意思是，這狗子就天生天養，不用給牠什麼吃的，牠活得下來就活得下來，活不下來也是老天爺的意思。

但這家還是張小碗當家作主的，這大娘子看著是個不苛刻他們的，但也不是個容得了他們犯上的人，她最終決定的事，最好是誰也別多嘴的好，要不她冷冷的眼掃過來，你都不知道她心裡是怎麼想你的。所以老蔡嬸有意見也只敢私下跟另幾人嘀咕，倒也不敢在張小碗面前過多地說些什麼。

張小碗也知道這幾個人對養狗子的事不以為然，這幾個家人覺得狗子看家是天經地義，牠自個兒出去覓食也是天經地義的，他們想來自然得很，張小碗倒也不想找理由說服他們。

她用她大娘子的身分說服了他們也沒用，他們是這個時代的人，從生下來的觀念就被這個時代的環境綁架了，所有的想法和認知已經根深柢固到牢不可破的地步；他們認為這天地是方的，你非得告訴他們是圓的，他們就算當下被你強迫信了，私下卻會認為你是中邪吃錯了藥。

換到她身上也一樣，誰要來告訴她這個現代人，這年頭苦得沒辦法了，是老天爺給妳的命，妳就要受著之類的觀念，她這個現代人也不可能會認命的。

當然不可能硬碰硬，她還是會屈服於這個世道的規則，但私下能爭的，她都要爭。

像擁有她的孩子，像有天可以回家去看她弟弟、妹妹的未來，這些她可以做到的，她都會試著去做到。她不會認命，全然讓別人來決定她的未來。

張小碗確實已經是披了一張完全屬於這個朝代的皮了，但艱難的生活還是讓她在骨子裡依然保持著那個以前的自己，因為一直以來都是以前的那個自己的精神和毅力支撐著她在這異世活下去。她刻意忘了前世的自己，忘了那種種和現在比起來無疑是在天堂的生活，但實則她一直都靠著那個自己在活著。

要不，她熬不過那些無處不在的絕望。

她也知道自己是異類，她不會蠢得讓這個世界來認同她，認為她有改變這整個世界的能力。

所以，這個朝代的人信奉他們自己的，張小碗明哲保身地緘默著，她知道只有守著這個世界的規則，她才能活得下去。

螳臂當車的事，下場從來都是慘烈。

而該用身分讓家人住嘴的時候她就用身分，該對他們軟硬兼施的時候她就軟硬兼施，哪天他們要是犯了她容忍不了的錯，她想她也下得了狠心。

她不會允許他們爬到她頭上來，讓這幾個住著她費心補好的房、吃著她花錢買來的糧的人來拖她的後腿。

她興許不是什麼惡毒的女人，但也不至於仁善到讓人可欺。

她也知道老蔡伯夫婦是汪家的人派來給她找碴添堵的，但只要他們一天不找她麻煩，她也就當作從不知道過。

張小碗是真的從沒想過和這幾個老家人說過她的什麼想法，她根本就沒起過這種念頭。

現在這幾個家人看著歸她所用，但誰也想不出他們哪天會不會自背後捅她一刀。畢竟，他們當了汪家人一輩子的奴才，跟了她張小碗才沒幾天。

農夫與蛇（注）的故事裡，那農夫所做的事，她不會做。

她不覺得他們真能為她好，就算退一萬步想，他們哪天真是有了好心想對她好一下，但他們連顧全自己的本事都沒有，一個當奴才的，所想出來為她的好，又能好到哪裡去？

所以在安定後，這幾個家人間有那麼一、兩個人這兩個月間在她面前無論是倚老賣老，還是一有事就起了暗地裡用言語試探她的意圖，一旦越線、過分了，張小碗都會收起笑臉、端起臉，仰起下巴冷冷地看著他們。

但一般的，只要不觸她的逆鱗，她都無妨，還是那個笑意盈盈的汪大娘子。如此，還是有人看不懂她的臉色。

這天用過朝食不久，老蔡伯夫婦又過來說這都夏初了，要不要託人去向老夫人問個安？

老蔡嬸還一臉為張小碗好的凝重表情。「我想，多少我們都是在汪家做活做得久的老奴才了，大娘子的賢慧我們都是看在眼裡的，這次信中一併寫上了交予老夫人，想必她也是知您的好，要是到時候再……」說著她看了看張小碗的肚子，嘆著氣說：「興許看在小公子的分上，也還是會接大娘子你們回去的。」

當下，張小碗抿嘴笑了笑，伸出手別了別頰邊的髮，隨即輕描淡寫地對老蔡嬸說：「妳讓老太太看妳一個奴才寫的信嗎？我倒不知道你們會寫信呢，怎麼這種大事都沒告訴給我聽一聽？你們還有多少事是我不知道的？」

當下，老蔡嬸大驚失色，一下子就跪到了地上。

張小碗去拿了凳子過來坐。這兩人終於鬧了這麼一大齣出來，現下她有空，有得是時間陪著。

「就算老太太真看在你們給汪家做了一輩子奴才的分上賞臉看了信，但你們跟在我身邊，說我再多好話也是不為過的，老太太若認為是我攛弄你們為我說好話，到時，受責罵的怕是我吧？」說完，張小碗笑看著這兩個老家人。「我最近是對你們不好嗎？短你們的吃食了，還是讓你們不見天地幹活了？就這般容不得我活著，要讓我在老太太面前這般找不痛快？」

說完這句話後，老蔡伯臉上也失了血色，軟著腿跪在了地上。

「我看你們是過得太好了，吃得太飽了，才有空閒想這些。」張小碗沒說什麼，起了身，招呼著不遠處裝作在掃地的老吳嬸。「吳嬸，過來幫我拿下鋤頭，我們去菜地看看。」

總有些人，給了他三分顏色，他就能給你開起染坊。

當下，管也沒管這兩個老的，張小碗領著老吳嬸出門了。

老蔡伯夫婦沒得張小碗的吩咐，便一直跪到了她回來，掃了他們一眼，然後隨意地說了

注：農夫與蛇，乃伊索寓言中著名的故事，結局版本頗多，大意是說，在寒冷的冬夜，一個農夫在回家的路上見到一條被凍僵的蛇，他覺得蛇很可憐便救了牠，為牠取暖，不料當蛇醒來後，竟恩將仇報咬了他，令他中毒死亡。

句讓他們起來為止。

看著她離開時的背影，這老蔡嬸對著她的背磕了一個頭，滿臉感激。「多謝大娘子！」

張小碗聽了這句話，本是不打算說什麼的，最後還是回過了頭，翹起嘴角冷冷地笑了笑。「下次可別再犯了。」

下次再多管閒事，她就讓他們一口飯都沒得吃，看他們還有沒有力氣想這些有的沒的。

當了汪家人一輩子的奴才，老念著汪家她不怪，但休想近在她的眼前吃著她的飯，還不聽她的話。

說透了，她現在才是管著他們生死的主子。

第八章

相比於老蔡伯那對老刺頭的夫妻，老吳伯這對就要老實得多，如果不是實在實誠得過頭，有些事張小碗也不會只得讓老蔡伯去辦。

像買東西，老蔡伯一個銅板買回的要比老吳伯買的多那麼半點兒。這實誠啊，有實誠的好處，也實在有實誠得過頭的壞處。

不過，若撇開老蔡伯的心仍是向著那汪家人這點，平時幹起事來倒是俐落，看得出來以前是當過汪家的副管家的。

但自託老蔡伯辦了幾件事，這老人又蹦紮起來後，張小碗也不再什麼事都讓他辦了。他認為這個家裡非他不可了，他一個老家人，見多識廣的，還跟過老太爺，在她面前是說得上話的；可她倒想讓他看清楚了，在這個家裡，是誰說了算，是誰在給他飯吃，偶爾他犯病咳嗽時還給他抓幾副藥。

這個月老蔡伯夜間受了涼，又犯起了咳嗽，這次張小碗沒理會了，沒像上次一樣拿出錢來讓老蔡嬸去抓藥。

老蔡嬸故意在張小碗面前來回過幾次，她也當沒看見。

吃完朝食，她拿了塊餅，讓狗子跟上，便去尋她的山雞了。

這天花了大半天，才找回一隻山雞，還好夠肥大。

張小碗自己熬了雞湯，拿出個陶罐裝了湯，打算打溪水起來冰鎮在桶裡，明天喝。

她把雞肉分出一小半，裝了兩個碗，大碗的給了老吳嬸一家，剩下的盛了一小碗，讓老吳嬸送去給老蔡伯他們當夕食吃。

她沒少了他們的吃食，但也多不了。

老蔡嬸這次見張小碗完全不理會他們了，只得拿了自己家的錢，午時走路去抓了藥回來。回來後，在他們房間的門檻上坐著剛想歇口氣，就看到老吳嬸端來了一份他們的菜，她看見是肉時還小驚喜了一下，但聽到大娘子今天抓回一大隻雞，只留了這一點給他們吃之後，當下老婆子的心都涼了。

「你們的呢？」她問老吳嬸。

「在屋子裡呢，你們吃著你們的吧，我也要回去吃了。」老吳嬸不是個傻的，相反地，她比家裡的老吳伯反應要快得多。

「今天不一個桌吃飯了？」

「不了。大娘子的意思是，以後都分開吃。」老吳嬸說到這兒，看了老蔡嬸一眼，口氣有了些不耐煩。「別以為坐上一個桌子，你們就當起主子的自家人了。在老家裡妳倒是分得清自個兒的身分，見著鐵管家那家的，那腰哈得比誰都低，怎麼到了大娘子這兒，妳就倚老賣老起來了？現下可滿足了？可別再說什麼了，要不，妳連那口飯都沒得吃，回老家等著鐵管家的打賞你們一家子吧！」她語帶諷刺，說完後一扭屁股走了，沒理會屋子裡面那老蔡伯傳來的劇烈咳嗽聲。

她就瞧不過老蔡伯這一家兩口的老鬧騰貨！都是被打發出來不要了的，還盡給新主子開染坊，都不知道這腦袋是什麼做的？

老蔡伯一家被敲打過後，便乖覺多了。

老蔡嬸也不再像過去那樣，旁若無人般地在張小碗面前口沫橫飛地說話了，到底多了幾許距離。

張小碗養著他們，無非因為他們是汪家人打發過來暗著給她找晦氣的，她只得接手，但可不是真把他們養著當祖宗供的，所以，多忌諱她點也是好事，免得日子過得好一點了，就想爬到她頭上來。

老蔡伯那次一病，可能因為心裡還受了氣，足吃了十劑藥才康復，手頭上這些年好不容易攢起來的錢也吃得少了近一半，這可把老倆口心疼得好一陣子臉色都不好看。

現在分開吃了，他們的吃食，也只剛剛夠吃，現在廚房是老吳嬸管著，朝食就給他們兩碗稀飯，夕食就是一碗稀飯多個餅，與在汪家時的差不多了。

老蔡嬸心裡意見大得很，跟老吳嬸吵過幾次，在一次大吵後，見來廚房的張小碗視而不見地越過她們進廚房拿了東西就走，她在吵過這次後也不吵了，回房掉了淚，第二天就完全老實下來了。

連老蔡伯那混濁老眼裡的刁鑽也沈了下來。

家裡的老家人老實了，張小碗卻要想著怎麼掙銀子？她想來想去，也沒找到可著錢的法子，她不可能懷著孕還去大深山打獵，那是需要花力氣和精力的，而那些很容易就損耗到肚裡的肉。

於是，追根究柢的辦法還是省著花，平時根本不花錢，把那一兩多的銀錢留著做急用。至於孩子的衣服，她拿了那九尺半的青布做了三身裡裳，又花了一百個銅板買了棉花做了兩件棉衣、棉褲。

孩子的尿布她是跟村裡的老人家討來的，上門前她帶小半隻雞腿，或者小半隻兔腿去，回來時手裡往往都會多幾塊用過的布。

正好是夏天，把尿布洗了曝曬再收好，等孩子生出來後用。

也有從各家得來較好的一些粗布，一塊一塊零碎得很，張小碗也全留著，打算給小孩做百家衣穿。

趁著肚子還不顯大，還能幹不少彎腰的活兒時，張小碗就想著要把一切都備妥了，如此這樣每天可忙的事也是有的。準備孩子的用物，還有田裡、地裡也要時不時去看一眼好心裡有個數，這些細碎的事占滿了她的日子。

村裡也是沒過多久就知道她有孩子了，不過，村裡人也還是知道了她不被婆婆所喜，是被趕到鄉下來的了。

九月末，深秋初冬之際是大鳳朝陽光最好的一段時間，這天天剛亮沒多久，金黃的陽光就亮了起來，把田地裡滿是結著實沈穀子的稻穗照得一派金黃耀眼。

顧家大娘手中提著裝著雞蛋的籃子，剛上了上山的路，就聽得背後一陣腳步聲。

她回過頭一看，見是周家小媳婦。

她在原地等了幾步，見周家小媳婦跟上來了，便問道：「周強家媳婦，妳也是去看大娘子的？」

那周家小媳婦有些羞赧地抿了抿嘴，緊了緊手中提著的籃子，有些小聲地說道：「聽說生了個大胖小子，我提幾個雞蛋去看看。」

兩個婦人便飛快地往山上走去，沒得半晌，就到了汪家大娘子的住處。

到時，昨晚來接生的顧婆子見自家媳婦來了，那滿是皺紋的老臉上一片笑意。「大娘子說了，今天早間上來的人，都先去灶房喝碗稠粥，說是先謝過來人探望她的心意。」

那顧家大娘聽了有點小喜，但也道：「多虧她總勞心惦記著我們，只是這朝食的時辰還未到，怎可先食？」

「讓妳去吃妳就去，有得吃哪來這麼多話？」顧婆子不禁笑罵，轉過老臉對周家媳婦說：「周強媳婦妳也趕緊著去，大娘子抱著小公子在睡，怕是晌午才醒得來，妳吃完要是不忙，便留下來幫把手，還有活兒要做。」

「不忙、不忙，我這整天都不忙！」周強家媳婦本就因自己未帶來什麼好禮，內心愧疚不已，這時聽得有活兒可以讓她做，那嘴張得比閃炮竹還快。

張小碗午時醒來，下身還是疼得厲害，下不得床。

睡在襁褓中的、那臉皺巴巴的小孩兒還閉著眼睛。張小碗知他是個壯小子，他剛出她的肚子時那道哭聲，把她這個還在疼痛中的娘都給震得忘了喊疼。實在是哭得太響了，接生的顧婆子都說她接生了這幾十年，就這娃兒哭得最響，將來怕是了不得的人物。

顧婆子當時連連說了好多喜興的話，張小碗本不是會因別人的誇獎就昏了頭的人，但當下聽得興起一陣打心眼裡發出的喜悅，喜得連身體的痛都忘了。把孩兒抱到手中，感受著手中那小小的、溫熱的身體時，她不禁笑著流下了淚。

現下醒來，小孩兒還在睡，張小碗眼帶愛憐地看著她的孩子。這就是她懷胎十月生出來，以後要陪伴她很久的孩子。

「大娘子醒了？」這時，門「吱呀」一響，老吳嬸推開了門，看到張小碗醒來，眼睛笑得都瞇了。「可餓？」

她聲音太大，張小碗伸出手指「噓」了一聲。

老吳嬸立馬掩住嘴，另一手還輕輕拍打了自己的臉，待放開手，聲音已小了許多，只見她輕聲道：「都怪我這奴才，嘴張得太大，怕是驚了小公子吧？」

張小碗朝她搖搖頭，輕聲地說：「村裡來人了？」

「來了、來了，來了好幾個媳婦子，都幫忙在染紅雞蛋，待到下午就全做出來了。」吳婆子說著說著，聲音又越發地高了起來，說到最後一句時，自己也醒悟了過來，連忙又伸手掩住了自己的嘴。

看著她眼睛裡都泛著活躍歡喜的光，張小碗也知她心情亢奮。見這老家人也是為自己生了孩子歡喜的，她要說不高興那也是不可能，於是她笑著搖了搖頭，幫小孩兒將身上的襖子攬了攬，又朝他那張小臉上看了幾眼，才抬起眼對老吳嬸小聲地說：「去給我端碗粥過來吧，我喝幾口。」

「這就去！」一直駝著腰的老吳嬸聽到這句，飛快地轉過身，往門外小跑地跑去了。

張小碗失笑地搖搖頭，眼睛又不由自主地轉到了她的孩子身上去了。

因小孩兒出生在寅時，虎嘯之際，帶著些許煞氣，張小碗給他起名叫汪懷善，因著大名已經懷善了，她又取了個小名叫小老虎，因她也不願他失了銳氣，如此這般算是折了個衷。

汪懷善人如其小名，好動活潑得厲害，三個月就會翻身了，張小碗為他的生機勃勃欣喜不已，連帶也就輕易忍受了她這兒子每夜那因為喊餓而哭得震天響、能把土地爺都給吵醒的聲音。

因家中的兩個老婆子都有了年紀，照顧不妥小孩，汪懷善都是張小碗親手帶的。

剛出生的小孩子睡飽了醒來就喊餓，頭幾個月哪分得清白天黑夜，不管什麼時辰，他醒來就要吃，拉屎拉尿都很隨興，管他娘親那時是不是在睡著還是在休息，如此張小碗這幾個月也沒睡過一個好覺，人也清瘦得厲害。

還好，這幾個月是冬天，田裡暫且沒事，地裡的事就交給幾個老家人了，衣服、屎布也自有人清洗，又因有了租糧換了銀，自家也打了糧，這日子過得也不算緊巴巴了。
她這孩子出來，也正是趕上了好時候。
等到汪懷善快半歲時，張小碗就又忙起來了，因此時開春了。
自家養了兩條水牛，倒也省了不少事，去年來幫忙的王大就說了，今年這兩條牛都借給他用的話，他就幫張小碗把她那五十畝田的秧都育了，也幫忙插上。
張小碗覺得這也省了她不少麻煩，她現在要帶孩子，沒太多時間耗在田裡，所以答應了下來，在給穀種時，多給了王大兩斤，算是個謝意。
先前張小碗田裡的糧也是王大為首幫她打的，自也知道張小碗家的那五十畝田比別家的糧要打得多些，回家後他仔細看了看張小碗給他的穀種，又跟他爹商量了一下，第二天又過來和張小碗商量，願不願意多給他十來斤穀種，等收糧時，他們一家子幫她來收，不收工錢，也不要她管飯。
張小碗聽了，點頭笑說：「倒是好，不過我這也是挑時稍注意了些，當不得你們一大家子的幫忙。要是不嫌我挑的壞，明天讓你家媳婦在村中找幾個得空的媳婦子都到我這兒來，我給她們說說這穀種要怎麼挑。」
「這敢情好！」王大喜了起來，朝著張小碗彎了下腰，感謝了一下，就跑下山說這喜事去了。
一邊站著的老蔡嬸出聲說：「這麼大好的事，大娘子就輕易給他們了嗎？」
張小碗看了她一眼，臉上的笑容淡了下來。「這近一年來，他們誰家少幫我們家一點了？遠親不如近鄰，以後要麻煩他們的事怕還會多著。」

張小碗當時說這話時還真是想著以後要是有事可能相互之間要扶把手，可沒想到她一語成讖，以後她讓這村裡人容讓的地方還真是頗多。

因為，她生出了一個頑劣淘氣又霸道的混世魔王來，給村裡人添了不少麻煩事。

汪懷善還真如給他接生的顧婆子所說的那樣，成了一個「了不得」的小公子。

他兩歲時，就已經懂得帶著狗子出去看管他娘所說的那塊屬於他的菜地了，他家的雞要是往那塊菜地靠近點，他就能讓狗子去咬雞。

還是張小碗哄騙他，說這雞也是他的，他才沒讓和他一起長大的狗子去咬了。

狗子這兩年也長成了一條大狗，汪懷善和牠格外親暱，張小碗本是想著狗和小孩有感情了，將來也護著他一點，所以一直把一人一狗經常養在一塊兒；可沒想養著養著，竟把這狗子養成了汪懷善行凶的幫凶，誰要是得罪他了，他就能讓牠去咬人。

汪懷善真是個不善的，天性帶著煞氣，連吃飯吃得不順了，他不想吃時張小碗要是還要餵，他都能把碗用小手顫顫巍巍地奪過拿起，砸向張小碗。

張小碗沒想到他竟有如此性子，無奈得很，那小老虎的小名是怎麼也喊不下去了，不想越喊她這兒子的煞氣越重。

親手帶了這孩子這麼久，見識了他各種各樣堪稱刁悍的小脾氣，張小碗都不得不信有命格這一說了。

但她不一口一聲小老虎地叫了，小老虎又有脾氣了，這下連飯都不吃，還是張小碗試探了各種方法，終於把這小名叫出來後，小老虎才「哇」地一聲大哭，邊哭邊接了張小碗餵給他的飯。

要說他脾氣大得很，但卻也是有些嬌氣的，哭完還要張小碗又哄哄他、抱抱他、親親他，他才願意再下地去帶著狗子玩耍。

張小碗真是奈何他不得，絞盡腦汁想教得他脾性溫和點，不要這麼大哭大鬧，動靜太大，但怎麼教，這汪懷善還是秉性難移。

等到他四歲時，有次他脾氣一上來，竟還把得罪了他的張小碗推倒在地。

這時的張小碗為了得些銀錢添補家用，去深山裡轉了幾天才獵回一頭野豬，她把野豬揹了回來時正全身無力，竟被她一放下肉就趕過去看的她家小老虎這麼推倒在地了。

這幾天下了雨，張小碗淋了雨，身體這時正發著燒，明知孩子是因為她幾天不在家，生她的大氣了才這麼鬧的，但被親手當心肝寶貝的孩子推倒在地的那一刻，好久未軟弱過的她竟哭了出來。

她哭了，汪懷善卻傻了。

他先是站在那兒不說話，等了一會兒見他娘還在哭，他就急了，急急地跑過來，跪在張小碗面前推她。「妳哭什麼？我又沒打妳！」

張小碗沒理會他，撇過頭擦眼淚。

汪懷善見她如此，更急了，扯著她的衣裳。「妳說說話啊，我又沒打疼妳！」

張小碗伸出手，把他嫩白的小手扯開，往另一邊爬了兩步，想站起。

這時汪懷善以為她不要他了，也跟著爬了兩步，硬是扯著她的衣裳，聲音裡都帶了哭腔。「都說沒打疼妳了，妳這是幹什麼？」

張小碗聽了這話哭笑不得，可無奈燒得過火的她這時全身乏力，她本要站起叫老吳嬸去給她請大夫，偏又被不是生來陪她，而是生來討她債的孽障扯住了衣裳，就這麼被大力地扯了一下，她就又跌到了地上，雖沒有徹底地昏過去，但卻也睜不開眼皮了。

等下一刻聽到汪懷善那又足可驚天動地的哭喊聲時，張小碗被那一聲聲驚天地、泣鬼神的「娘、娘」給叫得眉頭都皺了起來，但偏又沒力氣睜開眼說話，只得在心裡狠狠地罵：討債鬼！

討債鬼汪懷善被張小碗那一次昏倒後足有好幾天下不了床的事給嚇破了膽，倒確確實實地聽起張小碗的話來了。

張小碗以為他只是一時之間如此，但卻也小看了汪懷善對她的心意，接連好幾次，汪懷善明明被她訓得厲害，但也不再跟她頂嘴，也不對她動手動腳了。

不過還是有一點區別的，張小碗那一天要是對他很好，不對他訓斥，當天晚上睡覺時，他會鄭重地親張小碗的臉一口；要是張小碗那一天對他不好，對他說教，他只會在張小碗臉上的哪處隨意親一口，睡覺時還要背過身去，表明他記仇得很。

這天狗子的脖子掛了張小碗摘的一籃子辣椒，她讓下山的汪懷善先給顧婆子送去，再去看管他的田地。

四歲的汪懷善已經懂得哪些田是他的了。

他娘是他爹不要的，他娘不是好東西，這是三月過世的蔡老頭告訴他的。

汪懷善聽他說了這話後，本還傷心他娘怎麼不是好東西了，但沒過幾天，這個說是他汪家奴才的老頭生病，花光了他家的錢死去後，他便把他娘居然離開了家、離他而去到大山裡掙銀子，好幾天都沒回來，回來後也生了病這些事全怪到了蔡老頭的頭上。

如此他就不為他娘不是好東西的話傷心了，他認為蔡老頭才不是個好東西，說他娘壞話，還花光了他娘的錢，害他娘生病。為此，他還帶著狗子跑到蔡老頭的墳前踢了好幾腳才感到發洩出了一點點的氣。

這天汪懷善帶著狗子去山下看他的田地，離家走了一段路後，又帶著狗子轉了條道，去蔡老頭的墳前又踢了幾腳，這才哼著他娘哄他睡時唱的歌謠，一大步一大步地跑下了山。

到了山腳下，扛著鋤頭正在自家田裡忙碌的周家三郎見到他，停了鋤頭笑著說：「小公子可下山了啊，今兒個要先去哪兒？」

「是周三伯啊！我去顧婆婆家送辣椒給她嘍……」汪懷善小大人似地應了聲，手中還拿著玩耍的蘆葦指了指籃子。

「那你可要走小心點，前幾天下了雨，路可還沒乾呢！」

「沒事，我瞧著路呢！」說著就大剌剌地邁開了腳。長得跟金童似的，那臉有九成九肖似他爹汪家大郎的人，又小霸王一樣地往前走了。

走了好幾步後，小霸王又想起了他娘下山前對他的另一道囑咐，於是灰溜溜地回過身來，垂頭喪氣地走到周強面前，又小大人似地給周強作了個揖。「給您道個歉了。」

「這是怎地了？」周強好笑地看著前兒個打了他家大兒子的汪懷善。

「我又打著您家大牛了。」汪懷善嘆了口氣，把手伸到懷裡，忍痛地把他娘給他的一包麥芽糖拿出來遞向周強。「三伯伯，您先給我捎回去給大牛，待我看完我家的田，我回頭再給他道歉去。」

周強見他還帶了糖，連忙擺手說：「可別了……」但又捨不得這糖，於是又說道：「要不，你等會兒去了再一道帶過去？」

「您先帶著回吧，讓他跟和二牛、三娃子他們都吃點！」汪懷善這時特別大方地一揚手。「上次本也說了，也給他們吃上一些我娘做的糖的。您先給我捎著去，待我看好田就去你們家，您讓周伯娘給我煮碗開水候著我。」

說著，把糖給了周強，又恢復了他的神氣，哼著歌謠兒，領著狗子，往顧婆子家的方向走去。

周強把糖包揣到懷裡，看著他的小背影揚聲道：「走路可要小心著點，看著點路。」

「哎，知了，您放心著。」小小背影背過手朝他搖了搖，隨後就著手勢，乾脆兩手都背過挽著，一蹦一跳地走遠了。

周強得了糖，想著今兒個是自家大崽的生辰，當下顧不得手裡的活兒還沒做完，扛著鋤頭就回了。

一回到家，給家中三個孩兒分了糖，自然得了他們圍著他的歡呼雀躍聲。

汪懷善還未到顧婆子家，隔著老遠就喊了人。「顧婆婆，我來了！」

那在家中坐著納鞋底的顧老婆子一聽到這呼聲，忙把手中針線放到針線籃子裡，那滿是皺紋的臉笑成了一朵皺巴巴的花。她起身時起得太急，帶倒了坐著的凳子，也顧不上扶，連忙跑到門邊把門打開，對著那向她家走來的小金童歡歡喜喜地喊。「小公子，你可又下山來了！」

「可不是……」汪懷善帶著狗子已經走近，對著她一聳肩。「這幾天又被我娘關了，害得我好一陣子都不得空來看您。」

說著，把狗子頭上掛著的籃子拿下，先走了進去把籃子放到桌上，又左右看了一下，小大人便發問了。「這幾天胃口可好？」

「可好、可好，可好著呢……」顧婆子連連點頭，笑得露出掉了兩顆門牙的嘴。「你可吃得好？大娘子可沒打疼你吧？」

「那點疼算什麼……」小老虎又是一揮手，滿臉不在乎。

「待我回頭上山，勸道勸道她去。你可沒做錯什麼事，怎老打你？」顧婆子偏心得厲害，一門心思只偏到了她接生的這小娃子身上去了，都不帶講什麼理的。

顧婆子護著他，汪懷善是知道的，但她這麼說，一想到看完他的田他還要去周三伯家道歉呢，他就有那麼一點不好意思地撓了撓頭，也不好說什麼了，遂另說道：「您把辣椒倒了吧，把籃子給我，我拿回去。我娘說了，辣椒讓您煮的時候煮爛點，別壞著牙口了。」

「知道了、知道了，這就倒……」顧婆子上前把辣椒倒到桌上，跟他叮囑道：「去田裡你可別走小二壞家的門口了，我昨兒個看他撿了棍子回去，怕是要拿那個打你。」

汪懷善聽得當下小虎目一瞪。「他敢！看我不打死他！」

顧婆子忙安撫他。「可不敢，他敢打你，我都不許！怕就是怕大人一個沒看住，真打上你了，哎呀，小公子，要是疼了那可怎麼辦？」

汪懷善聽得哼了一聲，抬起下巴，滿臉傲然。「我還怕他不成！」

他身邊的狗子聽得小主人那宣戰似的傲然口氣，「汪汪汪汪」地大吠了幾聲，似在助陣。

聽到助陣聲，汪懷善得意地看了牠一眼，對顧婆子說：「您且放心著，我還有狗子幫著我呢，有牠在，天王老子來了我都不怕！」

說著拿過籃子就要走，走了幾步又回頭朝顧婆子說：「娘說明日家中夕食要吃燉豬腳，說那個湯補得很，讓您有空就上去喝上半碗。我看，您可別管有空沒空了，上山一趟吧，吃過朝食就慢慢走上來，可別摔著了。」

「這可怎麼好意思……」顧婆子有些猶豫。

可管不得她猶豫不猶豫了，汪懷善操心他的田，朝她擺擺手道：「明日就上來吧，要是走得辛苦，在山下喊一聲，我帶著狗子來接您。」

替顧婆子作好主張，說罷後他就把空籃子掛在狗子頭上，吹了聲口哨，領著牠跑著往他的田的方向去了。

為了表示他是不怕那撿了棍子的王小二的，他路過王家時，還故意停頓了下腳步，見無人出來，他又仰高了腦袋，鼻子裡又發出兩聲他娘要是聽到，肯定會打得他滿地找牙的哼哼聲，昂首挺胸地走了。

汪懷善去看他的田，一路遇到不少人，大人們都很和樂地和他打著招呼，他也一個個稱呼過去。

要是遇上跟他打過架的人家中的大人，久了的自也不提，要是近得很的，例如就是前幾天打過的人家，他就會走過去，滿不在乎地問：「荊大伯，你家三娃崽身上可還疼？」

小孩們打架，力道輕，身上哪有幾處疼得久的？那家大人自然也會笑著回答。「前幾日還疼上些許，這幾日看著不疼了。」

汪懷善聽了便也道：「我被他打的地方也是疼上了兩天就不疼了，料想他也是如此。咱們以後都是要當家的人，男子漢大丈夫，這點疼算得了什麼，你說是不，荊大伯？」

那荊大伯聽他說的話，笑得已經咧開了嘴，聽到此處也答話道：「可不就是如此？」

如此，汪懷善也滿意了，便又說：「他要是不再亂扯我家的稻禾，我也不打他了。」

那大人聽到此處，也點頭說道：「下次可不敢了，再敢我也揍他！」

汪懷善頓時聽得眉開眼笑，眼睛笑成了一條線。「那也好，省得我費手勁，就是得勞您親自動手了！」

說完，吆喝著狗子跟他繼續走，去了他家的田那邊，自然是那水田的方方處處都走遍了。他做過標記的幾處都沒人動手腳，他挺滿意地點了點小腦袋，覺得自己時不時地看管還是有用的，那去年被人拔了的稻禾今年都還在。

偶有三三兩兩的大人路過和他說話，汪懷善自然是個不怕人的，有問必有答，有模有樣地像一家之主的男人。

待他看完自家種的水田，又到自家佃出的田去小小地轉了一圈後，這時天色已黃昏，他要趕回去吃夕食了，當下他招呼著狗子和他一起往家那邊的路跑去，跑到一半拍著腦袋喊了聲「糟糕」，又往他前兩日打了的周大牛家跑去。

周強媳婦在外頭斬雞草時見到了汪懷善遠遠跑過來，忙站起身，手往身上擦了擦，對正在編背簍的周強說：「小公子來了，你快去把火給燒起來，我煮兩個雞蛋給他吃吃。」

周強抬頭也見到人了，笑著點了點頭。

周強媳婦這時朝裡喊。「大牛，別在屋子裡了，小公子來了，你出來接接人家！」

手裡拿著織背簍的木藤在搓的周大牛從屋裡出來，見跑過來的汪懷善跑得太急，便揚高了聲調喊。「跑慢點。」

周強媳婦見了笑了笑，從水缸裡勺了盆水出來。「你讓他洗洗臉，娘去做飯。」

「妳去著吧。」周大牛接過水盆，點點頭道。

汪懷善跑了過來，也跑出了一身汗，因此接過周大牛的汗巾子洗了把臉，這才問他。

「你身上可還疼？」

「早不疼了，就打了兩拳，怎會疼？」周大牛一家都受了張小碗不少的好，他年長汪懷善五歲，一直都讓著汪懷善，前幾日他本是個勸架的，但汪懷善在火氣上頭哪聽得了勸？自也把他一頓好打。本來汪懷善被下山尋他的娘逮住了耳朵回去時，他也要跟上去求情的，只是身邊還有弟妹要照顧，就沒跟上去了。

「你怎把一包糖都給了我爹？」瞧汪懷善正拿水在給狗子喝，周大牛又問。

「我娘給的，你們吃著吧，上次說了也要給上你們一些的。」

想起午間吃過的糖，周大牛吞了吞口水，又問他道：「你娘可打了你？打得疼不？」

「唉……」這時汪懷善小小地嘆了口氣。「疼倒是不疼，就是訓得厲害……不說了，我來跟你道個歉，我這便也要回家吃飯了。」

待狗子喝完水，他抱著狗子的頭坐在了周大牛塞在他屁股下的板凳上，對周大牛又說道：「下次打架可別勸我了，我打架自然有我的道理，你要是願意，有兩個人打我時你就幫我分打一個，如果是單打你在旁邊看著就成。要是實在不想幫，走開就是，可不能再上前勸了，這要是我又打了你，還得被我娘訓。」

說著又揉了揉狗子的頭，繼而扼腕地說：「可惜我娘不許狗子幫我，要不，你們就是一群人來跟我幹架，我也未必打不贏！」

「狗子咬人太厲害了……」周大牛蹲下，看了狗子一眼，心有餘悸地說：「咬死了人可不得好了。」

「唉……」汪懷善卻無可奈何地搖搖頭，一臉不想多說的樣子，站了起來。

見他要走，周大牛說：「你可等會兒，我娘說要煮雞蛋給你吃。」

「啊……」汪懷善搖搖頭。「你們吃著吧。」

說著，帶著狗子走向了灶房，對裡面的兩個大人喊。「三伯伯、三伯娘，我要回家去了，要是誤了吃飯，我娘準揍我！」

周強媳婦忙走了出來跟他說：「煮了雞蛋給你吃，吃完再回也一樣。」

「幫我分給大牛吃吧，今日他生辰，應當多得個雞蛋。」汪懷善說完，朝著狗子叫了一聲「狗子，走了」，然後一人一狗又如飛箭一般跑了開去。

「娘、娘，我回來了——」

門外震耳欲聾的喊聲一起，張小碗把手中打好結的線咬斷，把那件小夏衫展開看了一下，這才放下，走出門去。

她一出去，狗子就親熱地朝她叫了兩聲，她嘴角不禁翹了起來。

這時小老虎撲到了她身上，手已經掛到了她脖子上，小腳也夾上了她的腰，連連問她道：「飯可做好了？」

「做好了，就等你回來了。」張小碗抱著他往廚房走。

「妳在家可有給我做衫？」

「有。」

「我今日可沒在外頭打架，還給咱家的田都瞧上了一道。」

「那你可去周三伯家了？」

「去了，剛去完回來。三伯娘要給我雞蛋吃，我可有聽妳的，沒搶大牛他們的食。」

「今日倒是乖巧了。」張小碗聞言不由得笑了，一手抱著他的小屁股，一手拿過菜碗，對身邊跟過來的老吳嬸說：「妳把粥端上去，拿上碗即可。」

老吳嬸應了聲是，笑咪咪地瞧了汪懷善一眼。

「吳婆婆，妳可要仔細著點。」跟著張小碗往外走的汪懷善不忘叮囑一聲道。

「曉得，你快去坐好，吳婆婆這就把粥端上給你喝……」老吳嬸儘管上了年紀，但這腿腳還算用得上，家裡的一些事多少還是能幫得上張小碗的一點忙，就是老蔡嬸看著不行了，做不了什麼事。

「小公子，你可趕緊來坐。」老吳伯自汪懷善一進大門，就把桌椅擺好了，這時接過張小碗手中的菜碗，忙招呼汪懷善道。

「知了，你也快坐著去。」汪懷善可煩了這些家人只要他一在就圍著他，因此他一坐下就揮揮手。「快自個兒坐著吃，咱們要吃飯了。」

張小碗笑瞥他一眼，這時老吳嬸已經把碗和粥都端上來了，先給娘倆勺好粥，老吳嬸又另勺了一碗，加了碟小菜，給那臥在房間的老蔡嬸送去。

汪懷善先是一口氣喝了大半碗粥，隨即嘴裡就被張小碗塞了一塊肉。

他咕嘟了兩下嚼碎嚥下去，這才慌忙道：「我自個兒來，哪有這麼大年紀了還要給娘餵食的。」

這話說得老吳伯樂了起來，但他可不敢笑話自家小主子，只得嘿嘿笑兩聲後，又埋頭喝粥。

「是啊，都這麼大年紀了，那可得吃得更多一點。」張小碗微笑了一下，沒說出讓這麼大年紀的人自個兒單獨去睡一間房的話來，要不，這飯可就吃不下去了，又得讓他鬧上驚天動地的一場。

「那可不！」他娘的話說得可中他的耳朵了，汪懷善得意地一笑，搖了下小腦袋，又埋頭喝粥吃菜起來。

待到晚上，教了他一會兒字，又給他洗完澡後，小老虎總算躺到床上了，但在床上還是不停地問張小碗。「娘，妳說月亮婆婆為什麼會老跑著呢？」

「它要趕著回家送太陽公公出門。」

「那太陽公公也不怎麼地嘛，這麼大年紀了還讓人送，真是羞羞！」小老虎刮了兩下臉皮，替太陽公公害了下臊，然後長打了個哈欠。

等張小碗也上了床，在他身邊睡下了，他才窩到了張小碗的懷裡，把臉在她的胸前蹭了蹭，又抬頭朝張小碗的臉上下左右都各親了一口，這才滿足而小聲地嘆了口氣，又打了個哈欠，不到一眨眼的時間，終在張小碗的懷裡睡著了。

看著全身心依戀著她的小孩，張小碗不禁微笑了起來。

有了他，這日子過得再拮据，這年月還是必須得熬著，但也不再是那麼難熬了。

日前張小碗去市場上賣了大半的豬肉，得了差不多一兩銀，再加上手頭的一些，她現在手上能用的所有銀錢加起來其實不到五兩。

眼看這老蔡嬸也是不行了，張小碗又得備上一些銀子為她做喪事。

她手頭還有點銀錢，儘管養著小老虎，她要為他多考慮一些，但她也不想太吝嗇，管不上的她不會管，能管得上的，她也不能視而不見，哪怕這老蔡伯夫婦背著她對小老虎沒少說她的不是。

對這對夫婦背後說她的那些不是，張小碗不是不知情的，但也不是很生氣。

她覺得其實這樣也好，小老虎已經問到他爹是誰、他是個什麼樣的人的問題了，這老家人願意告知他們知道的一些，加上她想告知的一些，她想讓孩子自己先判斷好壞去。

她的孩子，她不願意養得像這個朝代的孩子那樣中規中矩，她會盡她的能力來告訴他，這世上的人萬萬種，每個人有每個人的立場，每個人有每個人的看法，她願他胸襟大些，就算不夠大得能容納這整片天地，但起碼也能裝得下很多的事事物物。

她願他長成一個真正的男子漢，頂天立地，眼界能較常人寬一些。

自然，這只是她的願望，她真正的兒子生來卻不是個君子樣的人物，他記仇又護食，連小時自己穿的小襖衣，村裡有生育的婦人要來討，他都死死護住不給，瞪著眼睛一聲一聲地喊著「這是小老虎我自己的，怎麼要給別人？誰來都不給！這是我的，我自己的，我娘親手做給我的」。

護自己的東西護得厲害，瞧來也是個心眼不大的。

所以在這天，當張小碗坦承地告訴他，她配不上他爹時，小老虎生氣地把老蔡伯留下的一小塊說是他爺爺用過的汪家印章找了出來，狠狠地摔在地上之後還踩了兩腳。見此，本想用這事教養兒子心胸大些的張小碗，都有些啼笑皆非了。

隨後，小老虎還憤怒地在地上轉著圈圈，並大聲嚷嚷道：「什麼東西！什麼汪家的狗屁東西！狗屁爹爹是我娘配不上的，不要，我全不要了！」

說完，像是說到什麼他自己心中的傷心處了，他猛地撲到張小碗懷裡掉著金豆子。「娘妳是世上最好的，妳不要聽人瞎說，蔡老頭他是瞎說的！」說罷，一抹眼淚，繼續恨恨地說：「胡說八道的東西！看下到地裡，閻王爺不把他的舌頭給剪了！」

說時還一臉的凶氣，他那愛恨悲喜都極其分明的態度，看得張小碗當真是哭笑不得，只得耐著性子再次與他說道：「你爹是汪家的長孫，據說是極有本事的人，我以前瞧過他幾眼，看著也算是有本事的人。」

「極有本事又怎樣？」說這話時，汪懷善挺起了小小的胸膛，拍得啪啪作響，用滿臉不屑的神情說：「可及得上我有本事？我現在就是個小當家了！長大後，娘要什麼我就能給妳買什麼，只有我這樣的人，才配得上妳！」

說完，把那印章撿起扔了出去，然後拉起張小碗的手，板著小臉認真地說道：「妳可是以後要跟我過日子的人，可別再說配不配得上別人了。」

張小碗當下聽得是真真好笑，也真的笑出了聲。「你可是不認你爹了？」

汪懷善當下哼出他習慣哼哼的冷哼聲。「認什麼認？從沒見過的人，還說妳的不是，肯定不是什麼好東西！」

說完，也不肯再問他這爹的任何事了，扭過頭拿了他的小弓箭，找狗子一起往山中玩耍去了。

張小碗送他出了門後，站在大門口望著他遠去的小背影，眼睛頗有些酸楚。

她這兒子性情暴烈，對著她都會大吼大叫，也許日後成不了什麼胸襟寬廣的男人，但現在這小小的人兒心中卻裝滿了她。在這一刻中，張小碗清楚地知道，無論他將來變成一個什麼樣的人，終其一生，她都會愛他，因為他曾是這般真心愛護過她這個娘的。

當夏季越發炎熱起來時，村裡和小老虎玩的玩伴，有好幾個肚子拉稀了，這幾天都沒幾個人上山來找小老虎玩，小老虎下山也找不來幾個身體好的小玩伴陪他滿山滿田埂地跑，就連平時最愛跟著他的周二牛也拉肚子拉得時時都在脫褲子，拉得屁股都紅了。

如此，汪懷善也不願意下山了，張小碗卻是樂見如此，拘著他在家中認了不少字，跟他說了不少道理，直聽得小老虎昏頭昏腦的，又想著還是下山玩的好，哪怕只有自己一個人帶著狗子玩。

過得幾日，張小碗終於放他下了山，這次下山回來，小老虎抱著張小碗好半會兒都捨不得撒手，張小碗去哪兒他都要抱著她的大腿到哪兒。

張小碗奇了，問他。「這是怎地了？」

連問了幾次，小老虎也不答，當夜睡覺，那小身體更是死死纏在張小碗的身上。

第二日張小碗得了村中人的信，才知昨天小老虎山下的玩伴，王小二的娘，生孩子死了。

這天晚上張小碗輕聲地問懷中的寶貝。「你可是怕娘沒了？」

「妳才不會沒！」汪懷善聽到這話，大聲地回了他娘，還從他娘懷裡爬了起來，重重地打了他娘的手臂一下，氣呼呼地說：「妳才不會沒！」

張小碗笑，伸出手去要摟他過來。

汪懷善卻不願，又狠狠地打了下她的手，命令她道：「妳告訴我，妳才不會沒！」

「好，我不會沒……」張小碗只得哄著他道。她這兒子的性子大多時候只能順著他，逆著他來的話，他就算跟妳鬧到死他都不會甘休。

見張小碗應了他的話，汪懷善這才又偎進了張小碗懷裡。

當晚，他發了夢囈，在張小碗的懷裡哭了出來，口口聲聲地喊道：「娘，妳在哪兒？妳在哪兒？我可追不上妳了……」

怕得突然驚醒過來的張小碗抱著他，不斷地拍著他的身體哄著。「娘在這兒呢，不就在你身邊嗎？娘哪兒都不去……」

說了好半會兒，汪懷善這才沒繼續哭下去，又陷入了睡眠中。

但待隔天起來後，他纏了張小碗好幾天都不下山，直到確定張小碗真沒事，這才又往山下跑。

這日張小碗正在菜地裡給菜澆水，老吳嬸就慌慌張張地跑來請她。「蔡婆子看來是不行了，大娘子，妳快瞧瞧去吧！」

張小碗忙放了澆水盆，小跑了過去。

一進屋，她探了探老蔡嬸的頭，見已是冰冷一片，她心下一驚，忙對著在門外候著的老吳伯說：「快去山邊叫懷善，讓他帶著狗子下山找大夫去！」

「別、別……」老蔡嬸伸出手握著張小碗的手，流著淚對張小碗說：「不用了，大娘子，我知道這次我是不行了……」

說著，她重重地閉了下眼，復又張開時，那老眼裡似是多了分清明，她流著老淚對張小碗說：「大娘子，終是對不住您啊……」說罷，她又閉上了眼，長長地流了一串淚，再次睜開時，滿眼依舊是淚水。「我那老冤家，給縣上去了信了……」

說完這句話後，她就徹底地合上了眼，終於去了。

留下張小碗愣站在那兒，好一會兒都忘了要動彈，也忘了鬆開老蔡嬸那完全冰冷了的手。

這時已然跑進屋來的老吳嬸聽得最後一句，朝老蔡嬸撲打過去，狠狠地打著她的身子。「妳這狠心的老婆子，你們一家子的害人精！你們可把大娘子害慘了，你們這是造的什麼孽啊！這世上怎有你們這樣的白眼狼……」

說著大聲痛哭了起來，這時門外也聽到了話的老吳伯抹了把臉上的淚，悶不吭聲地去抬了斧子，要把那花了銀子買來的棺材砸爛。他不願大娘子把辛辛苦苦掙錢買來的棺木給了那昧著良心的老婆子用，她不配，襯不上那上好的棺材！

隆平縣縣城。

汪家的大宅從清早開始就一直喧鬧至今，昨日自汪家大爺從京城趕回宅院後，那汪家老太太的病情好了一時，但在今早已合眼逝世。

汪家大爺汪觀琪看罷那蔡姓老奴來過的信，思索片刻之後，對身邊隨從道：「派馬車去水牛村接大少夫人與小公子回來奔喪。」

那隨從躬身應了聲是，越過門邊站立的汪家管家鐵管家，在外頭招呼著他的人手，套馬車奔赴水牛村。

這廂，鐵家管家低腰彎身在汪觀琪前，叫了一聲。「大爺……」

汪觀琪搖頭嘆息。「罷了，且接回來再說吧！」

下午時，一人為首的六人敲開了張小碗家青磚房的門，見他們身上那像是武夫的裝束，張小碗沈默地看了他們幾眼後，回頭對老吳伯淡淡地說：「叫小公子著家吧。」

老吳伯領命而去，臨走前瞄了那幾人一眼，走了幾步時搖頭嘆了口氣，不斷搖著頭去喚汪懷善了。

汪懷善揹著他的小弓箭回來時，一臉的不高興，那板著的小虎臉一看就讓人知道，他心裡這時正不痛快得很。

「見過小公子。」那幾人一見邁著大步子走過來的汪懷善，皆是一驚，隨後都彎腰拱手行禮。

汪懷善看都沒看他們一眼，只走到張小碗面前，不高興地說道：「我的兔子還沒打著，就叫我著家幹什麼？」

張小碗拿出帕子拭了拭他臉上的汗，偏過頭對那為首的人說：「是明日走，還是今日走？」

「今日。請大少夫人見諒，大爺的意思是，讓你們能趕回家送老夫人最後一程。」那為首之人看著地上說。

「嗯。」張小碗點了點頭，牽了汪懷善的手進了房。

進了房後，她問汪懷善道：「我跟你說的那些話可全記著了？」

「記著了。」

「還要加一條，」張小碗拉過汪懷善的手，給他整理著他身上髒亂的衣服。「你太祖母死了，我們這是趕回去奔喪的，到了那兒，別的小孩做的，你學著他們做就是，萬不可亂發脾氣，可知？」

汪懷善扭過頭，不說話。

張小碗拉了拉他的手，耐心地再問：「可知？」

「我不想跟他們回去！」汪懷善虎著臉，偏過頭，對著她生氣地大吼。「我的田和我的地都在這兒，我要在這裡，妳和我都得待在這裡，妳聽不懂嗎？」

「好，你不去。」張小碗慢慢地與他說道：「你不去，他們就搶了你去，然後還不帶我去，到時候你連回來找我的路都找不著，你告訴我，那時你要怎麼辦？」

「我、我……」汪懷善被問住，最後氣惱地大聲說道：「他們搶不走我！他們敢搶我，我打死他們！」

見他還是如此暴烈，一派不講理的樣子，張小碗心裡微嘆了口氣，好聲好氣地說：「既然現在我和你能一起走，能一直在一起，還是走吧？我叮囑你的，莫要我白叮囑了，娘心裡不好受。」說著紅了眼眶。

汪懷善見了撇了撇嘴，眼睛也有點紅了起來，他伸出手摸了摸他娘的眼角，撇著嘴說：「妳別哭，我答應妳就是。」

哄了汪懷善後，張小碗把他們整理好了的衣裳收拾在了一塊兒，連汪懷善的百家衣和幾件他剛出生時穿過的小裡裳都包在了裡面。

汪懷善在房內還癟著嘴哭喪著臉，但一出門，便又板起了那張小虎臉，自有一派他自己的小威嚴。

張小碗又叫來老吳伯夫婦，先前該告予他們的事她都說清了，現在也只是叮囑他們道：「家中糧食還有一些，你們不要省著，要是手腳不便，用糧換了村裡人來給你們做飯。有事往顧家、周家裡喚人幫忙，我已跟他們說明了。」

那老吳伯夫婦一直都在抹眼淚，這時已經哭咽得說不出話來，只得連連點頭。

汪懷善看了他們一眼，滿眼怒氣地狠狠瞪向了來接他們的那一行人。
馬車前面的馬這時已在嘶叫，狗子也在瘋狂地大叫著，伴隨著老吳伯夫婦的哭聲，那場面竟無端地淒厲了起來。
而汪家這邊的人見汪懷善要帶狗上馬車，其中一人出手攔了一下，說：「小公子，狗不能帶。」
這人說的是標準的中原官話，和現代的普通話極為接近的一種話音。
汪懷善聽得明白，但他答應了他娘，除了水牛村的話和隆平縣的話可以說之外，他知道這種他能聽懂並也能說的口音不能說給人聽，於是他用了高亢的隆平縣話回了這人。「去你媽拉個巴子，有什麼是我小老虎不能帶的！」
說著，狠狠地踢了這人一腳，然後掀開簾子對著狗子說道：「狗子，上去！」
正衝著那說話之人大叫的狗子聽到命令，竟也不叫了，箭一般地飛躍進了馬車內，姿態優美俐落，漂亮無比。
汪懷善得意一笑，回頭大聲呼張小碗。「娘，上車！」
張小碗微微一笑，拿著手中的包袱上去了。
等馬車動了，汪懷善這才歪躺在張小碗的懷裡感嘆地說：「這是打頭次坐馬車，倒也不比牛車差。」
張小碗撫弄著他的頭髮，在他耳邊輕語教導了幾句。
汪懷善聽得瞪了眼睛。「竟有這樣的稀罕事？」

張小碗點點頭，淡淡道：「以後不要如此這般大驚小怪，你是日後要做大事的人，切莫失了態，叫人小瞧了去。」

她不知未來如何，只有先教會他怎樣待人接物，如此，哪怕有朝一日，她與他真的分離了，他也能活得好好的。

汪懷善聽了點頭。「我知，妳放心，我不會叫人小瞧了我去。」

他那家裡人，是看不起他娘的，這個吳婆婆也是跟他說了的，汪懷善儘管答應了他娘，回去後不與人發脾氣，也不打人，但他心裡自有主張，到時誰要是敢瞧不起他娘、瞧不起他，看他不打死他們！

他就不信了，他小老虎的娘還有人能欺負得去了！

這馬車行到村裡的路窄處，速度就慢了下來，膽大的顧家媳婦領了村裡的幾個婦人走到馬車邊，也不敢看其他馬匹上坐著的、從未見過的氣派人，只低著頭，一邊跟著馬車一路小跑，一邊對馬車裡的人輕聲喚道：「大娘子可在裡面？我們撿了些雞蛋，還抓了幾隻雞給妳送來……」

張小碗連忙掀了簾子，對著她們笑著擺擺手，剛要說話，那領頭的人這時長長地甩了一下馬鞭，打在了牽著馬車的馬身上，那馬兒往前多跑了幾步路，就把幾個婦人丟在了後頭。

馬車越跑越遠，張小碗回頭看去，竟看到她們在抹淚。

她朝她們搖搖手，搖得久了，手也痛了，再看不見她們了。

她坐回馬車後，一直沈默地在旁邊看著的汪懷善摸上了張小碗泛紅的眼，親了親她的額頭，低低地安慰她。「妳不要哭，也莫要怕，我以後會保護妳。」

第九章

張小碗這時對未來一無所知，一路上，他們只在一處地方歇息過半夜，隨後就是連夜的趕程，竟在三天後回到了隆平縣。

這時小老虎已經坐在了馬車外面，他天生膽大，不怕生人，也不怕陌生環境，馬兒跑得再瘋他只會高興得哇哇叫，完全驚不著他。

狗子倒比他適應力要差些，一直蔫蔫地躺在女主人的腿上，一副快要斷氣的樣子。

張小碗也被馬車震得全身都是痛的，但聽著小老虎那神采飛揚的呼喝聲，她覺得也許回了縣城也不是什麼不好的事。

他的未來，需要更廣闊的天地，不能真陪她在水牛村終老，只當一個莊稼漢。

生了孩子後，張小碗的很多想法已經發生了改變，人生就是這樣，不到一定階段，就不會知道有些事是肯定會改變的；而女人當了母親，更是有太多的想法都是圍繞著孩子轉，只盼他能得到這世間所有的一切。

如此，自老蔡嬸死後，張小碗經過一段時間的心理調適，想明白了很多事，也知道她必須好好去面對那未知的未來。

不過，等到了汪家大宅，小老虎被人強行抱走，她被人從偏門請入後，她的心還是冷了冷。

但未過多久，小老虎就被人送了過來，額頭上還有血。

小老虎被張小碗養得極好，加上他那出色的容貌，他就是一個神氣不已的小金童；可是，這個小金童跑向張小碗時，臉上掛著一道顯得有幾分猙獰的血跡，他邊衝向張小碗邊尖叫著喊。「娘，這些人要搶走我，搶走我！我要打死他們，打死他們！」

本來趴在張小碗腳邊的狗子聽到了小老虎的腳步聲時就無聲地站了起來，待牠瞄到小老虎頭上的血跡後，朝小老虎的身上聞了聞，之後，竟不顧張小碗失聲的呼喊，朝那群跟著小老虎過來的人齜著牙，凶狠地撲了過去！

就在小老虎撲到他娘的懷裡剛落音之時，男男女女的尖叫聲頓起！狗子是跟過張小碗打獵的，連野豬都咬過，那利牙尖得不是一般的厲害，這時牠發了瘋，連咬了數人，引起一番驚慌失措的慘叫。

而跟過來的人也有兩個武夫，見狀不妙，抄了棍子過來要打牠。

汪懷善這時見了，也不哭了，撲到張小碗還沒拿到內房放好歸置的行李上，翻出了他的弓箭，敏捷地一個翻身屈地，搭箭拉弓射出！

連著三箭，都射到了人的腿上。

一人一狗，跟一群大人就此戰鬥了起來。

張小碗有點驚呆了，看看兒子，再看看那被打了也還是勇猛咬人的狗子，再聽著滿院子的喧鬧，她只得伸出手去抱汪懷善。

可僅伸出手，就被汪懷善偏過頭，很是嚴厲地瞪了她一眼。

這時，就在一群隆平縣鄉音的尖叫聲中，有人大叫了一聲——

「住嘴！」

說著時，一個威猛的中年漢子從大門處走了進來，隨手取過一個僕人手中的棍子，一瞄狗子的方向，瞇了瞇眼睛，仔細瞅了一瞅，隨即，他手中的棍子朝狗子很是俐落地揮去！

眼看狗子就要被打中，這邊已經離狗子相當近、正與狗子聯手抗敵的汪懷善怒吼一聲。

「休得打我狗子！」

說著便伸出手抱著狗子滾了半圈，那突地抽過來的棍子就打在了他的身上，發出了巨大的「砰」的一聲。

這時頭先著地的汪懷善，因著棍子的打勢，把頭重重地磕在了地上，剎那間，血流了滿地！

那打人的人愣住了，狗子這時也淒厲地吠了起來，而慢了半步撲到一人一狗身邊的張小碗伸手摸到血，平時鎮定成性的女人倏地張著嘴呆在那兒，好幾秒才回過神來，把汪懷善抱了起來。

抱起人時，她踉蹌了一下，險些再摔倒。

她懷中的汪懷善察覺了，不顧眼前遮住他視線的血，竟還嘲笑起他娘。「都說了妳力氣不比我大，看吧，都抱不起我了！」

「嗯……」張小碗舔了舔乾得厲害的嘴唇，左右看了一下，對那明顯有一家之主氣勢的中年男人說：「這位老爺，可否請個大夫幫小兒瞧上一瞧？」

那中年男人，也就是汪懷善的祖父汪觀琪深深地看了她一眼後，對身邊的人喝道：「還不快去請大夫！」

「娘，我眼花……」汪懷善這時在張小碗懷中嘟囔道。

「你流血了，自然眼花。」張小碗覺得自己腳軟，她抱著人走到了椅子上，竟是癱著坐下去的。

「喔，難怪，我聽妳聲音都是抖的。」汪懷善滿不在乎地抬起手，要去拭他臉上的血，被張小碗迅速捉住，他這才沒再動。

「我幫你拭，你別動。」張小碗忍著心被刀割般的疼痛，她垂了眼，自懷中拿出帕子。

院子裡這時安靜極了，狗子四腳大張，齜著凶惡的牙，此時依然保持作戰姿態站在娘倆的面前，似乎只要有人走過來一步，牠就能咬斷他們的喉嚨。

「扶他們出去。」這時，汪觀琪出了聲，院子裡那幾個被咬得極慘的人才被他帶來的人扶了出去。

大夫迅速被請來，包紮好了汪懷善頭上的傷。

待他包好，張小碗突問：「可會留疤？」

聞言，臉上血已擦乾，一直張著眼睛看著大夫的汪懷善眼中一喜，待聽聞大夫回道「傷不重，養得久些，自然不會有疤」後，他對著張小碗不滿地說：「男人都要有疤的，王大伯、周三伯他們身上就有疤！」

張小碗沒理會他，只是把他抱得更緊。

「是真的，我瞧見過！」見張小碗不理，似是不信，汪懷善急了，要從張小碗懷裡坐起來說服她。

「知道了。」心煩意亂的張小碗點了點頭，心不在焉地哄騙他。「只是你現在還不到留疤的年紀，到時再有也不遲。」

「這樣啊……」汪懷善惋惜地嘆了口氣。「這樣也就罷了。」

說著時，他被張小碗輕輕拍打了兩隻手臂，習於被張小碗這樣哄著睡覺的小老虎此時打了個哈欠，儼然筋疲力盡的他就這麼無視旁邊那端坐著、威嚴地注視著他的汪家老爺，睡著了。

「煩勞您請大夫幫他瞧瞧身上吧。」這一聲，張小碗的聲音都碎了。她抖著手抱起人，想去找張床。

「我來。」那老爺伸過手要抱人。

「我來就行。」張小碗此時的聲音粗嘎得不像一個婦人。

「來人，領大少夫人去房間。」汪觀琪皺眉看了張小碗一眼後，揮了揮衣袖叫人。

這時出來一個婆子，走到張小碗面前。「大少夫人請跟我來。」

張小碗跟了她到房間，幫汪懷善脫衣服時，汪懷善不安地挪動著身體，張小碗在他耳邊說了好幾聲「娘在這兒呢」，這才哄得他安靜下來。

夏衫只得薄薄的裡外兩件，待到衣服一脫，這才看到汪懷善身上的慘狀。此時他背上一道明顯的棍痕正高高的腫起，那赤濃的血一眼看去，竟是有些發黑。

張小碗看到此景，再也撐不住了，腳一軟就倒在了地上，連氣都喘不平，白著一張臉。

「竟是這般嚴重？怎不早說！」那大夫責怪地看了張小碗一眼，連忙讓徒弟把他的藥箱拿了過來。

張小碗流著淚，倒在床邊怔怔地看著大夫仔細地探查著小老虎的傷勢，過了好一會兒，等到塗傷藥時，在睡夢中的小老虎疼得叫「娘」時，她才從地上爬了起來，坐到小老虎的身邊，哼著歌謠給他聽。

她的小老虎，打一生下來就不會跟她喊疼，等到會說話了，疼得厲害了也只說過幾天就會好，從來不當回事。

只有受委屈了，她勉強他做什麼事了，他才會哭著喊著發火，覺得她萬般對不起他，覺得她沒有把她的心掏給他。

他從一生下來，就是個脾氣霸道、性情暴烈如火的小孩兒，他覺得不對的就是在跟他作對，什麼事都應是他說了算的好，她應該明白，沒了她，他和這世間所有的一切都只會硬碰硬。

她怎麼會如此天真，以為只要教與了，他就能懂得害怕、懂得讓步、懂得知道這不是一個可以任由他橫衝直撞的世間？

此時內心像被油煎刀剮的張小碗勉強自己力持鎮定，一聲一聲地哼著歌謠。

跟過來後就一直待在旁邊的狗子這時伸出兩隻前腳趴在張小碗的腿上，抬頭用鼻子聞了聞小老虎身上的味道，在小老虎的髮間蹭了兩下後，類似悲痛地嗚咽了兩聲，狗眼裡竟泛起了淚光。

汪觀琪看著跪在他面前的兒媳，眉頭皺得很深，半晌後，他才對這面目先前看著甚是清秀，神情更是沈靜得很的兒媳開口說道：「剛才我只是想讓人抱他來見上我一面，沒想他竟是如此反應。」

言下之意，竟有點像是在責怪張小碗教養不妥。

張小碗抬了頭，答了一句。「是兒媳的不是。」

她只說了是她的不是，沒想承認得更多。

她一口很是熟練的隆平縣縣城腔，汪觀琪聽了倒是微訝了一下，這時才想起來她剛跟他說的那句請大夫的話也是隆平縣口音，於是便問道：「可學會說隆平縣的話了？」

「是，跟老吳嬸他們學的。」

「這樣便好。」汪觀琪有些滿意地點了點頭，又想起被他誤傷的、跟他極為成器的大兒子長得一模一樣的長孫，此時微有些愧疚地道：「剛那一棍，沒想到他竟會跑了過來。」

張小碗沒有說話。

「如此便罷了，明日他太祖母出殯，他下不得床，妳給他穿了孝服，在家中照顧他吧。」汪觀琪見兒媳也算是個知禮的，再想及劉二郎那捨身救他的恩情，對他這外甥女竟有些看得順眼起來了。

儘管是民女，但給汪家添了長孫，看著也算是沈穩，喪事過後，姑且帶上京吧！

想及此，他便又說道：「大郎現在遠在邊疆為國效力，趕不回來替祖母盡孝，妳是長孫媳，今晚就替他去守一夜靈吧。」

「是。」張小碗低頭應道。

見她如此安順，汪觀琪便緩和了點臉色，對她說道：「那現在就去吧。」

說著，叫旁邊站著的婆子帶著張小碗去披麻帶孝守靈堂。

趕回汪家後，肚子裡未進一粒米的張小碗，在汪家人眾目睽睽之下跪到了半夜，就有僕人急急來靈堂叫她，與她道：「小公子發了高燒，一口藥都不喝，口口聲聲叫的都是您，您快過去瞧上一瞧吧！」

張小碗聞言迅速站了起來，但起來得過猛，又一頭栽到了地上。

這時，跪在她旁邊的幾位汪家婦人都倒抽了口氣，但一時之間也無人過來扶她。

摔到頭昏眼花的張小碗也不氣餒，咬咬牙，把舌頭咬出了一點血來，撐著地再站了起來，對那有點驚慌、眼睛有點游移地看著她的僕人冷靜地道：「我這就去。」

說著，她抬起了腳，一步一步穩著走出了靈堂的門，只是在過門檻時身體軟了軟，但很快她就扶住了門，穩了下身體，又一步比一步更穩地跟著那僕人往前走去。

屋內一片嘈雜，有道婆子的聲音大得刺耳得很，其中狗子的聲音最淒厲。

為了怕牠咬人，張小碗拿繩子把牠拴在了桌子的腿腳上，離床有一些距離，想必牠現在是在著急著。

她進去時，就見一個老婆子正對著一個手裡拿碗的丫鬟急叫——

「灌，給他硬灌進去！」

丫鬟帶著哭音回道：「文婆婆，這都第三碗了，可不能再倒了。」

「我來吧。」張小碗走了過去，拿過了碗，沒去看屋裡那幾個注視著她的人。她把人抱到懷裡，先在小老虎滿是汗水的臉上親了一下，再哄著半睜著眼睛正抽泣著看她的小老虎。「可有看到我回來了？」

小老虎淚流得更凶了，說話之前打了好幾個嗝，這才哭著用微弱的聲音對他娘說：「妳哪兒去了？怎麼不在我身邊？我找妳都找不著……」

「剛出去轉了一圈，哪想回來得晚了。」張小碗勉強一笑，把藥碗放到他嘴邊。「這藥可苦了，不過我知你才不怕。」

小老虎垂下眼睛，「嗯」了一聲，張開嘴，把一碗藥就這麼全喝了下去。

儘管如此，喝完之後，他的臉還是皺成了一團。

張小碗又親了親他的額頭，這才抬頭對身邊那婆子說：「這位婆婆，可能給我擰條濕帕子過來？」

「這就去，您等等。」那婆子回過神來一頓，就轉身到放水盆的地方去了，這時一個丫鬟也連忙過去幫忙。

放盆的地方離狗子有點近，狗子衝著她們凶惡地大吼了兩聲，又嚇了她們一跳。

「狗子！」張小碗揚高了點聲調叫了聲狗子，同時眼睛朝牠看了過去。

聽到了女主人聲音裡命令口氣的狗子只得又嗚咽一聲，趴在了地上，但同時一點也沒有放鬆警惕，仍目光炯炯地看著屋內的人。

屋內還站著的一個中年下人朝張小碗說：「小公子總算吃藥了！大少夫人可還有什麼吩咐的？」

張小碗頓了一下，朝他看了一眼，笑了一下後說：「如果不煩勞的話，能否給我們娘倆端點稀粥來？」

那下人聽她這麼一說，不由得多看了張小碗一眼，遂即彎腰道：「這就給您拿去。」說著轉身走了，臨走前對那婆子和丫鬟說：「仔細照顧著大少夫人和小公子。」

「是，二管家的。」那婆子和丫鬟忙回道。

張小碗接過了帕子給小老虎拭汗漬，手勁輕柔，語氣更是溫柔。「我餓了，你可餓？陪我吃點再睡好不好？」

「那好吧。」小老虎躺在她的懷裡蔫蔫的，眼睛不由自主地閉上，又說道：「那個婆子掐疼了我的手，娘妳幫我吹吹。」

張小碗幫他擦汗的手一頓，朝小老虎的手瞥去，看到他的手腕被刮傷了，現出了一道帶著點血跡的紅痕。

那婆子聽到小老虎這話，身體都繃緊了，全神貫注地看著張小碗，卻見張小碗瞧都沒瞧她一眼，仍繼續細細柔柔地用他們的話哄著半趴在她懷裡的孩兒。

「那背可還疼？」

「有一些，比往常的疼還要疼上一些。」小老虎也用一樣的口音如此答道。

這時張小碗轉過臉來，文婆子以為是要說道她了，立馬站直了身，嚴陣以待。哪想，這村婦只是把帕子給了她，說了句——

「煩勞幫我洗洗再拿過來。」

她話說得很是客氣，但文婆子一瞄到她冷如寒星的眼，後背頓時一涼，忙接過她手中的帕子洗去了。

孩子喝了幾口粥就睡下了，過了一個時辰就又全吐了出來。張小碗又耐心地餵他喝了幾口水，哼著歌謠讓他再好好地睡。

這時本來還在屋內的婆子和丫鬟也在清早端來粥和饅頭後就不見了。今天出殯，想必前頭也忙得緊，所以張小碗一大早就要求她們把吃的端來，省得一不小心，他們娘倆的肚子又被人遺忘了。藥爐子她也讓人幫她搬來了放在他們住的這處院子裡，並找了人很是詳細地問清了要怎麼熬藥。

待到下午，小老虎一醒來就又被他娘餵了一碗藥，苦得他小臉又皺成了一團，但為了維持自己男人不怕苦的面子，還是在張小碗激他的話下一口氣把藥給喝了。

這時小老虎身上的燒也退了，但張小碗還是燒了水兌著涼水給他擦汗，想讓他清清爽爽的。

小老虎醒後，餵他吃了藥又吃了點食物，娘倆咬了一下午的耳朵，說了好久的話，直到小老虎又睡去。

臨近黃昏時，汪四嬸竟然來了，看望睡著的小老虎後，她拍了拍張小碗的手，嘆了口氣道：「苦了妳了。」

張小碗笑著搖了搖頭。

「妳啊……」那汪四嬸看了看門外，這時四周靜悄悄的，她回過頭來用小了一點的聲音又說道：「妳可知大郎現在已經娶了妾？」

張小碗低頭搖了搖。

那汪四嬸忍不住嘆道：「妳這老實姑娘啊，以後日子要怎麼過？這話我只跟妳說一遍，妳可聽著了。他娶的是芸丫頭，也是跟他一起長大的表妹，前些日子聽說是肚子裡有了，但我聽得妳家翁的意思，是這孩子後來又沒了。大郎媳婦啊，妳這兒子是汪家長孫，妳可要護好了，以後妳就要靠他吃飯了，如果不是他，你們也回不來啊！」

張小碗聽了抬起頭，朝四嬸感激地笑了一笑，她這時也看了看外面，見沒人，才把話說出了口。「能多問您兩句話嗎？」

「妳問。」那汪四嬸先是一愣，隨後點了頭。

「是不是那位表姑娘的兒子要是生了下來，他們就不要我的兒子了？」張小碗看她一眼，低低地問。

汪四嬸又是一愣，這才嘆道：「早知妳是個聰明的，如今看來確實如此。那芸丫頭啊，就是妳婆婆的心頭肉！她那妹子生下這芸丫頭之後就去了，妳婆婆是把她當親生女兒撫養大的，在她心裡怕是沒幾個及得上芸丫頭的人，妳現在心裡要多少有個數。但我看，她那肚子也不是個爭氣的。現在妳要知道，妳兒子才是他們家真正的長孫，妳要好好照顧他，可知？」

「不是可以娶平妻的嗎？怎地……」張小碗把手中帕子在膝上折好，再次低低地問。

看在汪四嬸眼裡，以為她是心煩意亂，不由得同情地搖了搖頭，便又壓低了聲音跟她說：「妳也別怕得緊了，妳忘了，妳還有個舅舅？這幾年我聽著妳四叔告訴我的意思，是妳舅舅也想讓大郎接妳上京呢，就是頭上那幾位壓得太緊，這才沒成行。現在大頭的老太太也去了，妳這京也是上得了的；妳舅舅現在大小也是個五品了，又跟妳家翁有著那樣的交情，只要他還在，沒什麼平妻的事，妳且可放心。妳這日子現在是熬出來了，好好教養兒子，日後過不壞的。」

張小碗點點頭，這時汪四嬸要走了，張小碗見她起身，便瞄了眼外面，聽到了一陣腳步聲，她也顧不上什麼了，對著汪四嬸就是跪下磕了個頭，隨即匆匆站起來，說：「您的恩情我記著了。」

那汪四嬸本是見她可憐，才想跟她多說道幾句，沒料得她這番態度，心裡也倍感欣慰，不說什麼就揚高了聲調對張小碗說：「那成，好生照顧著孩子，我走了。」

「送您。」張小碗朝她福了一禮。

這時文婆子進了屋，對著汪四嬸笑著說：「四夫人，您可來了。」

「我就過來瞧上一瞧，昨兒事兒多，都顧不上來看一眼，現在瞧過了，孩子燒退了，我也安心了。我那兒事還多著，先走了，妳好生伺候著大少夫人和小公子。」那汪四嬸說了這麼幾句，就扯著步子走了。

待她走後，文婆子對張小碗說：「老爺讓我來問一下小公子的身體，還問您有什麼需要的，這就叫小人給您送過來。」

張小碗看看她便道：「把夕食送來吧。」

汪家老太太頭七過後，汪懷善的身體也好上了一半，能下床走路，但還是不能跑動。他身上的瘀血沒化乾淨，張小碗也不允許他到處亂跑。

這幾天裡，汪家陸續有人過來見張小碗，張小碗倒也不怯場，該說的就說，不該說的就閉嘴，笑臉迎人也笑臉送人，要是有人對她話中帶刺，她也笑而不語，撇過頭去不理人。

幾日過後，眾人突地驚覺，這貧農家的女兒竟也不是個軟柿子，看著話不多，但也不是個怕事的。

幾家媳婦與張小碗交手過後，對她倒也忌諱了起來，因著她還有個兒子，這可是汪家的長孫，指不定以後有什麼大出息，他這娘怕也是不好得罪的。

而小老虎卻對整個汪家人都很是仇視，更是對汪觀琪很是厭惡，汪觀琪兩次來探望他，他都繃著張小臉，一句話都不說，中途有僕人想抱了他去，他就指使狗子去咬人，讓人怕他怕得緊，這小霸王的名號沒得幾天就傳遍了汪家上下。

但汪觀琪對這孫子好像喜愛得緊，讓下人送了好幾趟玩具和衣衫過來，可惜汪懷善還是不領情，他有他的弓箭玩，衣衫也有他娘親手做的穿，用不著別人家的東西。

小孩兒顯得很是有骨氣，張小碗萬般無奈，又跟他說了什麼道理，才讓汪懷善開口叫了汪觀琪「爺爺」。

但怎麼樣，也無法讓他對汪觀琪改觀，他對汪觀琪厭惡得緊，私下對張小碗沒少說過這個他口中所謂的「壞老頭子」的壞話，張小碗怎麼教他都教不聽，他很是固執地覺得汪觀琪不是什麼好人。

對此，張小碗暫時沒有太多辦法，只好想著來日方長，有些事還是慢慢教的好。

等在汪家住了半個月後，汪觀琪讓人叫來張小碗說話，說下個月八月走水路回京，正好趕上九月汪懷善祖母汪韓氏的壽辰。

張小碗應了是，回頭找了汪四嬸，問道他們娘倆留下來的可能性。

汪四嬸被她問得驚了。「妳為何不去京城？」

張小碗搖搖頭。「這裡興許更好些。」

「傻孩子……」汪四嬸嘆道：「可是怕日前我和妳說的事？怕是沒用的，這孩子啊，無論如何他們都是要帶走的，妳可知？」

張小碗點點頭。她知道，只不過還是想找可靠的人問個主意，看有沒有別的出路。

「會更好的，妳以後好好地當著妳汪家的人媳婦就是，虧待不了妳多少的。這女人的命啊，有些事睜一隻眼、閉一隻眼，這日子能過得去就是好事，妳可知？」汪四嬸又問她。

張小碗又點了頭，隨即兩人就小孩的身體說道了幾句，張小碗便告辭而去了。

當晚在床上，汪四嬸對著自家的枕邊人問：「你說大嫂會不會看在長孫的面上，多給自家媳婦點臉面？」

「妳說呢？」汪四爺聞言，回頭看她一眼。

汪四嬸搖搖頭。「她是個心高氣傲的，當年大伯私自提出了這門親事，她回頭就把他身邊的那丫頭給賣了，這手啊，太狠。」

汪四爺閉著眼睛哼笑了一下。「妳知就好。」

這頭她把丫鬟給賣了，那頭大伯就把她的外甥女給壓著不當平妻，這仇啊，怕是會被那人引到那無辜的大媳婦身上去了。

她可從來都不是個心寬的。

但願先前跟她家那大媳婦說的話管點用，自己能說的都對那大媳婦說了，剩下的端看她自己的個人造化了。

關於上京一事，張小碗跟汪懷善私下說了很多話，這才讓他答應會老實地上了去京的船。

他們還是帶上了狗子，為此汪觀琪還找過汪懷善談過一次話，隨後答應了汪懷善這事。

汪懷善回來後對張小碗撇嘴說：「讓我每天跟他學著說官話。」

張小碗把他抱到懷裡坐著，點點頭說：「那你就學。」

「還問我要不要跟他習武？娘，我要不要習？」

「要。」張小碗慢慢地跟他講明其中的利害關係。「以後的家中就他最厲害，你要顯得有本事，就要跟著有本事的人學本事，你把他的本事學到手了，就能保護娘了。」

「那那個人呢？」汪懷善問。

知他問的是誰，張小碗想了想，說：「我不知他有什麼本事，不過聽來他也是個武將，怕也是有些身手的。日後你要是看見了，見他要是有本事，也可跟著他學。」

「爺爺說，我和他長得一模一樣。」小老虎眼裡滿是不解。「他又不喜歡我們，他為什麼要長得跟我相像？」

「這種事他也沒有辦法，想來如果可以，他大概也不願吧。不過，他以前是沒見過你，不知道有你在，這才談不上什麼喜歡，待日後見著你了，許還是喜歡你的，到時候，你要是見他不差，許也是會喜歡他的。」張小碗跟小老虎說著道理，她不想把兒子教得仇視他的親人，只要他能過得好，能好好長大成人，她想她會安分守己的。

「到時再說吧。」說到這兒，小老虎搖了搖頭，小小地嘆了口氣。「我瞧這汪家人都不是什麼好人。」

說著，也不願意多和張小碗說他那沒見過的爹的事了。

看他對汪永昭那麼排斥，心事重重的張小碗的心就更沈重了。

待到上了船，汪懷善卻是興奮了起來。

時值盛夏，日子每天都熱得厲害，那船內也悶熱得緊，狗子每天一醒來就要跳到水裡洗個澡，這小老虎第一次也是不怕死地跟著牠往水裡衝，直把旁邊一干人等嚇了個半死；後來沒得幾日，他就跟著汪觀琪的一個僕人學會游泳了，天天帶著狗子喊著「一、二、三」地往水裡撲，一撲下去拍打出一長串的水花，自己把自己逗得格格笑個不停。

有了他這個精力旺盛的搗蛋鬼，整條船都增了不少生氣，連船老大都送過好幾次水果來給他吃。

而這個對他友善的船老大，汪懷善這時就拿出他對待他那些小朋友的豪氣來了，接了船老大的水果後，拍著胸脯跟他保證道：「待下了船，尋了地方住，我讓我娘給你做糖吃！我娘做的麥芽糖可好吃了，到時我給你吃上些許！」

船老大聽了大笑，當即應了好，隨即就把汪懷善放到肩膀上騎著，親自帶了他去玩水。

船上的人都極其喜歡汪懷善，這小子經常能在外頭得不少好東西，要是他覺得好的，嚐了嚐味道覺得可以，他就會小小地咬一小口，剩下的就留著回來給張小碗。

於是沒得幾日，這往上京走的大客船裡的人都知道他還是個小孝子，要是塞給他東西吃逗他玩了，都還會笑著說上一句。「小孝子嚐嚐，可還是要省著回去給娘親吃？」

汪懷善卻是個大氣的，也不怕人笑話，接過東西嚐了嚐，覺得尚可的便會理所當然地點頭道：「這東西我嚐著好得很，是要讓我娘嚐上一嚐的。」

要是他覺得不好吃的，便會學著張小碗教與他的說道：「這東西看著是最好的，但許是不適合我吃，你且拿回去自己吃吧，待小老虎回頭得了好吃的，再拿上些許給你嚐嚐。」

其實船上沒得多少東西吃，有時船停了，一些手中有點零散錢的船客會就地買上些吃的，除吃食外還能吃上些別的東西，也算起來是好東西了；但汪懷善打小被張小碗養得矜貴，她儘管沒錢，但吃的她可從沒怎麼省著他過，他吃的飯菜基本上都是出自她的手，連糖都是她親自熬來與他吃的，他這嘴巴在家裡本不顯得怎麼著，在外頭倒顯出了幾許挑剔了，也不是什麼都瞧得上的，張小碗索性便趁此教與他說話，讓他說話顯得婉轉點，能好好回絕別人的好意。

這樣，多少能彌補一下他暴烈性子直來直去的弊處。

張小碗是婦道人家，每日都是跟著那個和她一塊兒上京的文婆子坐在艙房裡，終日不出一步門，每天也只是打開窗戶看看船外的風景，手裡做著一些活計，想著一些事情，或者尖著耳朵聽著小老虎在外頭的動靜，聽聽他又跟誰玩上了。

待在船上的時間長，她在上船前花了手上的五兩銀，託汪四嬸幫她買了布和針線帶了上船，打算做些鞋子和衣裳出來。

婆婆的衣裳要做兩套，鞋子一雙；家翁的是兩雙鞋；那位夫君的比照其母，也是衣裳兩套、鞋子一雙。

當然，為了不引起小老虎的嫉妒，他的是三件衣裳和兩雙鞋。他的一件都少不得，要不他回頭準得跟張小碗翻臉。

他對張小碗好是有條件的，那就是在她這裡，誰也比不得他。

張小碗倒不怕手上活計多，她的手是練出來的，幹什麼都能維持快、準、狠，所以其速度和成品的質量都是上乘的。只是買這些材料花了她太多的錢，她手頭的銀子現在不到二十兩，這還是她賣了家中那兩條牛，又賣了不少存糧，還去打了好幾次獵才得來的。等到京中後，要是在錢財方面沒有來源，這日子要怎麼過才是？

想得多了，她也只好祈求對於這長孫，汪家人怎麼樣都是不會苛刻的。

處得久了，汪觀琪對這個像是平白得來的孫子真正喜愛了起來。汪懷善天生膽子大，不怕人，人也很是聰慧，跟著他識字說話都無須費心，學得不僅快，並且還擅長自己琢磨，往往能舉一反三。

就他看來，這孫子簡直就是天降他們汪家的奇才，比其父當年更是不遜色，好好栽培，日後定有一番出息。

於是，汪觀琪對汪懷善更用心起來了，但對汪懷善的過於好動與頑皮也是頭疼得很，訓過他好幾回，但汪懷善真真不是個能馴得服的。

這天他帶著狗又溜出去玩耍，到了夕食時才回來，汪觀琪便罰他不許吃飯。

汪懷善一聽，一臉「不屑吃你的飯」的樣子，扭過頭站在那兒，一聲都不吭。

汪觀琪罰他練字，他翻翻白眼，拿起筆還說：「我又沒做錯事，只玩了些許時間，又沒耽誤事，你盡罰些沒用的給我做幹什麼？」

回頭字寫好，汪觀琪怕他餓得緊了，叫下人給他端飯來吃。
汪懷善見了盤子，朝著汪觀琪一笑，汪觀琪正要下意識地回他一個笑時，他伸出手就把碗摔到地上給砸了，還拍著胸脯字字擲地有聲地說：「我小老虎才不吃你的飯！你快快去叫我娘來，我只吃她做的飯！」
汪觀琪氣得頓時要拿板子打他，可汪懷善才不怕，站在那兒捏著拳頭，一派防衛姿態地戒備著，還用力瞪著眼睛凶狠地說：「我才不怕你！你最好把我打死，要不待我回我娘處取回了我的弓箭，你看我饒不饒你！」
「你這混小子！」汪觀琪被他的話氣壞，但卻也真不能再打他。上船之後他又打過他這孫子兩回，但每回這小子還真的都不怕，他又不能真把這小霸王給打死，每每鬧到這時了，他也真真奈何他不得。
汪觀琪親自教養汪懷善後，才知他天性確是如此，他就是個他自己說了才算的霸蠻性格，因此便不覺得是張小碗教管不力了。
等到時日一長，他發覺其實這個兒媳也有盡職在教養兒子，要不，汪觀琪都覺得這小子以後去殺人放火還會覺得全都是他自己的理，不會覺出自己有什麼錯來。
現在能有這樣子，也還是張小碗循循善誘的結果。
為此，他對張小碗倒要和善了幾許，再念及她的親舅，倒覺得她也稱得上是賢妻良母的人了。
回頭大郎著家，就算他不喜，他也會告誡他幾句，多敬這個給他生了長子、給汪家添了長孫的元配幾分。

這廂水路走了一個來月他們才下了地，但還需趕五天的馬車才到得了京，小老虎此時已經從一個有點白嫩的金童變成了皮膚曬得有些發黑的金童，少了幾許可愛，多了幾許頑皮的野性，一看就知道是個野得不能再野的野小子。

就算是坐在馬車上，他都能站在外頭那狹窄的木頭上，硬是要翻個已經學會了的筋斗給張小碗看，讓他娘誇誇他好厲害。

汪觀琪見親手把汪懷善領在自己那兒教養了一個月之後，這孩子還是和他娘格外親熱，也只能感慨一聲母子天性，倒也不怎麼攔著汪懷善找娘了。

如此，他也倒是無須太擔憂這孩子被人哄了去。

這頭張小碗尚不知道她那從未見過的婆婆想要了她這兒子，養在他們的膝下，但她各種情況都想過了一遭，各種應對也私下跟汪懷善有商有量地商討了一下。

她這次跟汪懷善說了很多事會發生的可能性，直把小老虎聽得直瞪著大眼，聽完之後竟還唏噓般地感嘆了一聲「這世上竟可能會有這麼壞的人」，聽得張小碗心裡直發酸。他才不到五歲，卻已經要為了她裝下那麼多他聽著不太懂，想來怕是也費解的事了。

見張小碗眼睛發紅，小老虎還拍著她的手臂，像她安慰他時般安慰她。「妳且放心，他們搶不走我，我們會在一起的。」

「嗯，你要聽話。」張小碗眨眨眼，把眼淚眨掉，愛憐地親了他的小臉一口，微笑著道。

「妳且看著。」小老虎睜著眼，認真地跟他娘保證道。

小老虎硬是留在張小碗的馬車上不走，和他娘用水牛村的口音嘀嘀咕咕了好多話，那文婆子坐在外面，就算是尖著耳朵聽來一句半句，也還是弄不懂他們在說什麼，有時陪笑著過來打個岔，也會引來小老虎指揮著狗子咬她。

張小碗平時不許他隨意傷人，但對於他對文婆子這麼凶惡，她卻從沒阻止過。有些人，必須給臉，例如可以決定她兒子將來的汪觀琪；有些人，可以不用給臉，例如這個又籠絡小老虎，同時又粗暴對待他的奴才。

五日後，他們終於進了京城的城門，小老虎聽勸地與張小碗坐在馬車內，掀開簾子張著大眼看著外面繁華的街景。

張小碗坐在另一頭紋絲不動，自想著她的事。

小老虎偶爾回過頭，看他娘一點也不好奇，倒也不奇怪，只在心裡道：倒也是，娘是什麼事都知道一二的，怎會沒見過此番景象？

想了想，倒也不對外面那從沒見過的許多東西那麼好奇了，看到格外新奇的，才會多看上一眼，別的也只一眼帶過。

小老虎一路也算是見過不少世面的人了，待到馬車一停，他們下馬車要進府，見到那看起來算是精緻的宅院時，他也只抬頭看了一眼，眼中一點驚訝也無。

這時汪觀琪的隨從汪大栓過來問他可要過去，他小大人似地搖了搖頭說道：「我與我娘一道走即可，你替我謝過祖父好意。」

如此，汪觀琪走在了前面，張小碗領著汪懷善走在了他的後面，一道走進了汪家在京處宅子的大門。

「老爺。」

「老爺。」

一路上，除了門邊迎接他的管家和一個僕人，張小碗只見到了另兩個丫鬟對著汪觀琪行禮。

她心裡多少有點數，汪觀琪只是個四品的武官，在滿是大員的京都裡，說白了，他這地位比平頭百姓要強上太多，在地方上算起來也很是風光，但在這個還住著皇帝的京城裡也算不得什麼，一個中郎將的俸銀想必也養不起什麼太大的一家子。

一路上見著的人都只對汪觀琪行了禮，對小老虎也會福上一福，但對她卻像是視而不見似的。張小碗先前已做了心理準備，大概也知道自己這日子以後也討不了什麼好，如今親眼一見，心裡還是沈上了一沈。

等在大堂屋見到汪觀琪的髮妻，也是她的婆婆之時，張小碗就朝她跪拜了下去，小聲地用隆平縣的口音請安。「兒媳給婆婆請安。」說著時，拉了拉小老虎的手。

小老虎卻並不跪，只是睜著虎目看著那腦袋上插滿了金簪、銀簪的中年婦人，再看看這時已經坐到主位上了的汪觀琪，瞧汪觀琪皺眉朝他看了一眼，他才撇撇嘴，對那中年婦人道：「妳可是我祖母？」

「妾身給老爺請安。」這時，那站在一旁，一直微笑著看他們進來的汪韓氏朝汪觀琪福了福，又轉過身來和藹可親地朝汪懷善說：「你可是我孫？快過來，讓祖母瞧瞧。」

汪懷善搖著頭連連擺手。「妳還是叫我娘起來吧。」

汪韓氏看了跪著的張小碗一眼，笑容不變，朝她笑著說：「這還是打頭一次見，快快起來讓我瞧上一瞧。」

「謝婆婆。」張小碗站了起來，微抬了點頭。

「沒想到，可真是清秀。」汪韓氏這次換了官話與汪觀琪笑著說道：「雖比不得芸丫頭，但看著好似還算是個知禮的。」

「她是妳大媳婦，是大郎明媒正娶的媳婦，不是誰都能比得了的，妳還是別亂比得好。」汪觀琪朝她用官話冷冷地說了這麼一句後，轉頭對站著的管家聞叔用家鄉話說道：「端了茶過來讓大少夫人敬茶吧。」

那汪韓氏沒想到汪觀琪一進門就給了她個沒臉，臉也沈了下去，笑意也不見了。

這時站在汪韓氏的身邊，先前汪觀琪進來時只朝他福了一禮，還未正式給他行禮的嬌美人兒一聽他的話，嬌弱的身體先是一抖，再一瞥他的臉色，又朝汪韓氏看了一眼，那蒼白的臉似更白了，讓人不禁我見猶憐的小婦人似是傷心地垂下了腦袋。

張小碗只淡掃了這幾個人一眼，其他時候就眼觀鼻、鼻觀心地站立著，等那茶端來，她先給汪觀琪跪下奉了茶，得了一聲「日後定要好好相夫教子，遵禮守德」。

再給汪韓氏奉茶時，汪韓氏接過，不笑也不語，只拿著茶蓋在茶杯上輕輕一掀，權當喝過，就把茶杯放在了桌上。

如此明顯地給了張小碗一個下馬威，一點面子也沒給。

張小碗視而不見地行禮跪退到一邊，而這情景看在汪懷善的眼裡，他很直接地給這老婆娘下了一個「這婆娘也不是個好惹的」的評語。

她不喝他娘的茶，就是不給他娘臉，也就是不給他小老虎臉！

小老虎緊了緊自己的拳頭，虎著臉在那兒沒說話，但誰都看得出他不高興得很。

汪韓氏瞄到，又重新端起了笑臉。她長得還算端正，保養得宜也看不出什麼老態，笑起來自比一般的市井婦人要好看很多，她又生過四個孩子，個個都是男孩，也自認為對付小孩有她的一套，如此便親自從座位上站起來，走到他的身邊，彎腰拉起他的手，用隆平縣的口音笑著說道：「跟祖母說說，這一路可有瞅見什麼好玩的了？」

小老虎看了他娘一眼，隨後，硬把手從汪韓氏的手裡抽出，舉起雙手呈作揖狀，一板一眼地用官話回道：「見過祖母，一路看著可多好玩的了，妳且問問祖父，他都知道。」

說著，朝向汪觀琪又恢復了平日與他說話的口氣，用隆平縣的話問他道：「爺爺，你可什麼時候給食予我吃，你答應過我，可不讓我和我娘餓肚子的。」

汪觀琪一聽，板了臉。「等到晚間就吃飯了，現在還差些時辰。」

「如此啊……」小老虎往外看了看天色，嘆了口氣。「如此便罷，我且去尋了地方蹲樁去。」

說著，朝張小碗走，拉著她的衣袖搖了搖，垂頭喪氣地說：「這裡不好玩得緊，妳帶我去尋了住處住吧，回頭蹲好馬步，我自帶妳來爺爺這兒討飯吃，我與他說道好了的。」

汪觀琪聽了哭笑不得。「你還能去哪兒？」說著即朝管家聞叔說道：「聞叔，你叫了玲丫頭帶他們去住處。」說完，頓了一下，回頭朝汪韓氏淡淡地問：「大兒媳的住處可收拾好了？」

汪韓氏低頭用帕子拭了拭嘴，也同樣以淡然的口氣回道：「回老爺，收拾好了。家中閒置的住處就只有隔院的那處房間了，我已叫她們收拾妥當，只需人去住就好。不過……」她說著，慢條斯理地抬起頭，對上汪觀琪的眼，慢慢說道：「那房間看著有點小，怕住不下咱家長孫，我看我那兒房間大，就讓孫兒跟我住吧？說來他長這麼大，我也沒有親手照拂過幾天，如此便也讓我為他盡盡心吧？」

那汪觀琪心中早知她定會尋了法子要了這人去，他深深地看了汪韓氏一眼，隨即轉頭把手中的茶一飲而盡。「這內院的事，妳作主即可，妳且安置著這母子吧，我回書房。」說完，頭也不回地走了。

他走後，堂屋裡安靜了些許時間，但沒多久就被不耐煩的小老虎打破了安靜。

他抬頭，有些哀求地對張小碗說：「妳快快帶我找住處去吧！」

張小碗的眼是完全無法掩飾地黯淡了下來，她的手從聽到汪韓氏的那番話時就抖到了現在。

她雙手狠狠地捏了自己一把，藉著疼意鎮定了一下心神，這才對小老虎笑著說：「剛你可聽見了，祖母要與你一起住，懷善聽話可好？」

汪懷善早前是跟張小碗對好了詞的，可這時，他發現他和他娘說好的那些完全不管用了，他愴然地搖頭，帶著哭音道：「妳可真別讓人搶走我！」

張小碗一聽，眼淚唰地一下就掉下來了。

原來話說得再好、心裡想得再明白，其實都是沒用的，真到了這時候，她才發現不僅是小老虎做不到，就是她也做不到無動於衷。

「這說的是什麼話？」這時，那回坐到一旁側主位上的人聲音尖利了起來。「我的好媳婦兒，妳可得跟我好好說道說道了，我是他祖母，帶他在身邊，這怎麼成搶了？這禮是跟誰學的？是怎麼遵的？」

她一聲喝得比一聲更厲，那聲音句句都化為刀子向張小碗射來，似要把張小碗捅成馬蜂窩。

張小碗彎下了腰，跪在了地上，磕下了她的頭。

她知道這世道千般萬般的難，真臨到頭來了，屈辱又算得了什麼？為了活下去，她只能把身段放低到可以任人宰割的地步。

她只能如此，為了活下去，為了她的小老虎，為了再見那幾個她親手撫養長大的弟妹一眼。

「是兒媳的不是，是兒媳沒教好懷善，請您息怒。」張小碗哭著磕了頭，哭音壓抑得厲害。

別人不會聽得出她哭聲裡的痛苦，可日日夜夜都與她相伴、相依為命的小老虎卻是聽得出來的。這個見不得自家娘親哭的孩子見她哭得如此崩潰，小男子漢再也忍不住了，「哇」地一聲大哭了起來，伸出小手大力地扯著張小碗，哇哇叫著。「妳不要給別人磕頭，妳不要磕，頭好痛的！娘、娘，妳不要磕！」

張小碗只得按住他的手，又連連磕了兩個才停下，眼淚止都止不住地往下掉，引得小老虎的哭聲越來越大。

汪懷善力氣大，聲音打小也是大得厲害，這時這麼猛力扯著喉嚨一哭，剎那間把張小碗那破碎壓抑的哭音都壓了下去，於是沒一會兒，堂屋裡的人都好像聽到了魔音傳腦聲般，耳朵都因此鼓脹得一抽一抽的。

那站在汪韓氏身邊的芸姨娘是個身子弱的，心裡本有事的她這時聽到這哭聲，身體一抖，沒得幾聲，她就小聲地咳了起來，越咳那咳聲就似越止不住了一般。

她身邊的汪韓氏一聽，著急地伸出手拍了拍她的後背，見汪懷善還在鬼哭狼嚎，她不禁回過頭朝著汪懷善大聲厲喝。「閉嘴！」

汪懷善聽了，也不拉扯張小碗的手了，轉過流著眼淚的臉。他不哭了，他要去尋回他的弓箭，他要殺了這老婆娘！

他要殺了她！

這時汪觀琪被管家聞叔又尋了回來，還好汪家不過一處兩進院的房子，前院與後院隔得不遠，他還沒進前院書房的門就又被請了回來，一進門就看見汪懷善滿臉的淚，嘴裡喃喃著什麼，那慌張的眼睛四處看著，像在找什麼東西，但又是一臉的暴戾之氣，他心裡頓時一驚，連忙跑過去把人抱到懷裡。

「這是怎地了？」一看這一個來月親手教養的小孩滿臉的淚，把人抱到懷裡看仔細了才覺出心疼的汪觀琪失聲問道。

一見到熟人，汪懷善又扯著喉嚨大哭，邊哭邊控訴。「你可騙慘了我！那個人要搶了我去，你可叫我娘怎麼辦？她的頭都要磕破了！我不要跟誰再住一塊兒，我只跟我娘住！」

說著就要下地，哭著要去找他的弓箭殺人。

「這都成什麼事了！」汪觀琪緊緊抱住他，怒吼了一聲。

這時，聽到他的怒吼，那頭身體確實孱弱的鍾玉芸就這麼昏倒了過去，這引得汪韓氏大叫了起來。

「快去請大夫，快去！鈴丫頭，趕緊過來幫我扶表姨娘回屋，趕緊的！」

「荒唐！」見那汪韓氏為著鍾玉芸而手忙腳亂的樣子，再看著那跪在地上，把頭上都磕出了血的瘦小婦人，汪觀琪怒罵了這麼一聲後，抱著汪懷善對聞叔道：「請大少夫人回房去。」

說著大力抱著汪懷善就要走，汪懷善不肯，哭著道：「我要我娘！」

「你要是為她好，現在乖乖跟我走，回頭讓你去看她。」

「那她現在怎麼辦？她還在地上跪著，她的頭剛磕得好疼的！」汪懷善還在問。

此時汪觀琪正為髮妻偏心眼都不知偏到何處去了的事而怒火攻心著，聞罷此言便怒回道：「她自有她的去處！」

見他如此怒然，汪懷善正要發火，但眼睛突然瞄到了他娘在地上的手這時微微地連彎了好幾彎，朝他打了幾個他們一起打獵時常比的暗號，他這才閉上了嘴。

可他還是感到委屈，覺得這地方太讓他茫然了。他又離開了他娘，他剎那間不知道怎麼辦才好，於是，他只得抱著汪觀琪的脖子，發洩地繼續嚎啕大哭了起來，直把汪觀琪的耳朵震得嗡嗡作響。

這廂張小碗被文婆子大力扶著，跟著那管家去了住處。那住處看著雖小，也頗為簡陋，但張小碗這些年來住的地方沒一處比這裡好過，因此她也不在意。

那管家還拿了傷藥來，張小碗讓文婆子幫她去打水，但過了一會兒，不見人回來，她大概也知道是怎麼回事了。

她也沒出門，這時他們娘倆的行李也沒拿過來，她也不急，拿過懷中的帕子，就著那一面劉二郎買來給她當嫁妝的銅鏡擦了擦額上的傷口，給自己添了點藥，隨後就靜坐在那兒想事。

現在根本無須多思索，她也知道如那老吳嬸和她所說的，還有那汪四嬸話裡行間透露出來的意思那樣，她這婆婆是個不好相與的，更致命的是，她不喜她。

看剛才的意思，她確實是要把孩子搶去的。

張小碗冷靜地回想了一遍剛剛看到的情景，再想了一下那位嬌弱的表妹，人倒確實是個長得挺標致的姑娘，那羸弱的氣質也確實讓人看了生憐，單看外表，這種類型的表妹人物確也要比她這種鄉下來的、非占了那等人物的正妻位置的農婦要討喜多了去了。

想來無論她幹了什麼，也怕是討不了這婆婆多少的歡喜，如今看來，只能先循規蹈矩再作打算了。

儘管先前跟小老虎商量好了，讓他先和這汪韓氏處一陣，待看看情況再作打算，因為無論如何，都還有汪觀琪這麼一個人頂著，小老虎也快五歲了，他不可能真把小老虎一直交給奶奶養著。

但小老虎臨時和她鬧的這一齣，也不是不好，至少，讓他和她都看清了，她先前的那些擔憂不是平白想出來的。

她眼下活著，也不過是為了小老虎有個更好的將來，她不跟那表妹搶位置就是，那汪永昭以前怎麼對待他這表妹的，他以後怎麼對待就是；她那婆婆也是，她以前怎麼心疼她這外甥女的，以後也怎麼心疼就是。她不礙他們的事，他們愛他們的，他們和樂他們的，她不眼羨，也不會生事；但，他們同時也得不礙她的事，不要來搶她的孩子。

做不到這點，有些事，她是要爭上一爭的。

也許這禮教拘得她做不了什麼事，但她總會尋著另外的法子，與他們拚上一拚。

第十章

張小碗儘管心下有了主意，但該做的努力她還是得做，無論如何，她還是要先把她這媳婦該做的事都做了，這婆婆，她還是得討好一番。

因此第二天一大早，她用頭髮遮住了點額頭的傷疤，捧了做好的衣裳去見汪韓氏，但她從早站到晌午，那汪韓氏也沒叫她進去。

沒叫她進去，也沒叫她走。

張小碗不能不來，來了，也不可能隨意地就走，因為走了，她這婆婆就更是有了名目收拾她，所以她只能一直站在廊下，任由那午時的陽光透過衣裳射進她的背，曬得她皮膚發疼。

她先前還留了小心思，故意站在了廊下，而不是在院中候著，要不然，這一曬大半天的，定會曬得滿身汗，那衣服要是從裡到外都被汗浸透，端是不雅得很，恐怕會被人拿去說道。

她朝食未著，這些日子與汪觀琪一路行至京中，他們改了在村子裡的習性，將一日兩餐改為了三餐，如此她也知道這城裡面，一天定的是三餐的規矩；而這晌午一過，那邊有丫鬟送了吃食從另一道門進去了，連瞧都沒瞧上她這邊一眼。等到午食過後，張小碗已是兩頓未吃了，還是只得站在一旁，身邊連讓她問上一聲的人也沒經過一個。

現眼下，她連退，都找不到路退。

那邊張小碗站到了黃昏，太陽快要落山時，這邊屋內的汪韓氏從盤中捏了顆葡萄剝了皮，狠狠地塞到自己嘴裡，吐了籽，快速嚼動了幾下嚥下，隨後抬眼冷然地對那文婆子說：「倒是個身體好的，瞧那腰，站得多直。」

文婆子訕訕笑了聲，又躬了躬身，不知說什麼話才好。

那邊榻上躺著的人咳了兩聲，輕聲道：「娘，且讓她回去吧，要是爹過來看著了，怕是……」

汪韓氏聞言冷笑出聲。「我的兒，妳放心著，他不至於連這點臉面都不給我，要不，我也白替他生了大郎他們了。」說到這兒，她悵惘地嘆了口氣。「大郎也不知何時著家，要是知道他爹帶了這鄉下婆子回來，不定會氣成什麼樣。」

聽她說起大郎，那芸姨娘眼中也泛起了淚。「都怪我，讓娘和表哥這般護著疼著，卻是這般不爭氣……」說著，恨恨地捶了捶她的肚子兩下，撇過臉，拿起帕子抹淚。

等到日落，又站了些許，文婆子才過來小聲地說道：「夫人說讓您回去歇著，她今天身體不適，讓您明日再來見她。」

明日？張小碗一笑。

回去後，沒人送飯過來。

第二天一早，她又去站了大半天，還是沒人叫她進去。

張小碗也不著急，靜靜地站在那兒。

這種折騰人的方法，也許換個人來就不行了，但張小碗剛穿過來時，餓著幹活的時候太多了，這光站著餓肚子，還無須幹活消耗體力的事，對她來說不是不可忍耐的。

她以為又是要白站一天，但在晌午後，汪懷善帶著狗子闖了進來，他一進後院的門就大聲嚷嚷著：「我找我娘！我娘呢？在哪兒？在哪兒？」張小碗隔著老遠就聽到了他的叫聲，而這時，隔得不遠的主屋裡出來了一個丫鬟，對著那進門處的拱門探望了一下後，又匆匆地瞥了眼張小碗才進了屋。

沒多久，汪懷善就帶著狗子進來了，看到張小碗，小老虎急跑過來，得意地說：「狗子說妳在這兒，我就知道妳在這兒！」

說著去拉張小碗的手，滿臉都是笑。「快點走，昨兒個我可得了好東西，妳快去瞅一瞅！」

張小碗沒動，反過手拉住他的小手，溫柔地問他。「現在就跟我說說，是得了什麼好東西？」

小老虎見他娘問，也不動了，拉著張小碗讓她低下腰，等兩人高度持平了，他便跟張小碗咬著耳朵歡喜地說：「得了五兩銀！一個老頭子給的，說是我舅公。娘，這可是那個妳跟我說過的舅公嗎？不過不管是不是，這銀錢我可拿著了！我沒給那汪家的老爺，就給妳攢著藏好了，這就帶妳過去拿給妳。回頭等我生辰時，妳得多給我熬些糖，我可有好些日子未吃著麥芽糖了。」

張小碗聽了笑，摸摸他的頭，對他說：「好，這就去，不過先跟娘去見見祖母。」

說著，拉著他的手往主屋走，到了門邊，張小碗溫婉地說：「婆婆，兒媳帶著懷善來給您請安了，您身體可好些了？」

小老虎來了，她想看看，她這婆婆會厲害到何種程度？

她話說完，門內還是沒有聲響，過了一會兒，張小碗又把話重複了一遍，卻還是沒有聲響。

張小碗不急不躁，又過了一會兒，她再說了一遍。

還是沒有人理她。

如此，這句話張小碗在門前重複了一個半時辰。

那門內的人許是見她會一直這麼問下去，就有丫鬟出了門，對著張小碗用官話說道：「夫人今兒個身體還是有些不適，剛醒來，說今日就不見了，請您明日再來。」

張小碗想了一會兒，沒說話，只是看了看小老虎。

小老虎偏過頭看了她幾眼，領會過來，便陰著張小臉，用隆平縣的話說道：「說她身體不好，讓妳明天再來見她。」

張小碗笑笑，朝著那丫鬟用著鄉里口音，滿臉真誠地說：「那好的，請幫著我傳一聲，讓婆婆多注意身體，兒媳明日再來向她請安。」

這一個半時辰，小老虎一直安靜地站在張小碗的身邊，等到母子出了那道後院的拱門，小老虎開了口，說的是水牛村的話。「妳為何要一直如此說道？」

張小碗輕輕跟他解釋。「不如此，她就有法子打我。」

「她打不贏妳！」小老虎想了想，又補充道：「就算她人多，妳還有我，她打不贏妳。」

「不是這樣子的打法。」差不多兩日未食，張小碗也無太多體力，這時走至一處涼亭，她便拉著小老虎進去，往石凳上坐下，揉了揉額頭，振作了下精神，這才與小老虎細細說道：「我不這樣做，就是對她的不敬、不孝，她告訴別人，別人也會覺得我做得不對；大家覺得我不對了，就會覺得我不配當你的娘親，到時候，他們就會想辦法把我從你身邊帶離開，那時就會有很多人與我們作對了，就算是你與我一道兒，可能也打不過他們，你可懂得？」

汪懷善睜著眼睛看著他的娘親，眼睛一直鼓鼓的，待張小碗又問了一聲「你可懂得」後，他才點了頭。「懂得了。」

小老虎帶著張小碗去了他藏銀子的地方，從他堆砌的石塊中掏出一個裝了銀兩的灰色荷包給她時，張小碗不禁莞爾一笑，彎腰親了親小老虎的臉。

帶著小老虎到了房內，她看了看天色，娘倆喝了一杯水後，她便問道：「這幾日吃得可好？」

「就那樣。」小老虎聳聳肩，坐在他娘的膝蓋上，有點悶悶不樂。

「這是怎地了？有什麼不高興的？」張小碗用手梳著他挽成馬尾的頭髮。

「沒啥。」小老虎把頭靠在他娘的肩膀上，輕輕地嘆了口氣。

他說著時，剛喝下半碗水的張小碗肚裡傳來一串咕嚕咕嚕的聲響，那聲響動靜太大，不用細聽就能聽得明白。

頓時，未料到如此的張小碗一時之間都不知說什麼好，而小老虎立即從她的腿上跳了下去，仔細地看了張小碗的肚子一眼，板著小臉，嚴肅地問她道：「妳可是未吃飯？」

張小碗笑了一笑，又看了看天色，問他道：「可有自己出門玩過？」

「昨晚跑出去溜了半圈，被大栓逮了回來。」小老虎猶豫了一下才說道。

「那就去找個賣吃食的地方，給娘買點烙餅回來。」張小碗找了銅板出來，對他說道：「要快去快回，沿路做好記號，不要迷路。」

「那婆娘不給妳吃食？」小老虎一張小臉冷得可怕。「那老頭子騙我！」

張小碗輕皺了眉頭，沈聲道：「娘跟你說過，不許叫他老頭子，那是你祖父。還有那人，她是你祖母，不許叫婆娘。」

「妳放心，我不會在外頭這樣叫他們。」小老虎拿過銅板，咬了一下牙才說道：「妳且等著，我這就回來。」

說著，不管張小碗還要說什麼，就跑向了門邊，一下子就跑了出去。

張小碗不禁站立起來，想走到門邊去看他，剛走了兩步，小老虎又一陣風似地跑了回來，一股腦兒地鑽到她懷裡，抱著她的大腿蹭了蹭，然後不待張小碗作反應，他又一陣風似地跑了出去。

張小碗有些愣然，等看不到他的影子，這才看向自己的大腿處。她仔細地看了看，分辨了一下，才看出那沾了汗的裙子上有一、兩處沾了點水意。

小老虎哭了，只是他頭轉得太快，沒讓張小碗看清楚他眼睛裡的淚水。

小老虎給他娘買好餅，看他娘吃了飯，這才回去了前院。

待看到他，汪觀琪笑道：「可有與娘吃了晚膳？」

今早汪懷善默寫了一篇《三字經》出來，汪觀琪就應了他半天空，讓他去看他娘。本以為他會找理由耗到很晚，得要派人去找才會回來，沒想這晚膳時辰還未過，他就回來了。

「吃了。」小老虎看他一眼，爬到比他還高的椅上坐下，仔細地看了這個老騙子一會兒，等老騙子看著他笑時，他撇了撇嘴，心裡暗暗作了再也不與他說老實話、再也不信他的決定。

「可要再與祖父吃上些許？」汪觀琪才從外頭回來，他剛在同僚那裡見到了對方那七歲了卻連《三字經》都背不妥的孫子，一回來見到自家孫子，想起他早上當著自己的面默寫的《三字經》，再看著他這副小大人的模樣，甚是欣慰。

「不了，我出去紮會兒馬步，待你空了，我再過來讓你教我習字。」小老虎從椅子上跳了下來，一摸額頭上的汗，說罷就大大咧咧地走著出去了。

他紮完馬步就帶著狗子跟著大栓拿著井水沖了個涼，回來又和汪觀琪習了會兒字，聽汪觀琪跟他說道回頭等他父親回來就給他請個西席時，他還在心裡翻了翻白眼。

待到戌時就寢，亥時人都睡了後，他小心地打開了他屋內的窗，從窗口跳了下去，小心叫了守在門邊的狗子，帶著牠直奔茅房。

汪懷善不怕糞坑裡的臭味，他跟著他娘拿這個淋過菜，只是放在茅房裡的桶太大，他搬不動，只得又溜去書房的外頭，拿了個不知道裡面栽了什麼玩意兒的盆，把盆裡的土倒得一乾二淨後，拿著空盆打了盆糞，也顧不得渾身沾上的臭味，他把那糞先是潑到了那老婆娘的門外，直潑了五大盆他才甘休；如此，他還是覺得憤恨難平，又在各個門上潑了一大盆，之後想了想，又去了晚上從他娘處回來的途中摸清了地方的廚房，把糞潑得滿屋都是。

這些人，讓他娘吃不到飯，他也要讓他們吃不到飯！

他倒要看看，看他們以後還敢不敢欺負他小老虎的娘！

汪家一大早，就被一個婆子的尖叫聲給打破了清早的寧靜，隨著就是丫鬟的驚呼聲，沒一炷香的時間，後院夫人住的主屋裡也響起了汪韓氏的怒叫聲，這聲音大得左右鄰居都聽得一清二楚。

那院後一片人仰馬翻，聲聲響聲都透著驚慌。

而把自己洗得乾淨，就是沒得乾淨衣服穿、渾身光溜的汪懷善，也被刺耳的聲音吵得醒了過來。他先是尖著耳朵聽了一會兒聲響，然後得意一笑，連連拍著他的床鋪，對睡在他床邊的狗子哈哈大笑說道：「我看那婆娘怎麼歡喜！我看她怎麼歡喜！」

說罷打了個未睡飽的長長哈欠，但這尚存的睏意也沒止住他帶著滿臉的欣喜從床上爬了起來，然後大刺刺地走出內房，對這時剛在外屋的門邊站著的汪大栓說：「大栓叔，我的衣裳呢？快給我尋上一套。」

汪大栓正從外面回來，見著光溜溜的汪懷善，先是問：「小公子怎麼不穿裡衫？」說完，想起了那滿後院的髒污，不禁狐疑地看了眼渾身光溜溜的汪懷善，小心地問他。「小公子，您的衣裳呢？」

「弄濕了，洗了。你瞧，晾在外頭。」汪懷善指了指外頭搭在晾衣架上的衣裳，不無得意。

他可聰明了，在船上他就是這樣洗衣裳的，穿著往水裡鑽，游個幾圈，那衣裳連著他就一起洗乾淨了。他昨晚辦完事就是穿著衣服沖的井水，洗完脫了後他還學著他娘幫他洗衣服時那樣搓了好幾下，那衣裳眼下可乾淨得很，許是誰也不知道那事是他幹的。待到回頭，他還得向他娘討賞去！

他小老虎可實在是聰明得緊！他早就跟她說過，他護得著她的！

「快給我尋衣裳來，我穿罷要吃早膳、習功課了。」汪家的長孫，汪小公子又打了個充滿睏意的長長哈欠，還伸出手摸了摸自己的小雞雞，甩了兩下，對著照顧他的汪大栓吩咐道。

汪大栓幫他尋了衣裳來，待他穿好後，便悄悄去院裡看了看那晾衣架上的衣裳，只見上頭還沾了糞便、尚未清洗乾淨……

一大清早的，汪大栓頭上冒著冷汗，去了老爺的書房，沒得一會兒便出來，對著天空搖了搖頭。聽著那後院裡的道道咒罵聲，他嘆了口氣，自言自語道：「這可如何了得？」

而這一大早，後院的夫人、表姨娘，還有兩個丫鬟，加上文婆子和廚房婆子，這六個女人是全無胃口。汪韓氏叫婆子請了汪觀琪過來，讓他去報官。

汪觀琪在院子的門口站了半會兒也沒進去，隔著門對夫人道：「無須報官。」

「為何?!」汪韓氏一醒來就被那怎麼掩都掩不住的臭味熏得已然暴躁，因此口氣竟比平時要尖銳了些許。

「小兒戲耍，當不得真。」汪觀琪扔下這句話後，甩甩衣袖走了。

汪韓氏聽得明白，頓時氣得胸脯劇烈起伏，她咬著牙正要叫婆子把那「小兒」給帶過來時，這時卻聽得屋內丫鬟驚叫——

「不得了了，表姨娘吐血了！夫人、夫人……」

汪韓氏頓時眼前一黑，當下顧不得再回屋，她直奔了前院去，中途尋了根棍子，待到了前院，見著了那拍著手大笑著叫狗再做一個跳躍的小兒時，當下腦袋血一熱，跑過去就朝那小兒大力一揮，嘴裡厲喝道：「這等無知小兒，看我不教訓教訓一下你這粗鄙農婦養的畜生！」

小老虎的身手是練出來的，他被汪家老爺打上一棍那是無可奈何，因為他要救狗子，現下這老婦的棍子一打下來，他卻是逃得過的。

他靈敏地一個大退步，就已避開了這一棍。

而狗子不待他喝聲，就已經朝汪韓氏咬去。

剎那間，婦人一聲痛苦至極的尖喝聲頓起，狗子死死地咬住汪韓氏的腿，而小老虎在一旁樂瘋了地拍手大叫。

「咬死她！咬死她，狗子，把她給我咬死、咬碎！哈哈哈哈哈……」

他跳高著，歡快地拍著小手大叫著，樂得簡直就要蹦上了天，那混世小魔王的樣子，看得跑過來的男僕都驚了心、失了魂。

這時張小碗也跑了過來，恰看到此景，聽到他那樂極了的聲音，頓時心神俱驚，厲聲喝道：「狗子！放開、放開！」

女主人的威嚴在這時顯露無遺，狗子在嚴令之下停止了瘋狂的咬動。

張小碗的眼睛像刀子一樣，狠狠地刮了狗子一眼後，跑到了小老虎的身邊。見怒氣沖天的汪韓氏狠狠咬著牙，正要出口讓人把他捉住往死裡打的那一瞬間，她下了天大的狠心，忍著心中的血淚，高高地揚起了手，往這世上她最愛的人臉上狠狠地抽打了過去！

「啪」地一聲，小老虎的天似乎就在這一聲之間都塌了，他愣愣地看著打他的娘親，就這麼愣愣地看著那個從來都用心貼著他的心的娘，好久好久，小老虎就這麼看著他的娘，然後，他突然「哇」地一聲，就那麼哭了。

他哭著，且不顧一切地撲向了張小碗，狠狠地抽打著她的臉、她的胸，她身上所有他能打到的地方。他死命地打著這個打了他的女人，他一手比一手更用力地、帶著絕望地打著她，似是要把她打死。「妳為什麼打我？娘，妳為什麼要打我？」

小老虎很不解，他不解這個一直把他捧在手心、護在心肝的娘親為什麼要打他？他越傷心，下手的力氣就越大，直把張小碗抽得滿臉是血，然後，他的小手還掐上了張小碗的脖子！

他狠狠地掐著，狗子在一旁狂叫著，似在助威，也似在悲切地大叫，牠一聲比一聲瘋狂地吠著，讓周圍所有的人都不敢靠近。

這時，還未出門的汪觀琪也來了，他心魂不定地看著發了狂要打死他親娘的小老虎，厲聲對著旁邊隨行的武夫喝道：「快扯開他們、快扯開他們！快！快快！」

說話間，他指著這對母子的手都是抖的。那小孩兒，竟像是真要活活打死他的娘！

汪觀琪在那一秒間怕了，他竟像看到了一隻不把人打死就不甘休的小惡鬼，凶狠得就像嗜血的野獸！

「你……」他看著汪懷善，想要怒斥他，卻急火攻心，一個字都說不出口。

汪懷善聽到聲響，撇過頭看到他指責的臉，竟對著他笑了，並字字皆帶著惡毒，咬著牙說道：「你這個老騙子！你這個老壞蛋！你騙我，騙我娘，你不給她飯吃！我恨死你了，我要打死你！你且等著，待我尋了我的弓箭，我定要打死你——」

張小碗被人從她的兒子手下拉開時，臉上全是血，那鼻間流出的血，甚至順著她的脖子，滲進了她的衣裳。

汪韓氏都驚了，連腿間被咬傷的傷口都顧不得，她睜著眼睛，癱在地上盯著那被人拿住的小惡鬼，完全不敢相信，這就是她汪家的長孫！

這樣凶狠得不像孩子的孩子……

不，要不得！她汪家要不得這樣的孩子！

回過神的汪韓氏轉過臉，對著汪觀琪一字一字地說：「老爺，您看見了，這樣的孩子，您看汪家是要得還是要不得！」

汪觀琪已經驚碎了眼，他看著那被兩個漢子拉開後，還衝著他娘大叫「妳為什麼打我？妳憑什麼打我？」的小孩，看著那張凶狠、卻跟他成器的大郎一模一樣的小惡鬼的臉，扭過頭，搖了搖頭，濕了眼眶，看著地上喃喃道：「送走吧，送走吧……」

說著，一踉一蹌地走遠了，那背影，竟有幾分說不出的蕭瑟。

看著他的背影，汪韓氏的心似也碎了，癱在地上的她看著他走遠，然後，她掉了眼淚，對著那背影咬了咬牙，以小得不能再小的聲音喃喃道：「您放心，我定不會讓大兒絕了後！」

說著，她在那身體都是抖著的婆子和丫鬟的攙扶下站起了身，居高臨下地對著那躺在血泊中的農婦說：「帶著妳的兒子走吧，這汪家，是容不下你們這惡婦毒子了！」

張小碗滿身的傷，帶著她那被綁起來的孩子上了馬車，讓一個人趕著馬車，帶他們出了這個進了不到三天的大京城。

這世間啊，這麼大，又只剩他們母子倆相依為命了。

等馬車出了城後，張小碗把那瞪著凶目怒視著她的兒子身上的繩索鬆綁了，在小老虎狠命打向她的那一剎間，她飛快地伸出手，擋住了他的手，然後咬著牙，一字一字地告訴他。「你要知道，在這世間，絕沒有任何一個人比你在我心裡更重要！你要記住這句話，你到死都要給娘記住！」

許是張小碗這說話的力度說進了小老虎的心底，小老虎那滿是暴怒的眼睛裡的怒火緩緩地熄了下來，然後那些怒火匯成了鋪天蓋地的委屈，他一聲一聲哇哇地哭喊著，泣不成聲地控拆著張小碗為什麼要打他？

他那般愛護她，為她出頭、保護她，她為什麼要打他?!

聽得這帶著絕望的嚎叫泣訴聲，張小碗再也沒忍住，眼淚簌簌而下。她把她的孩子抱到懷裡，心就像被置放在刀山火海裡那樣抽疼，甚至因此連呼吸都頓住了。「我的孩兒，我的小老虎，娘不打你那一下，你就要被別人打死了啊！你看不到，那一刻她就像要把你撕碎了，站在你身邊那武夫的棍子就要往你頭上敲下了啊！她要讓你死，他們容不下你啊！我的小老虎，那一刻，娘只能如此了，你可懂得？你可懂得……」

那一刻，她什麼也不能再多想，她只想救她的孩子，哪怕他因此而憎恨她。

男僕把他們扔到一處只有兩間瓦房的地方後就走了。

小老虎這時病了，發起了高燒。

她哀求了那男僕再送他們娘倆一程，去找個大夫，但男僕沒理會他們，到了地方趕了他們下車後，就駕車而去了。

張小碗來不及收好她帶來的包袱、行李，也顧不上那門的鎖是半壞的，她拿了銀子，揹著小老虎走了十幾里路，終於問到了一處行腳大夫的家，忙揹著孩子趕去了那大夫家。

大夫只一摸小老虎的頭，就驚了一下，失聲說道：「怎燒得如此厲害？」

張小碗抿著嘴，把冰涼的手放到兒子的額頭上探了一探，隨後看向大夫，那強自鎮定的冰冷眼裡泛起了淚。「受了大驚，大夫您給瞧下一眼，趕緊下藥吧。」

說著，把她所有的銀子掏出放到大夫眼前，抱著她的寶貝，抖著哆嗦的身體，竭盡全力地保持冷靜。她不能垮，這時，她垮不得！

第一帖藥是在大夫家熬的，那大夫家的娘子見了張小碗的慘樣，另給她的臉上了道藥，什麼也沒問，只深深地嘆了口氣。

小老虎的燒來得凶猛，退得也很快，張小碗揹著他往回走時，天色已暗沈，他替他娘抓著藥包，問他娘。「那妳以後還打我不打？」

張小碗聽著笑，說：「以後不打了，但你也輕易打人不得。以後就算要打人，也要聽娘教的打，成不成？」

「他們欺負妳。」小老虎的聲音虛弱得可憐，但卻還是不認輸。

張小碗微微一笑。小老虎的燒退後，她心中就沒什麼大事了，心頭竟一片輕鬆，聽了小老虎的話，她笑了一下之後回道：「你也可以欺負回去，但是要用聰明的方法，不要沒欺負成別人，自己還賠了進去。」

在她背上的小老虎小手緊緊抓住藥包，迷迷糊糊地「喔」了一聲。

張小碗知他沒聽明白，只是對他說：「娘教你，你以後就知道了。」

小老虎「嗯」了一聲，似是要睡著了。

過了一會兒，當張小碗以為他睡著時，他突然像是被驚醒般，身體一彈，急問張小碗——

「娘，我的弓箭呢？」

「在包袱裡呢，回家就見得著了。睡吧，娘揹著你回家。」張小碗安撫著他。

「嗯……」

張小碗回到了那兩間瓦房後，發現房子雖小，但往後面看去，依稀還有幾間堆放東西的農舍，那農舍連著有十來間，其實修葺一下倒也是不錯的住處，而此時她懷裡還有二十畝田土的地契。這次被打發出來，汪家人多少也做了點臉面。

房子裡什麼都沒有，張小碗在回程時算了算，距離此地最近的人家也有一里路，隔得不算近，而小老虎正睡著覺，張小碗也不放心離開屋子，只能待他醒來才能去外面買她要用的什物。

她這次出來，只帶了小老虎的弓箭，沒帶自己的，看來等小老虎醒來，得與他一道去另打一副才是。

這人生地不熟的地方，她還是必須要防範著點的好。

第二天小老虎才睡醒，這時完全清醒了的他總算看清了他娘的臉，他的眼睛不停地游移著，完全不敢看張小碗。

待到要出門了，張小碗蹲下身要揹他，說：「去看看哪裡有賣吃的，我們以後又要相依為命了，不過沒有吳公公、吳婆婆他們了，什麼事都得我們自己做。」

小老虎見他娘不嫌棄他，乖乖爬上了她的背。母子倆走了好半會兒的路都沒有說話，等到張小碗尋了人問了最近的、能買糧的地方，再等人走後，他才開口說：「娘，我餓了。」

「這就去買。」

天氣很熱，張小碗走了大半天，才走到一個看起來有幾家店鋪，算是小集市的地方。母子倆先尋了賣包子的地方買了八個大饅頭，一人都吃了四個，直把小老虎吃得捧著肚子打飽嗝，他那摸著小肚子、情不自禁打著嗝的小模樣，看得張小碗直發笑。

見她笑了，小老虎也跟著笑了，母子倆臉對著臉傻笑了一陣，雙方之間都不知道對方笑的原因是什麼，只知此時內心突然快樂得很。

等到張小碗從路邊的石塊上站起來時，小老虎就主動去握張小碗的手，並說：「我好了，娘，等會兒我幫妳揹東西回去。」

張小碗笑著點頭。

這次她買的東西較多，鍋碗瓢盆都買了。這地方也有鐵匠鋪，鐵匠鋪裡正好有副現成的弓箭，只是這弦調得一般，弓本身也較張小碗以前在南方用的要重上些許，張小碗試了試，覺得得練練才能趁手，不過也容不得她挑剔，她現在能找到能用的弓箭就是件極好的事，算她運氣不錯了。

回程時，小老虎硬是揹了一個比他身體小不了多少的包袱，母子倆到黃昏時才汗流浹背地趕到了那個家。

張小碗先去農舍處尋了幾塊能用的木頭，劈了柴給小老虎熬了藥，又煮了稀飯，待他吃完，才收拾起家裡的事來。

門鎖要換、地要掃，眼看這周邊的人不熟，她還得自行打個灶的好……

張小碗是能幹的，這些事她心裡多少有個譜，現眼下沒什麼別的眼睛看著她，她自然就快手快腳，極有效率地歸置起這個家來了。

小老虎回來後就脫了力，一直被她安置在旁邊，命令他坐著看她辦事。被汪家的人打得半死的狗子身上還敷著張小碗帶回來的藥，這時已經能勉強半睜開眼了，不像剛被張小碗從馬車上抱下來時那副奄奄一息、只差斷氣的模樣了。

不過，牠還是不能動。

小老虎坐在牠的身邊，時不時地親親牠的頭、牠的鼻子。

狗子像是明白他的心一樣，有那麼一、兩次，牠像是盡了全力般地伸出了舌頭，舔了舔小老虎的臉，安慰他，牠沒事。

幹著活的張小碗也是時不時地回頭看他們一眼，如此，身體竟像不會疲憊一樣，有的是幹活的力氣。

等到晚上天完全黑了，張小碗點亮了買來的油燈，抱著小老虎躺在床上。

躺在她自己親手做的被褥上，張小碗還是覺得儘管一路帶著這些東西繁瑣費事，但也不是沒用處的。

小老虎先是躺在她的懷裡，很安靜，卻也不睡，似在想什麼事情。

張小碗也不打擾他，等他先想明白。

過了好一會兒，小老虎轉過頭疑惑地問張小碗。「咱們為什麼不回去呢？回水牛村，咱們的田地都在那兒，回家就好了。也會打架的話，就算他們人多，也打不贏顧伯伯、周伯伯他們的，他們要是真來了，我也會喊小二子他們來幫忙。」

張小碗先是沈默，過了一會兒才和他緩緩地道：「第一，要回去，得坐車、坐船，這些需要一些銀子，我們可能要攢一段時間才能有回得去的銀子；第二，路上可能會碰上什麼事，等你長大點了，力氣更大了，我們可以打得過一些大人了，才可能回去，要不會死在半路上；第三，最重要的一點，水牛村的地方是汪家的，汪家的人把我們趕出了他們的家，自然會再把我們趕出水牛村的家。小老虎，那並不是我們的家，那裡也是汪家的。」

小老虎聽得星星一樣明亮的眼睛全暗了。「是這樣的嗎？」

「是這樣的。」

又是好一會兒，小老虎才嘆了口氣，再說：「那我們回舅舅家吧？妳說大舅舅和二舅舅他們會喜歡我的，我們就和喜歡我們的人過活吧！」

成。」

張小碗聽了，撫弄著他的頭髮，親了親他的臉，有些傷感地說：「怕是要等到以後才

「為啥？」小老虎轉過臉看著她，眼裡全是認真。「那汪家的人一家子全是壞人，就算我們打不過那麼多的人，但為啥不逃走？」

「因為走了，我們娘倆沒有戶籍，有銀子也買不了田地，我們就是孤兒寡母，會被人看不起，也會被人欺負，那時候就不是打架就能解決的事了。我們就算是在一起，也不能跟很多人作對，那樣贏不了，你可懂得？」

「我不懂……」小老虎傷心了，還是掉了眼淚。「這逃走要不得，總歸回得了舅舅處吧？沒有銀子，我明天就去掙銀子給妳！」

「舅舅處，回不得。」張小碗眼裡一片悲傷，但嘴裡還是慢慢地、溫和地和小老虎說道：「日前你可是見了你那舅公？」

「啊？」

「見了，你覺得他和你祖父可是一夥兒的？」

「啊？」

「你要是認為他們許是一夥兒，你就要知道，回了你舅舅處，你舅公就會帶人把我們抓走，送回汪家。」

「他憑什麼?!」頓時，小老虎又火了。

「憑他是你的舅公，是我的舅舅，是可以隨意拿捏我們的人。他更是個當官的，他不許有敗壞他名聲的事，因為我是因他保的媒才嫁的汪家，我要是被汪家趕走了，就等同於他被汪家趕走了一樣的道理，他不會讓這種事發生的。」張小碗低下頭，愛憐地看著她的孩子。「只有等娘想到更好的辦法了，等你比他們更有本事了、比他們厲害了，我們才可以有法子和他們斷絕關係。」

小老虎聽了，一下子就懂得了他娘還是最懂他的心的，可他還是不依，眼淚從他的眼睛裡流了出來。「我現在就要跟那家沒有關係，我現在就要！我不要姓汪，我現在就不要姓汪！我不要當他們那一家子裡的人，我要跟娘姓！我討厭那老騙子、老婆娘，他們一家都不是好東西！我不要他們家的東西，統統都不要——」

張小碗抬眼看了看這簡陋的房子，儘管簡陋，但這青磚的房、後面的田土，卻全都是汪家的。

「為什麼不要？」張小碗笑了笑，教授起了小老虎。「他們欺負了你、欺負了我，為什麼不討回來呢？等你長大，學好了本事，這汪家該你的，你就全要回來，就當是報仇，如此，你也不想姓汪嗎？」以後，小老虎要有身分，他就得身有戶籍，因為這天地再廣闊，人都是要有個身分的。

小老虎如此表現，汪家都沒開口休離她，還將她打發到了京郊處這個位置偏僻、只有一個聽說是住在村子裡的農戶搭著手幫著管著的小農莊來，可見，他們儘管厭惡他們母子，但她卻是他們休不得的。

最不滿意她的人都沒開這個口，代表這婚姻不是誰說不要就可以不要的。

目前看來，她不能帶著小老虎去找戶人家再嫁，許他一個不同的未來。

張小碗說的話很慢，小老虎字字全都聽得認真，他也想得很認真，但夜深了，他想了一會兒也睏了，便對他娘說道：「妳讓我想想，待我明日想好了再答妳。」

張小碗笑了，把他抱在懷裡，輕輕地搖晃著他，哄他入睡。「你慢慢想，沒有事忙，想多久都成。」

小老虎終於在她的懷裡睡著了，張小碗看著那張僅兩天就似瘦了一大圈的小臉，眼底泛淚，笑著輕輕地對睡夢中的人道：「就算想一輩子都可以，娘一直都在……」

狗子的傷養了半個月後牠才能站起來。小老虎這段時間可疼牠了，稀飯都是親手送到牠嘴邊餵牠喝的。

那佃了汪家田的人家來了個婦人，跟張小碗說，這田他們家佃了三年，要到明年收了糧，才能把田還回來。

張小碗看了她拿過來的租契，倒確實是這個樣子。

那婦人走時，還猶豫著跟張小碗說，他們三年的佃糧已經交給管家的了，明年他們這糧是無須交的。

不知怎地，張小碗聽了想發笑，但表面還是維持著淡然的表情點了頭，沒說什麼。

那婦人走了後，一直蹲在地上的小老虎抬起頭，像是看懂了什麼，他看著張小碗，極為認真地說：「娘，妳放心，我以後會有大本事的。」

張小碗這下是真笑出了聲來，她蹲下地，和兒子頭碰著頭蹭了幾下，才對他說：「我信，所以你現在要好好學本事，待你真有本事了，才沒有人能欺負我們，可懂？」

這次，小老虎重重地點了點頭，斬釘截鐵地應了一聲。「懂！」

那十五畝田今年、明年都與張小碗無關，還好那五畝土地就是農舍那裡的那片地。這地裡其實也種了番薯，張小碗問那婦人時，那婦人說這土也是歸他們家種的，只是問到契約，卻含糊其辭了起來，等張小碗再細細地問，問到怎麼租的、什麼時間租的、是怎麼個租法這些後，那婦人鬆了口，說這土就是他們種著的，但是只口頭跟城裡來的聞管家說了一下。

於是，張小碗就把土地給收回來了，讓他們這幾天就把土裡的東西弄走，她要種上些菜。

她走時，汪家給了她五十兩，加上她自己的二十餘兩，減去前些日子帶小老虎看病抓藥、置辦什物花去的，她手頭還有六十五兩。這銀兩看著其實也算是很大的一筆了，但張小碗知道，只坐著吃的話，山會有空的一天，她這樣根本養不活小老虎，更別談養得健康了。她得想法子讓他們的生活過得好一點，所以這土地她是必須要收回來的，種上菜，能省不少銅錢。

那婦人失了口讓張小碗把土地要回去了，第二天，她家就來了一個婆子要找張小碗談話，口氣極其潑悍，彷彿那土地是她家的那樣。

張小碗先是讓她口沫橫飛地說了一陣，等那婆子說累了，她便把婆子請到了後院那片土地處，對她淡淡地說：「妳看著。」

說著，拿過鋤頭，就翻起了土，把那些沒成熟的番薯全翻了出來，扔得老遠。

她鋤了幾個坑，那老婆子先是不敢置信，隨後就像要撕打張小碗一般地撲了過來，口裡喊道：「妳竟敢亂扯我家的番薯！」

只是才撲走沒幾步路，就被一旁早候在那兒、手中拿著棍子的汪懷善不輕不重的一棍打得腳彎一麻，一下子便摔倒趴在了地上。

「信不信再走一步，我就打爆妳的頭！」汪懷善站直著腰，拿著棍子抵著那婆子的頭，居高臨下地用官話冷冷地說道。

那婆子一抬頭就看到汪懷善這孩子臉上那不善的眼神，不由得縮了縮身體，她移了移眼睛，看到這時張小碗拿著鋤頭走了過來，在那一瞬間，她似乎在這個小婦人身上看到了莫名的凶氣，當下就什麼都顧不得了，往後退了兩步，然後迅速爬了起來就跑。跑了幾步，確定跑得遠了，她才揚高著聲調，尖聲大叫。「要殺人了！那不知哪兒來的惡媳婦和她兒子要殺人了——」

可惜張小碗這周圍沒鄰居，沒人聽得到她的尖叫。

母子倆看著她跑走，等人跑得差不多遠了，張小碗才低頭看兒子，問他。「可知道要怎麼打人了？」

「知道了！」小老虎興奮地點了頭。「一下子打下去，只這樣輕輕一揮，她就跌下了！」

小老虎邊說著話，邊揮舞著他娘教他的棍勢。

張小碗點頭，對他說：「該嚇唬人時就嚇唬，很多人都貪生怕死、膽小怕事，只嚇唬就夠了，你也不用傷著人。制伏人時手勁要巧，讓人看不出傷痕來，咱們也無須賠藥費，他們也找不著理，可懂？」

小老虎聽得眉毛都飛舞了起來。「我明白得很！娘，下次她來了，我還這樣嚇唬她！」

張小碗看著他那格外有著神采的臉，臉色黯了黯。

如果可以，她不希望在他這麼小的年紀裡就教與這些大人才會知道的手段，她其實希望他有一個無憂無慮的童年，可是，時不由她，為了他們娘倆能活下去，為了他不闖出她沒法收拾的禍來，她只能現在就把這些東西提前教與了他。

到底，還是她無能，只能逼著他去承擔更多。

不知是不是那佃農家本是惡戶，緊接著，那家裡的一個男人隔天居然也找上了門，一大早就把門拍得砰砰作響，把昨晚練字到很晚，這時睡著還未醒的小老虎都給驚醒了。

小老虎這段時間受了不少驚嚇，竟已草木皆兵，聽到那聲響，他從床上一躍而起，連鞋都沒穿，就去找了他的弓箭揹上，再去拿了放在門邊的棍子緊緊捏在手裡，這才緊張地對著靜靜看著他的張小碗說：「娘，我陪著妳去開門。妳且放心，就是那老壞蛋家的人找來了，我也不會讓他們欺了妳去。」

張小碗摸摸他的頭，彎腰親了他一下，什麼也沒說，領著他去灶房拿了菜刀，然後臉上無甚表情地開了門。

那男人見門一打開正要破口大罵，但一瞄到被張小碗磨得亮晃晃的刀，先是瞪大了眼，然後退後幾步，才中氣不足地說：「就是妳昨天扯了我家地裡的番薯？」

這時張小碗已聽得明白他是誰家的人了，她點了點頭，問他。「有事？」

「妳——」

那男人正要說話，只是剛說出一個字，汪懷善的箭就射穿了他褲襠下面，穩穩地插在了地上。

那男人剎那間覺得褲襠處都透著涼氣，他看到那小孩還在搭第二箭，立馬用手握著下面，連話都顧不得說，就抱著那處一跳一跳地跑走了。

這次他走後，小老虎卻沒有了嚇唬到人的得意感，他偏過頭，瞪大眼睛看著張小碗。「以後我們是不是會碰到更多這樣的人欺負我們？他們一個一個地找上門來要欺負我們？」

張小碗蹲下身，擦去他額頭上滴下來的汗，然後手勁輕柔地握住了他的下巴，不讓他嘴內上下兩排發抖的牙不停地咯噔作響，等到小老虎徹底冷靜了，牙不抖了，她閉了閉眼，這才下了狠心地點了那下頭。

「是，會更多。」這家人竟一家幾口連續幾天都來找她的麻煩，張小碗差不多知道這是誰的意思了。

汪觀琪，她料想還不是他親自出的手，也許只是默許，八、九成許是那被狗子咬了的汪韓氏的意思。汪韓氏本是叫下人打死狗子的，是她臨時喝止了下人，把狗抱到懷裡出了門，放到車上，隨後給汪韓氏磕了好幾個響頭才止了這事。

但現在就算時隔了好幾日，她還是能清楚地回想起汪韓氏那雙帶著厭憎看向她的眼。也許就如老吳嬸所說的那樣，汪韓氏是個只要她看不順眼，她就會惡行惡氣，當下毫不給人留情面的人。

這樣的人，張小碗其實是不太怕的，這種人越囂張，她的活路其實更大，因為這世間的人言可畏，可不僅只針對她一個婦人才如此的。

她會找到活路的，只要她足夠冷靜的話。

「妳不要怕……」這時嘴裡說著不要怕的汪懷善，氣得連臉都是白的。「妳不要怕，娘，妳不要怕……」

張小碗伸手抱住他，連連順著他的背。「噓、噓，小老虎，娘的小老虎，慢慢吸氣，慢慢吸氣……」

汪懷善「啊啊啊啊——」地連聲大叫，之後他才安靜了下來，虛脫地倒在了張小碗的懷裡。

張小碗抱起他，把他的小腦袋埋在她的肩膀處，讓他在那裡哭。

他這麼小，卻在不到幾個月的時間裡受了這麼多的委屈，受了這麼多的驚嚇……

決定要生他的時候，她說過要盡力保護他的，可臨到終了，卻是他捏著他的小拳頭，誓死要站在她的前面。

他每一個驚愣的動作、詫異不敢置信的眼神與那不由自主怒極了不受控制的情緒，都一一在撕扯著她的心，讓她痛不欲生。這是她的孩兒啊，卻因為她要替她受這些苦！

心痛得過於厲害了，張小碗也麻木了，她抱著小老虎坐在椅子上，任由他撕心裂肺地哭。

她現眼下是如此無能，找不到更好的辦法，不能殺了那汪家人帶著他亡命天涯，也不能就此不管不顧地逃開好一了百了，只得讓他受這般的苦。

她知道，就算此時不顧一切要逃，她現在也不能逃了。

那汪家的人，要是找回一個帶著兒子逃走的逃婦，那天怕就是她的死期和她兒子的末路了。

汪家的人許是見他們母子倆擋了那幾樁事，手段更厲害了，像是要借別人的手弄死他們般。幾天後，張小碗很清楚地有了這個認知。

他們母子在這裡住下的這個月的下半旬，竟有幾個衣衫襤褸的乞丐往他們家這兒打轉。

他們這地方算得上荒郊野外，除了田土，連幾家相近的住戶都沒有，一個乞丐老路過不奇怪，兩個也許是巧合，但第三個乞丐拍上了門時，張小碗已經完全覺出不對了。

從第一個乞丐拍門開始，張小碗就沒打開門過，但第三天，這六、七個乞丐擠在大門前一起拍她家的門時，她就知道，他們要硬來了。

這幾天，小老虎好幾次都要衝出去跟他們面對面交鋒，但都被張小碗攔了下來，只帶著他躲在家裡；但此時，她知道她必須要出手解決這次的事端了，要不然這次他們娘倆可能就完了，真的就要被人逼死了。

家中有些許買來放在油燈中的動物油，張小碗把它們全拿了出來，在灶房裡挑了八、九根約有四根手指併攏粗的柴火棍，把前端用刀劈開一點，擴大了著火面積，然後根根塗了油。

家中無扶梯，張小碗搬了一張八仙桌過來，再在上面放了把椅子。

她想，事後得去買把扶梯才方便。

她踩上桌子前，沈著地對汪懷善說：「你且在下面幫娘遞棍子，看娘是怎麼做的。」

汪懷善睜著大大的虎目，用力地點頭，重重地「嗯」了一聲。

張小碗微微一笑，爬上了椅子，趴在那道前頭小圍牆的牆頭，探出頭去，對著大門邊的人問：「有何事？」

那些乞丐有一、兩人正尖著耳朵聽門內的動靜，也有人正抬頭往上看，一看到探頭出來的張小碗，這些衣不蔽體的乞討者也有些愣然。

過了一會兒，才有膽大的扯著話喊。「妳快快開門，我們進來討杯水喝喝就走！」

張小碗冷眼掃了他們一眼。「家中無人，你們還是走吧。」

「哈哈哈哈……這話可說得，家中無人？小娘子妳不就是人嗎？」

「可不是？」

「可不是這樣說的……」

這群人一句接一句地笑著說道。

有人看著張小碗，還忍不住地吞了吞口水，對著她說：「小娘子長得確實還不差……」

這話一說，他身邊幾人看看他，再看看張小碗，隨後哄然大笑了起來。

張小碗又看了他們一眼，再好聲好氣地問了一句。「還是不走？」

見她口氣還軟乎，那幾人更是樂得大笑。

有人甚至跳高了來搆張小碗的手，嘴邊流著唾沫說：「我來摸摸、摸摸，好久都沒摸過了……」

「賴老三，你是從未摸過女人吧？滾一邊去，讓我來！」這人把那人推開後，踮著腳尖，大笑著來搆張小碗。

張小碗勾了勾嘴角，轉頭對下面的小老虎說：「兒子，給娘兩根。」

小老虎迅速伸出手，遞了兩根棍子上來。張小碗拿到手中，拿出準備好的火摺子，把它吹燃，點了火，等那兩根棍子迅速著火點燃後，再問那底下已經在脫衣的人。「真不走？」

有幾人看著她手中的火棍子，有些傻眼。

但也有正脫衣、沒抬頭的無賴漢流著口水嘀咕道：「一個傻的，咱這麼多人，還怕她一個寡婦不成？」

張小碗再看了看他們，又彎下腰，對小老虎說：「那碗給娘。」

小老虎把裝了半碗油的碗快速端起遞給了他娘。

張小碗朝他微微一笑，抬起了身，伏在牆頭對底下不到兩米遠的人也笑了一笑。「那就不走吧！」

說著，不再贅言，把油潑了下去，然後，拿著棍子丟了下去！

隨後，她把放在牆邊、有大半個牆頭高的那根棍子拿到手中點燃，穩穩地趴在牆壁上伏著，拿著棍子敲打起底下那慌作一團的人。

不走，也成。她已經問了好幾次，事後就算見官，她也有得是話說。

她不知道在這個朝代，公然對著婦人要流氓的事會怎麼定罪，而且還是欺到人門頭上來的流氓。

那幾個已經脫了上衣的，張小碗都拿了點了火的棍子狠狠地揮了過去，不過還是被一個跑得及時的躲了過去，沒被她狠揮出血來。

而被油潑中，並被點燃了的人則紛紛怪叫著，於是在這短短的時間內，這六、七個三、四十歲模樣的乞丐就全都逃的逃，或是在慌亂地撲著身上的火。

張小碗沒打算就此收手，她跳下了椅子，緊接著從八仙桌上跳了下來，把沾了油的柴火棍全拿到手裡點燃後，對兒子說：「打開門。」

小老虎已經聽得一片慘叫，這時正興奮難耐，一聽他娘發話，連應都來不及應，就撲向了門。

「站一邊看著。」張小碗朝他說了一句，拉開了門，朝著那幾個還在原地的人不眨眼地走了過去，一路過去，一路拿著點燃了的火棍朝他們的下半身狠狠抽去。

她只抽兩下，不多，不會弄死人，只會弄殘。

站在原地的人身上本已著火，被她這麼一抽，只得倒在地上唉叫著，不斷用手拍打著那處。

張小碗看都未多看這兩、三人一眼，抽過就往那遠遠看著她的人走去。

那幾個逃開的見她走過來，怪叫一聲，全都發了狂地往前跑。

張小碗也沒上前追，只是拿著火棍轉過身，走到一個這時已把身上的火撲滅的人身邊，淡淡地說：「告訴這周圍的人，誰要是再來找我們娘倆的麻煩，我就活活燒死他們。」

她說著時，漫不經心地把火棍伸到這人的頭髮邊，嚇得這人聞著自己頭髮被火點燃發出的焦味，不停地抖著身體。

等到張小碗進了門，把門關上，他爬起來後，才發現自己褲襠裡的屎和尿混作了一團，他伸出手摸了摸，探到眼前一看，剎那間眼淚就飆了出來。這時作為最後一個逃走的人，他頓時軟著那雙嚇得已經站不直的腿，連滾帶爬地跑走了。

「可看見了？」關上門後，張小碗對著此時目瞪口呆的兒子說。

小老虎還是瞪著眼，嘴都合不攏了。

張小碗伸出手抱起他，皺了皺眉。「嚇著了？」她太凶殘了嗎？

小老虎聽了這句，像是反應了過來，連連搖頭，接連大力地搖了好幾下，才很大聲地感嘆了一聲。「哇……娘，妳好厲害！」

張小碗剛提起的心又放了下來，她不由得笑了笑，再問了一次。「可看見了？」

「看見了！」

「嗯。下次你要打人，也要占理，多問別人幾次是不是真要欺負你？確定了就下手。那時候你還手得再重，只要占著理，別人就無法奈你何，也會讓旁人覺得他們是罪有應得。」張小碗抱著小老虎，慢慢地跟他說著一些這世間怎麼變都不會變得太離譜的道理。

小老虎一路都笑嘻嘻地聽著她說話，等到張小碗進了屋把他放下，他就又趴到了張小碗的背上，讓張小碗揹著他進了灶房做飯。

「娘，回頭我們多去買點油吧？」小老虎邊看著張小碗淘米，邊給他娘支招。

張小碗「嗯」了一聲。

小老虎樂哈哈地偏著頭想了想，又說：「那個扶梯也要買著回來。」

「好。」

「還要給我多買幾支箭。」

「好。」

「娘，我還要吃糖，妳弄些麥子幫我熬點吧！不知這地方有沒有得麥子買？」小老虎想了想，不知道這北邊有沒有麥子這等稀罕物什買？

張小碗聽了笑道：「有的，麥子這邊有得是，回頭我們還要去買些來自己種。」

「娘……」小老虎這聲叫得若有所思。

「嗯？」

「咱們的銀錢不夠用了吧？」

「嗯，夠著呢，還有許多，可以買很多東西。」張小碗轉過頭，親了親趴在她肩頭的小老虎，笑著說道。

小老虎這才放心地吁了口氣，但還是沒忘向他娘表忠心。「待我有了本事後，我會掙很多很多銀錢給妳！」

張小碗笑著點頭。「曉得了，現眼下你快快學好本事，待本事學好了，娘就許你出去掙很多很多的銀錢給娘，可好？」

小老虎又重重地「嗯」了一聲，還在他娘親的臉上香了一口，表示他聽話得很。

逗得張小碗臉上都是止不住的笑，回頭看著小老虎的眼裡，也都盈滿了笑意……

——未完，待續，請看文創風209《娘子不給愛》2

情感刻劃細膩，催淚指數破表／溫柔刀

娘子不給愛

全套五冊

她知道他不喜她生的兒子……準確的說法，是厭惡。
可在兒子振翅高飛的戰場上，她需要他豐厚的羽翼擋住利箭，
因此，她戴上溫婉的假面，當起他要的可人妻子……

文創風 208 1

別人穿越不是吃香喝辣，生活起碼也過得不賴，
可她不知是否前世把老天爺給得罪慘了，
穿到張小碗這個八、九歲的小女孩身上也就罷了，
偏偏這女孩家裡一窮二白，就是生生給餓死的呀！
而且她上有體弱父、懷孕母，下還有兩幼弟，
重點是，家裡只剩下一咪咪向別人借來的糙米可吃啦！
看來得想法子覓食了，否則她肯定得再死一回啊！

文創風 209 2

為著政治利益一些狗屁倒灶的事，張小碗被親舅舅迫著出嫁，
即便這個舅舅多年不曾往來過，她也只能被趕上花轎嫁人去，
果然，她一個鄉下出身的村婦，哪配得上京城當官的夫家？
要不是因為舅舅救過她公公，這樁婚事根本輪不到她頭上，
她硬生生占住了汪家正妻的位置，惹得公婆不疼、夫君不愛，
這不，新婚沒幾天，她就被夫家趕到偏遠的宅子自生自滅了！
幸好她很滿意流放的日子，但……她開始噁心嘔吐是怎麼回事？

文創風 210 3

她懷孕生子了！一次就中，該說她張小碗倒楣到家嗎？
老天爺對她真是太壞了，這苦難的日子就沒一刻消停，
什麼母以子貴這種鬼話，她是完全沒在信的，
雖說她這當娘的出身不高，她的兒子八成也不得人疼，
但不怕一萬，只怕萬一，她產子一事還是能瞞就瞞吧，
不料，這事最終還是透了風，教她公公給知道了，
迫於無奈，她只得帶著兒子，千里迢迢回汪家認祖去啦～～

文創風 211 4

汪永昭，一個令歷任皇帝都忌憚不已、欲殺不能的大臣。
他不僅聰明絕頂，而且心腸比誰都狠，不喜的便是不喜，
兒子自小便恨極了他，因為他的存在對他們母子倆只有磨難，
然而張小碗卻清楚明白一點——違抗他是沒有好果子吃的。
因此在他跟前，再低的腰她都彎得下去，他的話也必定服從，
對她而言，他從不是什麼良人，只是一個可怕而強大的對手，
她小心謹慎地踏出每一步，因為一步錯，迎來的必是粉身碎骨！

文創風 212 5 完

汪永昭寵著她、護著她，會為她醋勁大發、與皇帝對峙，
甚至，為了不讓她傷心，他還瞞著她幹了不少好事、髒事，
這男人愛上她了，她知道，但張小碗並不愛他，他也知道。
男人的愛從來就不久長，尤其還是個權力大過天的男人，
她明白只有順著他的毛摸，才能換來他的寵愛與憐惜，
所有他想要的一切，她都可以給也願意給，除了愛。
呵，相較於他的冷酷，狠心絕情的她其實也不是個好人啊……

為流浪貓狗加油

和貓寶貝 狗寶貝 廝守終生(一定要終生喔！)的幸福機會

對人來說，貓寶貝狗寶貝只是生活的一部分，但妳（你）對牠們來說，卻是生活的全部，領養前請一定要考慮清楚——

▲ 寶貝兄弟倆　迪弟與西瑟

性　　別：男生
品　　種：米克斯
年　　紀：迪弟1～2歲、西瑟3～4歲
個　　性：迪弟溫和體貼、西瑟敏感黏人
健康狀況：已結紮，注射過狂犬病疫苗，體內外皆已除蚤，吃防心絲蟲的藥。
目前住所：新北市三重區
本期資料來源：愛狗中途媽媽

第234期推薦寵物情人

『迪弟／西瑟』的故事：

在迪弟大約三個月大的時候，被我在一處工地旁發現，還是幼幼的牠總是低頭舔牠的左腳，才知道牠的腳紅腫受傷。我很擔心弱小的牠會被欺負，難以生存，便決定帶牠看醫生，帶回家照顧。

迪弟在家很乖巧，不會亂叫，除了洗澡會怕水之外，其實是個不令人擔心，又善解人意的乖寶貝。有時帶牠到公園散步時，迪弟看到其他狗狗，會搖尾與牠們親近，而對往來的路人，總是露出可愛的笑容惹人憐愛。

一日，我在公園發現了一隻縮成團的小狗，牠可憐的模樣，讓我不禁上前關心，但牠緊張地吠叫，原來牠是身上有傷，受了驚怕。我細哄著牠，待牠情緒穩定後，趕緊帶牠送醫，又怕沒人照顧牠，所以就讓牠與迪弟作伴，幫牠取了個名字叫西瑟。

因迪弟是正逢愛玩年紀的小幼幼，所以一看到年紀比較大的西瑟，便討好撒嬌地想和牠玩。但西瑟緊張敏感，不大會控制情緒，常常因為迪弟的親近，會抓咬對方和吠叫，還好迪弟閃得快並沒有受傷。經過細心照料之下，及迪弟不畏懼地與牠作伴。漸漸的，西瑟打開心防，會搖搖尾巴、舔舔我的小手，露出可愛「賽乃」的一面，心情也較開朗近人了。

但最近因為工作忙碌和照顧家人的關係，我有時不得已忽略了迪弟與西瑟，為了讓牠們有更好的生活，決定幫牠們找新家人。迪弟與西瑟不一定得一起認養，但希望在認養牠們時，不要關籠飼養。歡迎來信至a5454571@yahoo.com.tw，給他們滿滿的愛喔。

認養資格：

1. 認養者須年滿20歲，有獨立經濟能力，並獲得家人與同住室友的同意。
2. 非學生情侶或單獨在外租屋的學生，須能提出絕不棄養的保證。
3. 須同意送養人日後之追蹤探訪。
4. 領養者需有自信對牠們不離不棄，愛護牠們一輩子。

來信請說明：

a. 個人基本資料：姓名、性別、年齡、家庭狀況、職業與經濟來源等。
b. 想認養「迪弟或西瑟」的理由。
c. 過去養寵物的經驗，及簡介一下您的飼養環境。
d. 若未來有當兵、結婚、懷孕、畢業、出國或搬家等計劃，將如何安置「迪弟或西瑟」？

文創風 208

娘子不給愛 1

國家圖書館出版品預行編目資料

娘子不給愛 / 溫柔刀著. --
初版. -- 臺北市 : 狗屋, 民103.08
冊 ; 公分. --（文創風）
ISBN 978-986-328-335-5（第1冊：平裝）. --

857.7　　103013053

著作者　溫柔刀
編輯　黃淑珍
校對　沈毓萍　王冠之
發行所　狗屋出版社有限公司
地址　台北市104中山區龍江路71巷15號1樓
電話　02-2776-5889～0
發行字號　局版台業字845號
法律顧問　蕭雄淋律師
總經銷　知遠文化事業有限公司
電話　02-2664-8800
初版　103年8月
國際書碼　ISBN-13　978-986-328-335-5
原著書名　**《穿越之种田贫家女》**，由北京晉江原創網絡科技有限公司授權出版

定價250元
狗屋劃撥帳號：19001626
網址：love.doghouse.com.tw　E-mail：love@doghouse.com.tw